# Yearn for Adam

## Band 1 - Adam

Allie Kinsley

Lektorat: Brunhilde Witthaut

Cover Design: nawillart-coverdesign.de
Motiv © Depositphotos.com - len_pri

# 1 Neubeginn

## FAITH

Sieben Tage in New York.

Sieben Wochen seit ihrer Typveränderung.

Sieben Monate seit dem schlimmsten Tag in ihrem Leben.

Faith betrachtete sich in dem großen Spiegel ihres Kleiderschranks.

Viel war von der lebenslustigen, 23 Jahre alten Frau, die noch vor sieben Monaten existiert hatte, nicht übrig geblieben. Früher hatte sie taillenlanges braunes Haar gehabt.

Ihr Teint war stets ebenmäßig und gleichmäßig gebräunt gewesen. Ihre Figur weiblich, aber trainiert.

Heute war sie nur noch ein Schatten dessen. Sie war mager. Die Knochen zeichneten sich deutlich unter der blassen Haut ab. Ihr eigentlich schönes Gesicht war ungeschminkt und tiefe Augenringe zeichneten sich unter den ehemals strahlenden, blauen Augen ab.

Statt der braunen Prachtmähne sah man nun nur noch einen kahlrasierten Kopf, der irgendwie zu groß und unförmig auf dem viel zu dünnen Körper wirkte.

Sie konnte den Anblick nicht länger ertragen, also wandte sie sich ab und zog sich die zu weit gewordene Jeans an. Der große schwarze Hoody würde den Rest ihres Körpers verdecken.

Am liebsten würde sie sich in ihrem Ein-Zimmer-Apartment verkriechen und nie wieder einen Fuß vor die Tür setzen. Aber das war nicht möglich. Sie musste raus, musste einen Job finden, mit dem sie ihren Lebensunterhalt finanzieren konnte.

Vor sieben Monaten hatte sie als Angestellte in einem renommierten Hotel gearbeitet.

Eigentlich hatte sie gedacht, dass es mit dieser Referenz in New York einfach sein würde, einen neuen Job zu finden.

Fehlanzeige! Ihr neues Aussehen kam bei ihren potenziellen Arbeitgebern alles andere als gut an.

Nach vielen vergeblichen Versuchen in den letzten sieben Tagen hatte sie die Hoffnung aufgegeben. Zumindest vorläufig. Sie brauchte Geld. Die Wohnung, das Essen, die Kleidung, alles musste bezahlt werden. Einen besseren Job konnte sie sich immer noch suchen.

Nach langem Hin und Her hatte sie sich daher dazu entschlossen, erst einmal einen Job als Kellnerin zu suchen. Da würde ihr Aussehen auch keine allzu große Rolle spielen, sofern die Bar zu ihr passte.

Sie zog sich die Kapuze ihres Hoodys tief ins Gesicht und verließ die Wohnung. Weit musste sie nicht gehen, da sich in der Nähe der Columbia University unzählige Bars und Kneipen befanden.

Es war bereits elf Uhr abends. Die beste Zeit, um herauszufinden, ob sie wirklich zum Klientel passen würde.

Die ersten drei Bars waren zu fein, um überhaupt eine Chance zu bekommen. Die dritte schien ein Treffpunkt für sämtliche illegalen Machenschaften in dieser Straße zu sein. Die vierte hätte ihr sehr gut gefallen. Leider war es eine Schwulenbar und der Besitzer wollte keine weibliche Kellnerin.

Die nächste Bar befand sich einige Häuser später. Sie wäre beinahe daran vorbei gelaufen, wenn der dröhnende Bass aus dem Inneren sie nicht darauf aufmerksam gemacht hätte, dass sich auch hinter den plakatverklebten Fenstern mehr verbarg. Lediglich ein kleines silbernes Schild an einer heruntergekommen Holztür verriet, dass sich hier eine Bar versteckte.

*Club Central* stand darauf. Mehr nicht. Klein, unscheinbar, als sollte keiner wissen, was hinter dieser Tür passierte.

Einige Minuten haderte sie mit sich, ob sie wirklich hineingehen sollte. Es schien nicht gerade ein Ort zu sein, an den sie passte ... oder gepasst hatte, mit ihrem früheren Ich.

Doch jetzt war alles anders. Sie war nicht mehr die Faith Stark, die sie früher gewesen war. Also raffte sie all ihren Mut zusammen und griff nach der Türklinke. Ächzend öffnete sie sich und die Musik wurde sofort lauter.

Die Menschen standen dicht gedrängt in dem kleinen Raum. Einige drehten sich zu ihr um und musterten sie, ehe sie sich wieder ihren Gesprächs- oder Tanzpartnern zuwandten.

Viel konnte sie in dem diffusen Licht nicht ausmachen. Die Gesichter wurden, wenn überhaupt, nur für Sekunden beleuchtet.

Die Bar an sich war wie jede andere, die sie kannte.

Es gab eine große Theke, hinter der sich ein Spiegel mit Regalen befand, auf denen die zum Verkauf angebotenen Getränke ausgestellt wurden.

Es gab Sitzgelegenheiten an der Bar und einige kleine Tische mit je vier Stühlen. Außerdem eine kleine Tanzfläche, die um diese Zeit schon gut besucht war.

Am anderen Ende der Theke erspähte sie einen freien Sitzplatz. Sie drückte sich durch die Menge. Die musternden oder abschätzigen Blicke ignorierte sie, so gut es ging.

Zwischen einer typischen Partytussi und einem glatzköpfigen, sehr kriminell wirkenden Mann, ließ sie sich auf den Hocker gleiten.

Der Barkeeper, der gerade aus einer Tür am anderen Ende der Bar auftauchte, wäre in ihrem früheren Leben genau ihr Fall gewesen.

Groß und trainiert. Unter dem kurzärmligen schwarzen Shirt zeigte sich der ausgeprägte Bizeps, auf dem Tätowierungen bis zu seinen Unterarmen zu sehen waren.

Seine dunklen Haare waren nur Millimeter länger als ihre eigenen und gingen nahtlos in den fast gleichlangen Dreitagebart über.

Mit kraftvollen Bewegungen wusch er die benutzen Gläser aus und unterhielt sich währenddessen angeregt mit einem Gast. Das Muskelspiel, das sich dabei auf seinem Körper abzeichnete, faszinierte sie so sehr, dass ihr gar nichts anderes übrig blieb, als ihn anzustarren.

Die hübsche Brünette, die sich mit ihm unterhielt, deutete plötzlich mit dem Kinn auf sie. Er wandte ihr seinen Blick zu und seine beinahe schwarzen Augen bohrten sich in ihre.

## ADAM

"Ich glaube, sie möchte etwas bestellen ... oder jemanden", sagte Tessa lachend und deutete mit ihrem Kinn hinter ihn.

Ohne auf ihr übliches Gekicher einzugehen, wandte er sich dem Gast zu. Warum Tessa bis heute immer ein wenig eifersüchtig reagierte, sobald eine andere Frau ihn ansah, verstand er absolut nicht. Sie hatten sich vor über sechs Jahren getrennt und waren seither gute Freunde. Sie war genauso wie er 28 Jahre alt und sollte bei ihrem Aussehen bei Gott keine Probleme haben, einen Mann zu finden.

Als sein Blick auf den der anderen Frau traf, stockte er für einen Moment. Niemals hatte er so wunderschöne blaue Augen gesehen. Augen, die gleichzeitig so unendlich tot wirkten. Leer. Ohne irgendeine Regung sahen sie ihm entgegen.

Es dauerte einen Moment, ehe er den Blick losreißen konnte, um den Rest von ihr wahrzunehmen. Sie war schön, aber sie wirkte genauso tot wie ihre Augen.

Irgendetwas stimmte bei ihr definitiv nicht!

Er stellte die Gläser in die Spüle und trocknete sich die Hände an dem Geschirrtuch ab, das immer hinten in seiner Hose steckte. Dann schlenderte er bewusst langsam zu ihr.

Einen Arm auf die Theke gestützt, lächelte er sie an.

"Kann ich dir helfen, Kleines?"

Kaum merklich zuckte sie zusammen. Sie schüttelte erst ihren Kopf, dann nickte sie, sagte aber noch immer kein Wort.

"Und wie?", fragte er, als sie nach einer weiteren Minute noch immer keine Silbe hervorgebracht hatte.

Sie wandte den Blick ab, schüttelte abermals den Kopf und räusperte sich schließlich.

"Ich suche einen Job", sagte sie so leise, dass er sie nicht verstanden hätte, wenn er nicht so nah bei ihr gewesen wäre.

Der Sinn ihrer Worte erreichte erst einige Sekunden später sein Gehirn. Zu sehr war er damit beschäftigt, ihren Duft zu analysieren.

Irgendwie zitronig und doch weich und weiblich. So gut, dass er am liebsten seine Nase an ihrem Hals vergraben hätte.

"Einen Job?", fragte er, als er sich wieder gefangen hatte. Zwar stimmte etwas nicht mir ihr, aber sie hatte auch etwas an sich, das ihn faszinierte.

Ob es ihre widersprüchlichen Augen oder ihr herrlicher Duft waren, konnte er nicht sagen.

"Ja."

"Wie willst du in einer Bar arbeiten, wenn du so leise sprichst, dass ich dich kaum verstehen kann?" Er lachte auf. Der Gedanke, dass dieses kleine Wesen sich gegen das raue Klientel im *Club Central* durchsetzen sollte, ließ keine andere Reaktion zu.

Ihr Blick schnellte nach oben und durchbohrte ihn zornig. Die gerade noch toten Augen blitzten gefährlich auf und forderten ihn geradezu heraus, sie noch weiter auf die Palme zu treiben.

"Ich habe die letzten sechs Jahre in einem Hotel gearbeitet, ich bin mehr als qualifiziert dafür, in einer Bar ein paar Drinks auszuschenken!"

Er lächelte träge. Auch wenn sie fauchen konnte, glaubte er nicht, dass sie es hier lang aushalten würde. Und doch wollte er sie wiedersehen. Er wollte sie kennenlernen und herausfinden, was genau in diesem Bild nicht passte. Eine Aushilfe suchte er schon seit längerem, hatte aber einfach noch nicht die richtige gefunden.

*Warum nicht? Was hast du zu verlieren?,* fragte der Engel von seiner Schulter aus ... oder war es der Teufel? Es musste der Teufel sein. Nur dieser brachte ihn immer wieder in unmögliche Situationen mit Frauen, von denen er sich lieber fernhalten sollte.

"Komm Morgen um zehn Uhr abends. Du kannst einen Tag Probearbeiten, dann sehen wir weiter", sagte er, ehe er sich versah.

Ein kleines Lächeln umspielte ihre Lippen und ließ ihre erschöpfte Miene weicher wirken. Weicher, und dadurch so viel schöner.

"Danke!", sagte sie, stand auf und wandte sich ab.

"Warte! Wie heißt du überhaupt?"

"Faith", antwortete sie und streckte ihm die Hand entgegen.

"Adam."

Als ihre Hand die seine berührte, kribbelte seine Haut. Bevor er jedoch herausfinden konnte, was genau es war, hatte sie ihm ihre Hand entzogen. Mit gesenktem Kopf und schnellen Schritten verließ sie den Club.

Fasziniert sah er ihr hinterher. Was auch immer hier gerade geschehen war, es war definitiv das Werk des Teufels!

# 2 Neuer Job

## ADAM

Die Stille, die an jedem Nachmittag im *Club Central* herrschte, brachte auch ihn zur Ruhe. Die zur Routine gewordenen Arbeiten bremsten seine sich immer schneller drehenden Gedanken. Während der Vorbereitungen für den Abend vergingen die Stunden stets wie im Flug.

Die ersten Gäste trafen ein, er bediente sie und unterhielt sich mit dem ein oder anderen Stammgast. Der Club füllte sich schnell. Als er Faith am Ende der Bar stehen sah, war er erleichtert.

Unterstützung konnte er dringend gebrauchen. Auch wenn er heute Morgen noch gezweifelt hatte, dass es mit ihr wirklich klappen würde, im Moment war sie seine einzige Hoffnung.

Er ging zu ihr und öffnete die Klappe, damit sie hinter die Bar treten konnte.

"Hey, schön, dass du da bist!", sagte er laut über die Musik hinweg.

Sie lächelte vage und trat einen Schritt zurück. Wieder trug sie einen viel zu großen schwarzen Hoody und eine weite dunkle Jeans.

*Sie könnte ziemlich hübsch sein, wenn sie etwas mehr auf ihr Äußeres achten würde ...*

In diesem Moment zog sie die Kapuze herunter. Er musste sich zwingen, nicht auf den kahlrasierten Kopf zu starren.

*Was zum Teufel ist los mit dieser Frau?*

Schnell schüttelte er den Gedanken ab. Es gab viel zu tun und es war schließlich nicht sein Job, zu erforschen, was in ihr vorging. Er musste lediglich herausfinden, ob sie als Kellnerin taugte oder nicht.

"Dann mal los!"

Kurz zeigte er ihr die wichtigsten Dinge, die sie für den Abend benötigen würde.

Nachdem sie ihm einige Minuten bei seiner Arbeit über die Schulter gesehen hatte, bediente sie die Gäste weitestgehend selbstständig.

Es klappte besser, als er es sich hätte vorstellen können, auch wenn sie zeitweise sehr angespannt wirkte.

"Das RedBull ist aus, wo finde ich den Nachschub?", fragte sie leise und riss ihn damit aus seinen Überlegungen.

Er beugte sich etwas näher zu ihr, um sie besser verstehen zu können, und atmete dabei wieder ihren herrlichen Geruch ein. Genau wie am Vortag. Zitronig und doch süß.

Sehr gut. Sogar so gut, dass er erneut am liebsten seine Nase an ihren Hals gedrückt hätte.

"Adam?" Sie trat einen Schritt zurück.

*Ach ja, Frage - Antwort. Aber wie war die Frage? ... Zitrone ... nein, das war der Geruch ... RedBull!*

"Ja ... Nachschub. Komm mit."

Er ging zu dem winzigen Vorratsraum. Schnell zeigte er ihr den Nachschubkarton und beeilte sich dann, zurück an die Bar zu kommen.

Nicht nur, weil es jede Menge Gäste gab, die auf ihre Getränke warteten, zu zweit hatten sie auch kaum Platz in diesem Raum.

Bevor er sich also wieder zum Trottel machte beim Versuch herauszufinden, nach was genau sie roch, machte er sich lieber wieder an die Arbeit. Besser, er ließ nicht zu, dass seine Gedanken sich so oft um sie drehten!

## FAITH

Den ganzen Tag über hatte sie sich Sorgen darüber gemacht, ob sie dem Job auch gewachsen sein würde. Völlig unbegründet. Im Gegenteil, es fiel ihr erstaunlich leicht.

Der Tresen ragte wie eine Mauer vor ihr auf und trennte sie von all den Gästen des Clubs. Nur Adam war mit ihr dahinter und dieser schien sich voll und ganz auf seine Arbeit zu konzentrieren.

Aus dem Augenwinkel beobachtete sie ihn. Er sah wieder sehr gut aus. Das weiße, T-Shirt lag hauteng an seinem Oberkörper und ließ ihrer Fantasie kaum mehr Raum. Seine ausgeprägte Brust- und Armmuskulatur zuckte gleichmäßig, während er den Drink für einen Gast mixte.

"Hey, du bist also die Neue!"

Schnell wandte sie sich um. Es war die schöne Brünette, mit der Adam sich am Vorabend so vertraut unterhalten hatte.

"Hi, ich bin Faith."

"Ich bin Tessa. Gefällt es dir hier?"

"Sehr gut, danke", gab sie zurück, auch wenn es ihr lieber gewesen wäre, nicht mit der Freundin ihres Vorgesetzten reden zu müssen.

"Lass sie in Ruhe, Tessa, wir müssen arbeiten.

Komm und hol dir deinen Drink!", rief Adam in diesem Moment, als hätte er ihre Gedanken gelesen.

Tessa schnaubte, ging aber ohne ein weiteres Wort zu ihm. Sie beugte sich über die Theke und küsste ihn auf die Wange, ehe sie etwas in sein Ohr flüsterte.

Das Gefühl, das sie bei diesem Anblick spürte, ignorierte sie. Was genau es war, konnte sie sowieso nicht sagen. Sie wusste nur eins: Sie wollte keinen Mann, brauchte keinen und konnte bei Gott nichts mit einem Mann in ihrem Leben anfangen!

Noch nicht einmal mit einem solchen Prachtexemplar. Nein, Adam stand bestimmt nicht auf ihrem Speiseplan!

## ADAM

Der Abend verging sehr schnell. Faith war ihm eine große Hilfe und wirklich gut in dem, was sie tat. Auch die ruhigeren Zeiten brachten keine Langeweile und rasende Gedanken. Währenddessen unterhielt er sich mit ihr, um mehr über sie zu erfahren.

Sie war fünf Jahre jünger als er und hatte keine Familie. Erst vor wenigen Tagen war sie nach New York gezogen, hatte deshalb hier auch keine Freunde. Manchmal kam es ihm so vor, als würde sie seinen Fragen ausweichen. Er ließ es zu, für tiefschürfende Gespräche hatten sie sowieso keine Zeit.

*Und es geht dich auch verdammt nochmal nichts an!*, schalte er sich selbst.

"Super gemacht!", lobte er sie, nachdem er die Tür hinter dem letzten Gast geschlossen hatte.

"Danke."

"Wenn du willst, hast du den Job."

Sie nickte und wieder schlich sich dieses kleine Lächeln auf ihr Gesicht, das ihre Züge so viel weicher wirken ließ.

"Du bist verdammt hübsch, wenn du so lächelst", sagte er, ohne es zu wollen.

Das Lächeln verschwand schlagartig und ihr Gesichtsausdruck wurde kalt. Er ging einen Schritt auf sie zu, doch sie wich sofort zurück.

"Faith?" Langsam, ohne ihn aus den Augen zu lassen, steuerte sie auf die Eingangstür zu.

"Wann soll ich da sein?" Sie war schon fast an der Tür angekommen.

"Komm gegen sechs, dann können wir vorher deine Papiere fertigmachen", antwortete er und ließ sich auf einen der Barhocker fallen.

Sie nickte abermals und verschwand nach draußen.

*Eine wirklich seltsame Frau ...*

Aber so lange sie arbeitete wie an diesem Abend, war es ihm egal, was für Probleme sie hatte. Er suchte schließlich eine Aushilfe, keine Frau fürs Leben.

## FAITH

Etwas mulmig war ihr schon zumute, als sie sich am nächsten Abend auf den Weg in die Bar machte. Adam ließ sie viel zu schnell vergessen, dass er auch nur ein Fremder war, dem sie nicht vertrauen sollte. Er machte es ihr leicht zu glauben, dass alles in Ordnung sei.

Aber jeder Mensch bestand nun einmal nur aus einer mehr oder weniger schönen Hülle, mit einem schlechten Kern.

Manche Seelen waren schwärzer als andere, aber schlussendlich wurde man immer nur enttäuscht, wenn man vertraute.

Stunde um Stunde hatte sie jedes seiner Worte hin und her gewälzt, hatte sich den Kopf darüber zerbrochen, was seine Beweggründe und Hintergedanken waren.

Zu einem Ergebnis war sie nicht gekommen. Zu widersprüchlich waren seine Signale. In einem Moment war sie sich sicher, dass er sie kaum wahrnahm, im nächsten stand er unmittelbar neben ihr und durchbohrte sie mit seinen Blicken.

Schlussendlich hatte sie aber keine Wahl. Die Rechnungen mussten bezahlt werden und lange würde ihr Erspartes nicht mehr reichen.

Die Tür war noch verschlossen, als sie am Club ankam. Zögerlich klopfte sie.

"Faith?", fragte er verwundert, nachdem er die Tür geöffnet hatte.

"Ähm ... hey. Ich sollte doch früher kommen."

"Klar, komm rein", antwortete er und schüttelte den Kopf, als müsste er einen Gedanken vertreiben.

Er ging voran, sie folgte ihm nach hinten in ein Büro.

"Setz dich", sagte er und deutete auf einen Stuhl vor einem großen wuchtigen Schreibtisch. Im Raum herrschte endloses Chaos. Überall lagen riesige Haufen Papier. Pullover hingen über den Stuhllehnen und leere Tassen standen auf jeder verfügbaren Oberfläche.

"Entschuldige bitte, ich hab unseren Termin irgendwie verplant."

Er reichte ihr ein Formular. Sie füllte es aus, während er versuchte, ein klein wenig Ordnung zu schaffen. Eigentlich räumte er die Dinge nur von rechts nach links, aber immerhin entstand eine kleine freie Fläche, auf der er mehrere Papiere unterschrieb.

Kopfschüttelnd wandte sie sich wieder ihren Unterlagen zu.

*Ich sollte mir wirklich abgewöhnen, ihn dauernd so anzustarren. Egal wie verdammt gut er in diesem Muscle-Shirt aussieht!*

## ADAM

Wieder kam sie in diesem Schlabberlook. Nur allzu gern würde er wissen, was sich darunter befand. Je länger er sie ansah, desto neugieriger wurde er auf sie. Ihr Äußeres war genauso widersprüchlich wie ihr gesamtes Verhalten. Vom scheuen Kätzchen zur fauchenden Löwin in einer Sekunde.

Sie direkt auf ihre Kleidung anzusprechen, war aber bestimmt nicht der richtige Weg. Er würde sich etwas einfallen lassen.

Im Moment wartete er darauf, ihr wieder die Hand zu reichen und noch einmal dieses Kribbeln auf seiner Haut zu spüren. Oder zumindest um festzustellen, dass er es sich nur eingebildet hatte.

Nachdem sie auf der letzen Seite unterzeichnet hatte, reichte sie ihm die Unterlagen.

"Willkommen im Team!", sagte er und streckte ihr seine Hand entgegen. Sie schlug ein und da war es wieder, diese Kribbeln, das er nicht zuordnen konnte. Diesmal blieb es nicht auf seiner Hand, sondern zog sich durch seinen gesamten Körper.

Ihr Blick wanderte von seinen Augen zu ihren Händen. Auch sie musste es spüren. Dann entzog sie sich ihm. Gerne hätte er sie einfach festgehalten oder noch besser, näher zu sich gezogen.

Er wollte dieses Gefühl behalten und gleichzeitig ihren Duft tief in seine Lungen ziehen.

Sie trat einen Schritt zurück und sah sich unsicher im Raum um.

"Okay, womit soll ich anfangen?"

"Lass uns die Vorräte auffüllen", gab er zurück und deutete auf die Tür. Früher oder später würde sich wieder die Gelegenheit ergeben. Da war er sich sicher.

Sie arbeiteten den ganzen Abend über Hand in Hand. Auch wenn sie ihm immer wieder auswich, konnte er nicht anders, als ihre Nähe zu suchen. Was genau es war, das ihn so zu ihr zog, konnte er nicht sagen, aber er hatte das Bedürfnis, sie zu berühren, sie zu riechen, ihre Gegenwart zu spüren.

Immer wieder streifte er im Vorbeigehen ihren Arm oder schob sie mit einer Hand zur Seite. Oft zuckte sie zurück, doch er ignorierte es einfach, als wäre es ihm gar nicht aufgefallen. Es war besser, als auf das Kribbeln zu verzichten.

Am Ende des Abends schien sie sich bereits damit abgefunden zu haben. Eine Antwort auf die Frage, warum genau diese Frau ihn so anzog, hatte er aber nicht bekommen. Auch wenn er sich selbst immer wieder ermahnte, dass er keine Frau sondern eine Kellnerin suchte, so konnte er sich ihrer Anziehungskraft einfach nicht widersetzen.

Genau dieses System behielt er die nächsten beiden Wochen bei.

Faith wurde zusehends entspannter in seiner Gegenwart und störte sich nur noch selten daran, wenn er sie berührte. Wirklich offener war sie aber dennoch nicht geworden. Schade eigentlich, denn je länger er sie kannte, desto mehr genoss er ihre Gesellschaft.

Sie verstanden sich ohne Worte. Faith erledigte sämtliche Arbeiten im Club, als würde sie dort schon seit Jahren arbeiten.

## FAITH

Die Arbeit machte ihr Spaß und zum ersten Mal seit sieben Monaten gab es einen Menschen, bei dem sie keine Angst hatte, ihm den Rücken zuzudrehen.

Warum das ausgerechnet Adam war, konnte sie nicht sagen. Alles an ihm schrie eigentlich danach, dass man sich von ihm fernhalten sollte.

Die meisten Menschen taten es auch. Nie hatte sie jemanden gesehen, der ihm gegenüber die Stimme erhob. Nicht einmal, wenn er einen Betrunkenen aus der Bar beförderte.

Wenn man ihn auf sein Aussehen reduzierte, blieb nur ein Bad-Boy übrig.

Die Muskeln, die Tätowierungen, seine Kleidung und seine angespannte Art, sich zu bewegen.

Sie sollte um ihr Leben laufen, anstatt sich bei ihm wohl zu fühlen.

Aber ihr Körper sagte etwas ganz anderes. Zum einen war da dieses verräterische Kribbeln in ihrem Bauch, das dort absolut nichts zu suchen hatte. Zum anderen hatte sie das Gefühl, dass er sie vor dem Rest der Welt beschützen würde.

*... aber wer beschützt dich vor ihm?*

Schnell schüttelte sie den Gedanken ab. Sie hatte nicht vor, sich auf irgendetwas einzulassen. Sie wollte keine Menschen in ihrem Leben. In ihrem Herzen war einfach kein Platz für noch mehr Leid und Schmerz. Allein ging es ihr gut und sie war sicherer, als sie es bei jedem anderen sein konnte.

Davon einmal abgesehen, war er immer noch ihr Chef, also kam eine wie auch immer geartete Beziehung absolut nicht in Frage.

Sie schob die Ärmel ihres Pullovers nach oben und spülte die benutzen Gläser. Es war bereits nach Mitternacht und die Party war im vollen Gange.

Adam mixte wieder Drinks für die Frauen und Männer an der Bar. Bei allem, was er tat, sah er unglaublich selbstbewusst und dadurch so verdammt gut aus. Er war sich seiner so sicher und schien nie auch nur den geringsten Zweifel zu haben.

Diese Eigenschaft imponierte ihr, schüchterte sie aber zugleich ein. Er war wie ein Raubtier. Wunderschön aus der Ferne zu betrachten. Elegant und gefährlich.

Kopfschüttelnd machte sie sich wieder an die Arbeit. Sie dachte eindeutig zu oft über Adam nach!

Nachdem auch der letzte Gast den Club verlassen hatte, arbeiteten sie wie jeden Tag zusammen, um die Spuren der Party zu beseitigen.

Sie ging in den Vorratsraum, um die leeren Flaschen zurück in die Kisten zu bringen.

Sie spürte ihn in ihrem Rücken, ehe sie ihn hörte.

"Faith?", fragte er mit rauer Stimme. Der Ton bescherte ihr Gänsehaut am ganzen Körper. So kratzig, als würde er mit den Stoppeln seines Dreitagebarts über ihre Haut fahren.

Er stützte seine Hände links und rechts von ihrem Kopf am Regal ab. Ihr Atem ging schneller und sie traute sich nicht, sich zu ihm umzudrehen.

"Faith?" Fast bittend. Dann spürte sie seine Nase an ihrem Hals. Er atmete tief ein. Mehrmals hintereinander. Murmelte ihren Namen. Bis ihr Atem nicht mehr aus Panik schneller ging.

Ganz langsam drehte sie sich zu ihm um. Sein schönes Gesicht war nur wenige Zentimeter von ihrem entfernt. Seine beinahe schwarzen Augen musterten sie intensiv.

Er legte eine Hand an ihre Wange und streichelte mit seinem Daumen über ihre Unterlippe. Sanft. Vorsichtig. Weicher, als sie es ihm jemals zugetraut hätte.

"Ich muss wissen, wie du schmeckst", raunte er und senkte seinen Kopf noch weiter. Langsam, als wollte er ihr die Zeit geben, es sich anders zu überlegen.

Und genau das sollte sie auch tun. Hier weggehen. Sich von ihm fernhalten. Doch seine Hand an ihrer Wange machte es ihr unmöglich, sich auch nur einen Millimeter zu rühren.

Nervös leckte sie sich über die Lippe. Nicht sicher, ob es eine gute Idee sein würde, ihn zu küssen. Doch dann trafen seine Lippen auf ihre.

Warm, weich. Forschend streichelte er über ihre. Seine Wärme, ihn so nah bei sich zu spüren, zu riechen und seine Lippen zu fühlen, ließ alles andere wie in einem Nebel verschwinden. Alle Bedenken waren wie weggeblasen. Einzig der Gedanke, wie seine Lippen schmecken würden, zählte in diesem Augenblick.

Ohne weiter darüber nachzudenken, öffnete sie ihren Mund und strich mit ihrer Zunge über seine volle Unterlippe.

Noch einmal. Er schmeckte nach Bier und Minze. Unglaublich verführerisch.

Auch er öffnete seinen Mund. Kam ihr entgegen. Ihre Zungen trafen aufeinander, streichelten sich vorsichtig, tasteten sich langsam in den Mund des Gegenübers vor.

Ein leises, wohliges Seufzen entrang sich ihrer Kehle, ehe sie sich ihm noch ein Stückchen entgegen reckte.

Sie wollte mehr von ihm schmecken. Mehr von diesem warmen Kribbeln in ihrem Bauch spüren.

Doch dann wurde sein Kuss heftiger. Er drängte sie zurück, bis ihr Rücken gegen das Regal stieß.

Das Kribbeln in ihrem Bauch wurde zu einem Knoten, der sich immer weiter zusammenballte.

Ihre Hände stemmten sich gegen seine stahlharte Brust, doch gegen seine Kraft konnte sie nichts ausrichten.

Sie saß in der Falle. Allein mit ihm in dieser winzigen Vorratskammer. Sie musste hier raus. Weg von diesem Ort. Weg von diesem Mann.

Er küsste sie noch immer, obwohl sie ihren Mund bereits geschlossen hatte.

Seine Hände lagen an ihren Wangen und nur mit einer ruckartigen Bewegung gelang es ihr, seine Lippen von ihren loszureißen.

Mit aller Kraft trat sie ihm auf den Fuß. Er ließ fluchend von ihr ab.

"Fuck! Bist du verrückt geworden?"

"Ich ... ich ... gehe jetzt", stotterte sie gepresst und versuchte ihm nicht zu zeigen, wie sehr ihr Körper zitterte. Rückwärts verließ sie den Raum.

Nein, ihm durfte sie auf keinen Fall je wieder zu nahe kommen!

Auf zittrigen Beinen lief sie die kurze Strecke vom Club zu ihrem Apartment. Ihr Atem ging heftig und das Stahlband, das sich um ihre Brust spannte, schnürte sie von Sekunde zu Sekunde enger ein.

Mit letzter Kraft schaffte sie es, die Tür hinter sich zu verriegeln, ehe sie erschöpft zusammenbrach. Keuchend kauerte sie sich zusammen und hieß die Tränen willkommen, die den Druck von ihrem Herzen nehmen würden.

Der Druck würde gehen, aber bleiben würde der grausame Trip zurück in die Vergangenheit. An einen Ort, an dem sie nie wieder sein wollte.

# 3 Was soll das?

**ADAM**

"Ich ... ich ... gehe jetzt", stotterte Faith.

*Was?*

Die Worte drangen wie durch einen Nebel in seinen Verstand vor.

Er war noch voll und ganz mit dem Schmerz in seinem Fuß beschäftigt, als sie an ihm vorbei schlüpfte und die Vorratskammer verließ.

*Was zum Teufel soll das?*

Mühsam humpelte er ihr hinterher und sah gerade noch, wie sie den Club verließ.

Kopfschüttelnd starrte er auf die ins Schloss gefallene Tür. Er konnte sich einfach nicht erklären, was gerade passiert war.

Eben noch hatte sie sich endlich fallengelassen. Nach endlos langen zwei Wochen war er ihr nahe genug gekommen, um ihren unvergleichlichen Duft in sich aufzusaugen.

Tausende Male hatte er ihre Note im Vorbeigehen aufgeschnappt.

Tausende Male hatte er sich gewünscht, seine Nase ganz nah an ihre Haut zu bringen, um zu identifizieren, was genau es war, was ihn so süchtig nach diesem Geruch machte.

Als er in die Vorratskammer gekommen war, konnte er sich einfach nicht mehr beherrschen. Ganz nah war er hinter sie getreten und hatte ihren Duft eingeatmet.

Doch je mehr er von ihr roch, desto größer wurde das Verlangen zu wissen, wie sie schmeckte. Ihre Haut, ihre Lippen, ihr Mund … ihre Pussy. Genau in dieser Reihenfolge wollte er sie kosten.

Nein, nicht wollte, musste! Er war wie getrieben von dem Gedanken, jeden Zentimeter ihrer Haut zu liebkosen.

Seine Stimme hatte sich noch nie so flehend angehört wie in diesem Moment, da war er sich sicher.

Und ihr Kuss? Atemberaubend. Genau so, wie er es sich vorgestellt hatte.

Warm, weich, süß und unglaublich sexy. Er wollte mehr von ihr. Mehr von all dem.

Doch sie ließ ihn stehen.

Nicht nur das. Sie befreite sich aus ihrem Kuss, als hätte er sie zu all dem gezwungen. Als hätte sie ihn nicht freiwillig geküsst und wäre ihm nicht freiwillig entgegen gekommen.

Er konnte ihren Körper noch in seinen Armen spüren.

Und dann, von einer Sekunde auf die andere, hatte sie ihm mit voller Wucht auf den Fuß getreten und war geflüchtet.

*Fuck!*

Er verstand einfach nicht, was hier passiert war. Genervt packte er seine Sachen und ging ein Stockwerk höher. Hier hatte er seine kleine Wohnung. Lediglich zwei Zimmer, Küche, Bad, aber alles, was er brauchte.

Er ging in das kleine weiß gekachelte Bad und zog sich aus.

Als er sich unter der Dusche wusch, sah er resigniert auf seinen immer noch harten Schwanz. Sein bestes Stück hatte eindeutig noch nicht verstanden, dass Faith heute nicht zur Verfügung stand.

Gequält stöhnte er auf, als er an ihren schmalen, heißen Körper dachte.

Noch immer hatte er keine konkrete Vorstellung davon, was genau sich unter ihrer seltsamen Kleidung verbarg, aber zumindest eine Ahnung.

Eine, die sich verdammt gut in seinen Armen angefühlt hatte.

Völlig automatisch wanderte seine Hand an seinem Bauch entlang nach unten.

Von selbst würde sich dieses Problem nicht lösen. Also schloss er seine Faust um seine Erektion und fuhr langsam auf und ab.

In seinem Kopf formten sich Bilder von Faith, wie sie ihre Hände an seiner Duschwand abstützte und ihm ihren kleinen Hintern entgegenstreckte. Er stellte sich vor, wie er sie an den Hüften packte und in sie stieß. Erst langsam, dann immer schneller.

Im gleichen Rhythmus ließ er seine Hand schneller auf- und abfahren. Verstärkte den Druck und genoss das Ziehen während die Bilder in seinem Kopf in Höchstgeschwindigkeit rasten.

Dann krachte sein Orgasmus über ihn herein. In mehreren Schüben ergoss er sich in die Dusche, die sämtliche Spuren sofort wegspülte.

Der Druck war weg. Befriedigt fühlte er sich aber nicht.

## FAITH

Lange saß sie am Boden vor ihrer Eingangstür. Die Tränen waren vor Stunden versiegt. Alles was blieb war die Leere in ihr, die den Reisen in ihre Vergangenheit stets folgte.

Mühsam hob sie ihren pochenden Kopf von den Knien. Es war bereits hell geworden, ohne dass sie es mitbekommen hatte.

Sie rappelte ihre steifen Glieder auf. Stöhnend presste sie ihre Handballen auf ihre Schläfen. Der dröhnende Kopfschmerz ließ sie taumeln.

Mit einer Hand an der Wand entlang tastend, ging sie ins Badezimmer. Die Lampe ließ sie aus und war froh, dass die Jalousie des kleinen Fensters heruntergelassen war. So war das Licht gedämpft und reizte ihre herannahende Migräne nicht noch zusätzlich.

In dem schlichten Spiegelschränkchen über dem Waschbecken suchte sie nach den Schmerztabletten. Wut und Verzweiflung brauten sich in ihr zusammen, als sie sie nicht auf Anhieb fand.

Sie warf alles, was sich in dem Schränkchen befand, beiseite, bis sie die richtige Dose gefunden hatte. Mit zitternden Händen öffnete sie den Behälter und schluckte zwei der Tabletten ohne einen Tropfen Wasser.

Dann ging sie in das angrenzende Zimmer. Die gleißende Sonne des schönen Herbsttages stach wie eintausend Nadeln in ihrem Kopf. So schnell sie konnte schloss sie die dicken, schweren Vorhänge und rollte sich anschließend auf dem schlichten Futonbett zusammen.

Die emotionale Erschöpfung brachten ihr bald den ersehnten Schlaf.

## ADAM

Der Wecker riss ihn unsanft aus dem Schlaf. Er konnte kaum glauben, dass es schon wieder elf Uhr sein sollte. Und doch belegten die Zahlen auf seiner Digitaluhr genau das.

Dass er sich so gerädert fühlte, musste daran liegen, dass er ewig gebraucht hatte, um einzuschlafen.

Faith ging ihm partout nicht aus dem Kopf. Was sollte das alles? Ihr widersprüchliches Verhalten beschäftigte seinen Kopf non stop.

Und wenn er gerade mal fünf Minuten nicht an sie dachte, erinnerte sein Schwanz ihn ganz bestimmt an sie.

*Fuck!*

Mühsam quälte er sich aus dem niedrigen Bett. Nach einem kurzen Abstecher ins Bad zog er sich seine Joggingklamotten an und verließ das Haus, in dem sowohl sein Club als auch die kleine Wohnung lagen.

Er joggte die zwei Meilen bis zu dem Studio, in dem er immer trainierte.

Mittags war hier immer am wenigsten los und er genoss die Ruhe.

Slade, Inhaber des Boxstudios, begrüßte ihn bereits am Eingang.

"Na, auch schon auf den Beinen?", scherzte er und klopfte ihm freundschaftlich auf die Schulter.

"Wäre ich so wie du um neun Uhr ins Bett gegangen, wäre ich auch schon früher auf", gab er lachend zurück.

Sie trainierten zusammen an den Geräten und anschließend im Ring.

Slade, der Club, die Jungs, all das war zu einem festen Bestandteil seines Lebens geworden.

Er war dankbar, dass Noel, Slades Dad, ihn damals auf der Straße aufgelesen hatte. Er war sich nicht sicher, ob er heute noch am Leben wäre, hätte Noel ihm kein Ziel gegeben.

Das Boxen sorgte dafür, seine überschüssige Energie loszuwerden. Noel gab ihm ein Dach über dem Kopf, als seine eigenen Eltern es ihm versagt hatten. Der Gedanke an Noel brachte wie immer einen schlechten Beigeschmack.

Die letzten Worte zwischen ihnen waren im Streit gefallen und bestimmt nicht so gemeint, wie sie gesagt wurden.

Zurücknehmen konnte er sie nicht. Noel starb noch am selben Abend. Als Slade ihn endlich erreicht hatte, war es bereits zu spät. Noel's Haut war bereits kalt, als er an seinem Sterbebett ankam.

Damals hatte er sich dazu entschieden, sein Leben endgültig zu ändern. Er bereute nicht, was er getan hatte, um zu erreichen, was er heute war. Er bereute nur die Art und Weise, wie er dabei mit den Menschen, die ihm wichtig waren, umgegangen war.

Allen voran Noel.

"Konzentrier dich, Adam! Du schlägst wie eine Pussy!", bellte Slade ihn an und stieß ihn hart vor die Brust.

*Richtig! Ganz oder gar nicht, wie immer, Mann!*

Pussy ließ er sich von Slade bestimmt nicht schimpfen.

Er war keine Pussy … dachte vielleicht zu oft an eben jene … oder an eine bestimmte … Faith.

Wie zum Teufel schaffte diese Frau es, sich sogar in sein Training zu schleichen?

Hier war kein Platz für einen Gedanken an sie. Weder an ihren Körper noch an ihr schönes, wenn auch immer müde wirkendes Gesicht.

Nicht an ihre weichen Lippen oder die strahlenden

Augen, die von einer Sekunde zur nächsten von funkelnder Freude auf tote Leere schalten konnten.

Schon gar nicht an ihre Küsse. Weich, bittersüß und dann leidenschaftlich, ehe sie genauso abrupt die Richtung änderten wie der Ausdruck ihrer Augen.

Schmerz schoss in seinen Schädel, genauso wie am Vorabend in seinen Fuß.

"Fuck!"

"Verdient! Wenn du dich nicht mal für fünf Minuten konzentrieren kannst", knurrte Slade und zog seine Handschuhe aus.

"Was ist los? Wo willst du hin?"

"Ich boxe nicht mit dir, wenn du in Gedanken bei deinem letzten Fick bist!"

"Wenn dem bloß so wäre ..."

Slade lachte laut auf.

"Du hast sie noch nicht mal gefickt und bekommst sie trotzdem nicht mal fürs Training aus dem Kopf? Du bist am Arsch, Mann!"

"Red' kein Scheiß! Genau das ist doch das Problem! Sie hat mich einfach stehenlassen!" ... zumindest versuchte er sich das selbst einzureden.

Slades Lachen wurde noch lauter.

"Du hast einen Korb kassiert? Muss echt schlimm für dein Ego sein!"

"Lass den Scheiß und trainier lieber mit mir!", blaffte Adam.

"Geh an die Geräte, Adam. Wenn ich dir deine hübsche Visage blau schlage, hast du noch weniger Chancen bei ihr." Damit schwang er sich aus dem Ring und ging zum Punchingball.

"Woher kennst du sie?", fragte Slade, während er bereits anfing, auf den roten Ball einzuschlagen.

"Sie arbeitet bei mir", brummte er und machte sich missmutig daran, seine Schulterpartie zu trainieren. Lieber wäre ihm ein guter Kampf gewesen, aber Slade hatte recht, er war nicht bei der Sache.

"Nicht gut, Adam. Pass auf, dass du nicht noch eine Anzeige wegen sexueller Belästigung bekommst."

"Nein, so eine ist sie nicht. Und es war auch kein Sofort-Korb, ich kann es nicht erklären."

"So viele Gedanken, wie du dir darum machst, muss sie was Besonderes sein. Ich komm vorbei und seh sie mir an", sagte Slade lachend und wischte sich mit dem Unterarm den Schweiß von der Stirn.

Adam nickte nur. Er mochte es, wenn seine Freunde zu ihm in den Club kamen. Ein paar echte Menschen um sich herum. Nicht nur Kleinkriminelle und aufgetakelte Möchtegern-Szene-Menschen.

Er verabschiedete sich nach Trainingsende von seinem Freund und machte sich langsam auf den Heimweg. Dort angekommen, duschte er heiß.

Ein Handtuch um die Hüften geschlungen, starrte er in den Kleiderschrank. Genervt darüber, dass er sich überhaupt Gedanken machte, in welchen Klamotten er Faith am besten gefallen würde, riss er ein einfaches schwarzes Muscle-Shirt aus dem Schrank.

Dazu eine tief sitzende schwarze Jeans, Socken und Shorts. Standard. Er wollte niemanden beeindrucken!

Er rieb sich mit dem Handtuch über die Haare und zog sich an. Das Parfüm konnte er sich allerdings nicht verkneifen.

*... alles nur wegen diesem Weibsbild!*

Dann lief er nach unten und sperrte den Laden auf. Jeden Moment würde sie hereinkommen. Er begann schon mal, die Bar aufzufüllen, um nicht dämlich wartend auf die Tür zu starren.

Von Minute zu Minute wurde er unruhiger. Als er endlich das knarzende Geräusch der Eingangstür hörte, hielt er die Luft an. Wollte sie nicht mit ihm allein sein und kam deshalb kurz vor knapp? Was dachte sie? Dass er über sie herfallen würde?

Doch es war nicht Faith, es waren bereits die ersten Gäste. Er hatte gar nicht bemerkt, dass die Stunden so schnell vorbeigezogen waren.

Ließ sie ihn wirklich wegen dieser Kleinigkeit hängen?

Würde sie ihren gut bezahlten Job sausen lassen, nur weil er ihr einmal zu nah auf die Pelle gerückt war? Das konnte doch nicht ihr Ernst sein!

Schnell drehte er die Anlage auf und Musik erfüllte den Raum. Er bediente die Neuankömmlinge und starrte jedes Mal auf die Tür, wenn sie sich öffnete.

Nichts. Keine Faith.

Noch gab er die Hoffnung nicht auf, vielleicht würde sie wirklich abwarten, bis mehr Gäste hier waren … aber diesen Zahn würde er ihr ziehen. Er erledigte doch nicht alle Vorbereitungen allein, nur weil sie zu feige war, sich mit ihm auszusprechen.

Es war ja nicht gerade so, als hätte er sie zu irgendetwas gezwungen.

Über eine Stunde und viele Gäste später öffnete sich die Tür erneut. Die Bar war mittlerweile gut voll, doch von Faith fehlte noch immer jede Spur. Und das gerade heute, wo so viel Betrieb war.

Doch auch dieses Mal war es nicht Faith. Slade, Deacon, Liam und Nick betraten die Bar.

Das hatte ihm gerade noch gefehlt. So dreckig wie Slade grinste, hatte er ihren anderen Freunden bereits von Faith erzählt und sie waren gekommen, um zu sehen, wie die Frau aussah, die ihm nicht mehr aus dem Kopf ging.

*Shit!*

"Hey!", grüßte er die Runde, als diese sich an die volle Bar drängte.

"Und, wo ist deine Traumfrau?", platze Liam sofort heraus.

"Sie ist nicht meine Traumfrau!" ... *ist sie doch ...*

"Dann eben, wo ist die Frau, die es schafft, dein Training zu versauen?"

Die vier lachten, weil alle wussten, wie eisern er war, wenn es ums Boxen ging.

"Wenn ich das wüsste", schnaubte er und wandte sich seinen Gästen zu. Allein hatte er keine Chance, sich für fünf Minuten mit jemandem zu unterhalten.

"Sie ist einfach nicht aufgetaucht?", fragte Slade, nun wieder ganz ernst.

"Nein."

"Bist du allein heute?"

"Sieht so aus, oder?", knurrte er zurück.

*Ja, ja, immer mit dem Finger in die offene Wunde!*

Slade stützte sich an der Bar ab und schwang seine Füße hinter den Tresen.

"Ich hab keine Zeit zu diskutieren, Mann!"

"Hab ich auch nicht vor, ich helfe dir!"

Er wusch sich die Hände und wandte sich dann den Gästen zu.

Ja, auf seinen Freund war einfach immer Verlass!

"Alles, was du brauchst, mein Bester, ist ein richtiger guter Fick!" Liam's Stimme riss ihn aus seinen Gedanken.

Da erst fiel ihm auf, dass er immer noch das gleiche Glas spülte. Seit wann? Genau konnte er es nicht sagen, aber seine Gedanken hingen eindeutig schon viel zu lang an Faith. Wo war sie? Ließ sie ihn wirklich wegen dieses lächerlichen Kusses im Stich?

"Adam!"

*Konzentrier dich, Junge. Du machst dich ja lächerlich!*

"Ja, du hast recht", antwortete er schließlich.

Seit Faith um ihn herum schwirrte, hatte er keine Frau mehr in seinem Bett gehabt. Das konnte nicht gut für ihn sein. Von vier auf null die Woche, da würde jeder unter Entzugserscheinungen leiden. Kein Wunder also, dass sein Schwanz nur noch an Faith denken konnte. Sein Kopf war es bestimmt nicht, der ihm so einen Blödsinn vorgaukelte!

"Ich glaube, Tessa wollte noch kommen", sagte Liam.

Zweifelnd verzog er das Gesicht. Mit ihr hatte er schon vor langer Zeit abgeschlossen.

"Nein danke, hatte ich schon."

Liam schnaubte. "Als wüssten wir das nicht! Okay, wie wär's mit Kendra? Vielleicht kannst du sie überreden, Bailey mitzunehmen. Die beiden scheinen heute in Partystimmung zu sein", lachte er und deutete auf die Tanzfläche.

Ja, die beiden zogen wieder das volle Programm ab. Den Anwesenden schien es zu gefallen. Im Normalfall hätte ihm Liam's Vorschlag auch zugesagt und doch kamen sie ihm irgendwie billig vor. Zu aufgesetzt. Zu sehr darauf bedacht, möglichst viel Aufmerksamkeit zu erregen.

Er zuckte mit den Schultern und machte sich erneut an die Arbeit.

Als Kendra Stunden später zu ihm kam, ging er auf ihr Flirten ein. Irgendwie musste er Faith einfach aus seinem Kopf bekommen.

Kendra war genau das Gegenteil von ihr. Vorlaut, direkt und Sex auf zwei Beinen. Genaugenommen das einzig richtige, um von diesem Mauerblümchentrip herunter zu kommen!

In der Bar war es bereits ruhiger geworden und Slade signalisierte ihm, sich um alles Weitere zu kümmern. Also zog er das Geschirrtuch aus seiner Hosentasche und warf es auf den Tresen, ehe er darüber sprang.

Kendra trat direkt vor ihn, legte ihre Hände auf seine Brust und ließ sie hinauf bis zu seinen Schultern wandern. Sie streckte sich und knabberte sich an seinem Kiefer entlang bis zu seinem Ohr.

"Hast du jetzt Zeit zu spielen?", gurrte sie. Zeit ja ... Lust nicht wirklich. Zumindest nicht auf sie. Was er wollte, stand aber nicht zur Debatte, also legte er seine Hände auf ihren großen prallen Hintern und griff kräftig zu.

"Nur für dich, Schätzchen", raunte er ihr zu und presste sie noch fester an sich.

Dann schob er sie von sich in Richtung seiner Wohnung in der Hoffnung, endlich wieder auf die richtige Spur zu kommen.

## FAITH

Selber Tag - anderer Ort.

Ihre Kopfschmerzen waren am Abend nur unwesentlich besser. Sie war mehr als froh darüber, dass sie heute ihren freien Tag hatte.

Eigentlich hatte sie sich vor zwei Wochen diesen Termin erbeten, um ihre beste Freundin Lilly zu treffen, die für einige Tage geschäftlich in New York sein würde. So wie sie sich im Moment fühlte, würde das aber auch nicht klappen.

Sie griff nach ihrem Handy und tippe eine Nachricht an Lilly.

F: Hey Süße, ich hab Migräne, kann leider nicht. Sorry. X, F.

Eigentlich gar nicht so schlecht. Lilly würde sofort bemerken, dass etwas nicht stimmte. Aber was sollte sie schon sagen?

Eigentlich hatte Adam nichts falsch gemacht. Sie hätte den Kuss gar nicht erst zulassen dürfen. Egal, wie verdammt verführerisch er roch. Egal, wie sehr sie sich danach sehnte, die Wärme seines Körpers zu spüren. Und egal, wie gern sie wissen wollte, wie er schmecken würde.

Sie hätte es besser wissen müssen! Sie hätte ihn niemals in solch eine Situation bringen dürfen.

Wie zum Teufel sollte sie ihm jetzt wieder unter die Augen treten? Mit ihm zusammenarbeiten? Ihn Tag für Tag sehen, ohne …

Das Vibrieren ihres Handys riss sie aus den Gedanken.

Eine Nachricht von Lilly.

L: Migräne war schon immer deine Lieblingsausrede. Was ist wirklich los? X, L.

*Shit!*

F: Nein, wirklich. Alles in Ordnung. Mir geht's nur nicht so.

L: Du hast immer dann Migräne, wenn etwas passiert ist oder du jemanden nicht sehen willst. Letzte Chance, Faith!

F: Nein, so ist es nicht!

L: *seufz*

Was sollte das nun wieder bedeuten?

Ihr Kopf dröhnte, als es klingelte. Mühsam rappelte sie sich auf, schleppte sich zur Tür und öffnete.

Lilly.

"Mann, du siehst echt scheiße aus!"

Gequält stöhnte sie. Die Stimme ihrer Freundin war viel zu laut für ihre Kopfschmerzen.

"Du bist kreidebleich und hast Augenringe bis zu den Knien!", flüsterte sie dann.

"Danke. Da fühl ich mich doch gleich besser", brummte Faith. Sie wandte sich ab und ging in den Wohnraum, ohne ihre Freundin hereinzubitten oder die Tür zu schließen.

Lilly würde sich jetzt sowieso nicht mehr abwimmeln lassen. Hatte sie erst einmal Blut gerochen, konnte man sie schlichtweg nicht mehr loswerden, bis sie jedes noch so kleine Geheimnis gelüftet hatte.

Faith legte sich auf das Bett und verbarg die lichtempfindlichen Augen unter ihrem Arm.

Sie spürte, wie das Bett unter Lilly's Gewicht nachgab, als diese sich neben sie setzte. Sanft fuhr ihre Hand über ihre Seite. Streichelte sie, wie ihre Mum es früher mit ihr getan hatte.

Früher … also vor dem *Unfall* ...

Ihre Augen begannen zu brennen. Liebe und Fürsorge waren ihr fremd geworden. Nicht nur, weil sie ihr entzogen wurden, sondern vor allem auch, weil Faith sich entzog. Sie tat sich schwer damit, Nähe zuzulassen.

"Sprich mit mir, Süße. Was ist los?"

"Migräne."

"So weit waren wir schon. Ich weiß, dass es nicht daran liegt, dass du mich nicht sehen willst. Du siehst wirklich scheiße aus. Also ist irgendetwas passiert. War deine Mum da?"

"Nein."

"Dein Dad?"

"Nein."

"Dein Bruder?"

"Nein."

"Wir können dieses Spielchen die ganze Nacht spielen oder du sagst mir, was los ist, damit du deine Ruhe hast. Warte, ich hol dir einen kalten Waschlappen", sagte Lilly und erhob sich, um ins Bad zu gehen.

Wenige Augenblicke später spürte sie das kalte Nass auf ihrer Stirn. Lilly schob ihren Arm beiseite und zog den Waschlappen auf ihre Augen. Es wurde kühl und dunkel. Faith stöhnte vor Erleichterung auf.

"Also?"

"Adam."
"Wer ist Adam?"
"Mein Chef."
"Aha … und weiter?"
"Er hat mich geküsst."
Lilly zog scharf die Luft ein.
"Und du wolltest es nicht?", flüsterte sie und begann wieder damit, über Faith Seite zu streicheln.
"Doch." Und wie sie es gewollt hatte. Sogar jetzt konnte sie den Gedanken an seine warmen, weichen Lippen nicht verdrängen. Seinen Geschmack aus Bier und Minze. Seine weiche Zunge …
"Aber?"
"Es wurde mehr … zu viel …" Rational gesehen vielleicht nicht. Aber in diesem Moment hatte die Panik gewonnen.
"Habt ihr miteinander …"
"Nein." Sie konnte sich noch nicht einmal vorstellen, jemals wieder mit jemandem zu schlafen. Schon gar nicht mit einem eigentlich Fremden, wie Adam es war. Okay, fremd war er nicht. In den letzten Wochen war er ihr ein klein wenig zum Freund geworden. Sie hatte sich sicher gefühlt - und jetzt? Es würde grauenvoll sein.
"Also nur ein Kuss."
"Mhm …"
*... mehr als das ...*

"Vielleicht reagierst du ein bisschen über, Faith", sagte Lilly leise.

"Vielleicht", gestand sie.

"Hast du deine Psychologin angerufen?"

"Nein."

"Tu das! Es ist wichtig. Ich weiß nicht, wie ich dir helfen kann. Ich kenne ihn auch nicht, also was sollte ich dir raten?"

Sie tastete nach Lilly's Hand und drückte sie leicht.

"Wie lang bist du noch in der Stadt, Lilly?"

"Zwei Tage."

"Würdest du ... könntest du morgen mit mir zur Arbeit kommen und ihn dir ansehen?"

Der Gedanke, dass Lilly ihr bestätigen konnte, dass Adam kein übler Kerl war, gefiel ihr. Sie mochte nichts Schlechtes in ihm sehen. Er hatte ihr auch keinen Anlass dazu gegeben. Und doch traute sie ihren Instinkten in Sachen Menschenkenntnis einfach nicht mehr.

Lilly lachte leise auf. "Ich glaube nicht, dass ich dafür geeignet bin."

"Doch, du kannst Menschen sehr gut einschätzen", sagte Faith.

"Mhm, deshalb treffe ich mich auch immer mit Mr. Arschloch, Mr. Schlappschwanz und ihrem Cousin Mr. Volltrottel."

"... immer noch besser als ich. Du hattest mich vor

ihnen gewarnt", antwortete Faith leise und erschauerte, als sie an die drei Männer dachte, die ihr Leben verändert hatten.

Lilly presste sie fest an sich. "Denk nicht drüber nach, Süße. Wenn es dir wichtig ist, komme ich mit. Aber nur, wenn du mir versprichst, bei Dr. Perman anzurufen!"

"Mach ich. Ich muss um acht Uhr abends anfangen. Gegen neun Uhr kommen die ersten Gäste. Kannst du dabei sein?"

"Kein Problem, schick mir einfach die Adresse und ich bin da, versprochen."

"Danke, Lilly."

"Brauchst du noch was? Sonst lasse ich dich jetzt in Ruhe."

"Nein, danke für alles."

Lilly drückte ihr noch einen Kuss auf die Stirn und verließ leise die Wohnung.

# 4 Missverständnisse

## ADAM

Sex mit Kendra war mehr als überflüssig gewesen. Weder aufregend noch sonderlich befriedigend. Dass es dazu noch äußerst anstrengend gewesen war, sie wieder loszuwerden, bevor sie es sich in seinem Bett bequem machen konnte, setzte dem Ganzen nur noch die Krone auf.

Diese klammernden Weiber waren die mit Abstand schlimmsten und konnten sogar halbwegs passablen Sex im Nachhinein versauen.

"Du bist ja gut drauf! Sag bloß, sie hat sich nicht flachlegen lassen", sagte Liam, als er in den Ring stieg, um mit ihm zu sparren. Er hatte seine Laune völlig falsch interpretiert.

"Ich wünschte, es wäre so gewesen!"

"Warum? Ich fand sie ganz gut", sagte er lachend.

"Sie quiekt wie ein Meerschwein, wenn sie kommt!", sagte er genervt. Er hatte sich beherrschen müssen, ihr nicht eine Hand auf den Mund zu drücken. Aber dafür hätte er ihre Hüften loslassen müssen. Er hatte sich nichts sehnlicher gewünscht, als endlich zu kommen. Seine Gedanken waren wie von selbst zu Faith gewandert. Ihr Stöhnen war rau und wahnsinnig sexy. Immer schneller und härter hatte er sich in Kendra vergraben, während er sich vorstellte, genauso tief in Faith zu stoßen.

"Dein Gesichtsausdruck sagt etwas anderes als deine Laune!"

Ja, sie hatten alle ihren Spaß ... nur er nicht. Faith's Schuld!

Er versuchte, seine Wut nicht an seinem Freund auszulassen. Vorsichtshalber, damit Slade ihn nicht wieder aus dem Ring warf.

Slade hatte beim Training versprochen, heute sicherheitshalber wieder vorbeizuschauen, sollte wieder so viel los sein wie am Vorabend.

Er musste sich dringend um eine Aushilfe kümmern. Allein konnte er es an manchen Tagen einfach nicht mehr bewältigen.

Er befüllte gerade den Kühlschrank, als er das Knarzen der alten Tür hörte.

Faith stand in der Tür und sah ihn unsicher an.

"Oh, du gibst mir also doch noch die Ehre?", fragte er wütend. Er hatte sich bereits die zweite Nacht um die Ohren geschlagen, nur weil er absolut keine Ahnung hatte, was in diesem hübschen Köpfchen vor sich ging.

"Ähm … ja … oder soll ich nicht?" Sie schien äußerst unsicher. Kam nicht näher, sondern blieb mit der Klinke in der Hand an der Tür stehen.

Sie sah nicht allzu gut aus. Ein wenig übermüdet, als wäre sie die halbe Nacht unterwegs gewesen.

"Ich war mir nicht sicher, nachdem du mich gestern versetzt hast."

Sie hob eine ihrer schmalen Augenbrauen. Ihr Körper straffte sich kaum merklich, als sie sagte: "Ich hatte gestern frei."

"Warum? Weil ich dich geküsst habe?" Adam lachte laut auf und warf das Geschirrtuch auf den Tresen.

Was zum Teufel dachte sie sich? Dass sie tun konnte, was sie wollte, nur weil er sich zu ihr hingezogen fühlte?

*Das ist die Untertreibung des Jahres, Kumpel!*

Okay, nur weil sie ihm verdammt nochmal nicht mehr aus dem Kopf ging. Ihn Tag und Nacht verfolgte und ständig dafür sorgte, dass er frustriert war? Frustriert, weil er nicht wusste, was mit ihr los war, oder frustriert, weil er eine Latte bekam, sobald er daran dachte, wie sich ihr Körper an seinem angefühlt hatte.

"Ähm ... nein, weil wir es vor zwei Wochen ausgemacht hatten?" Ihr Ton war zwar fragend, aber äußerst sarkastisch. Das ließ ihn stutzen.

"Wovon sprichst du?"

"Davon, dass ich dir gesagt habe, dass ich diesen Abend frei brauche, weil ich Besuch von einer Freundin erwarte."

*... stimmt, da war was.*

Es war ihm unangenehm, es vergessen zu haben, also antwortete er lediglich mit einem unbestimmten *Hmpf.*

"Soll ich jetzt arbeiten oder nicht?"

"Ja." Im Augenwinkel sah er, dass ein kleines Lächeln um ihre Lippen zuckte, als sie die Tür losließ und nach hinten ging, um ihre Jacke aufzuhängen.

Den Drang, zur Tür zu laufen und diese abzuschließen, damit sie ihm nicht davonlief, ignorierte er. Sie war gekommen, also würde sie auch bleiben. Vielleicht sogar mit ihm sprechen.

Er hoffte es jedenfalls. Er brauchte sie. In seinem Club und irgendwie auch ein kleines bisschen mehr. Was auch immer es war, sie hatte sich in seinem Kopf festgesetzt und ließ ihn nicht mehr los.

## FAITH

Es hatte sie ihren ganzen Mut gekostet, einfach durch diese Tür zu marschieren und sich der Konfrontation mit Adam zu stellen.

Auf der kurzen Strecke von ihrer Wohnung zum Club hatte sie sich in Gedanken alle möglichen Ausreden und Ausflüchte zurechtgelegt. Sie war sich sicher gewesen, dass der Kuss, beziehungsweise ihre Flucht, das erste wäre, das er ansprechen würde.

Fehlanzeige ... Gott sei Dank!

Mit seinem Geknurre hatte er ihr die perfekte Vorlage für elegantes Umschiffen eines Katastrophengebietes gegeben.

*Danke, Adam!,* lachte sie in sich hinein.

Während der Vorbereitungen für den Abend fühlte sie sich von ihm beobachtet. Es war nicht sonderlich angenehm, aber sie machte sich auch keine Sorgen. Die ersten Gäste würden jeden Moment kommen und mit ihnen auch Lilly. Spätestens dann würde es keine Gelegenheit für ein Gespräch mehr geben und dieser *Vorfall* hoffentlich im Sand verlaufen.

Dauernd von ihm beobachtet zu werden, hatte dafür einen anderen Effekt ... zum ersten Mal seit langer Zeit wünschte sie sich, dass sie sich ein wenig mehr Mühe mit ihrem Aussehen gegeben hätte.

Sie wusste, dass die Spuren der Migräne und ihrem Trip in die Vergangenheit noch deutlich in ihrem Gesicht zu sehen waren. Hätte sie ein klein wenig besser ausgesehen, würde er sie vielleicht nicht so genau beobachten.

*Shit.*

Sie versuchte, so gut gelaunt wie möglich zu wirken, um ihm nur keinen Grund zu geben, genauer nachzuhaken.

Als die ersten Gäste eintrudelten und er ein wenig abgelenkt wurde, atmete sie innerlich auf. Den schlimmsten Teil des Abends hatte sie eindeutig überstanden.

## ADAM

Ihre aufgesetzte gute Laune ging ihm auf die Nerven! Er hätte das Thema lieber ausgesprochen und aus der Welt geschafft, als den ganzen Abend auf rohen Eiern zu gehen.

Immer wieder versuchte er, in ruhigeren Momenten mit ihr zu sprechen, doch sie wich ihm wirklich geschickt aus.

Die Spitze ihrer Manöver trudelte gegen neun Uhr in der Bar ein. Faith stellte die junge Frau als ihre Freundin Lilly vor.

*Freundin* ... Sie hatte keine Freundinnen in New York. Faith hatte es ihm selbst gesagt. Sie war neu hier, wollte ein neues Leben anfangen. Wo zum Teufel hatte sie diese geduldig wartende Frau also aufgetrieben?

Stundenlang saß sie allein an der Bar, wimmelte jeden ab, der mit ihr sprechen wollte, und wartete darauf, dass Faith eine freie Minute hatte.

In seiner Verzweiflung hatte er sogar Slade auf sie angesetzt. Er hatte noch nie gesehen, dass ihn eine Frau so kalt abblitzen ließ wie Lilly. Nicht mal, als er nicht locker ließ, hatte sie mehr als eine erhobene Augenbraue für ihn übrig.

"Tut mir leid, Adam ... die ist kalt wie Eis", sagte er mit gerunzelter Stirn, als er sich auf der anderen Seite der Bar niederließ.

"Kein Thema."

"Doch, ist es! Glaub mir, ich hab sie nicht nur aus reiner Nächstenliebe angesprochen", sagte Slade mit funkelnden Augen.

Kopfschüttelnd machte er sich wieder an die Arbeit. Er beschloss, die gleiche Taktik anzuwenden, die auch am Anfang ihrer gemeinsamen Arbeit gut funktioniert hat.

Er beobachtete sie nicht mehr, wich ihr nicht aus und versuchte auch nicht gezielt mit ihr zu sprechen ... wie auch, wo sie doch sofort immer zu Lilly rannte, sobald sie einmal einen Moment nichts zu tun hatte. Seine Zeit würde kommen!

Und tatsächlich entspannte sie sich Stück für Stück. Ihr Lächeln wurde wieder echter und ihre Körperhaltung entspannter.

Gerade als er dachte, endlich den Durchbruch geschafft zu haben, schüttete sie sinnbildlich einen Eimer kaltes Wasser über ihn.

"Lilly ist nur noch heute in der Stadt ... meinst du, ich könnte früher gehen? Wir wollen noch ein bisschen Zeit miteinander verbringen." Würde er es nicht besser wissen, hätte er ihr die Unschuldsmine abgekauft. Aber was sollte er schon sagen. In der letzten Stunde war es verdammt ruhig geworden.

Also nickte er widerstrebend. Morgen war schließlich auch noch ein Tag.

*... vor allem ein Tag ohne Lilly!*

## FAITH

"Er ist toll", platzte Lilly heraus, als sie zusammen auf dem Bett saßen.

Sie hatten es sich mit Popcorn und einer DVD gemütlich gemacht.

"Adam?"

"Wer sonst? Du wolltest doch meine Meinung zu ihm, nicht zu seinem Freund." Lilly verzog gequält das Gesicht.

"Ach komm schon, der war ziemlich heiß!" Lachend ließ Faith sich tiefer in die Kissen sinken.

"Jep, und von Adam bestellt, um mich abzulenken. Nein, danke! Das hab ich wirklich nicht nötig."

"Das kannst du nicht wissen."

"Doch, kann ich und lenk nicht ab, Faith!"

Sie spielte mit dem Fransen der Kuscheldecke, in die sie sich gewickelt hatte. Eigentlich wollte sie nur den Abend genießen, ohne komplizierte Gespräche.

"Mhm."

"Faith, du wolltest meine Meinung, hier hast du sie. Adam ist toll."

"Mhm ..."

"Was soll ich nur mit dir machen?", fragte Lilly und zog sie in ihre Arme.

"Unsere DVD ansehen und Frieden geben."

"Wenn du mir versprichst, dich hier nicht allzu sehr einzuigeln. Du kannst dich nicht völlig aus dem Leben zurückziehen, Faith."

"Ich versuche es ja. Ich hab eine Wohnung, einen Job, Freunde", wiegelte Faith ab.

"Ach ja? Wen denn?"

"Dich."

"Das reicht nicht!", protestierte Lilly.

"Mir schon."

"Wirst du ihm zumindest als Freund eine Chance geben? Ich meine eine wirkliche!"

Sie dachte einen Moment über Lillys Bitte nach. Sie wollte keine leeren Versprechungen geben. Nicht ihr.

Lilly hatte Recht. Adam war kein schlechter Mensch. Es war ihr eigener Fehler gewesen. Sie hätte diesen Kuss niemals zulassen dürfen.

Aber wenn er aufgegeben hatte, das mit ihr ausdiskutieren zu wollen, hatten sie vielleicht noch eine Chance auf eine Freundschaft. Denn die hatte sie wirklich bitter nötig. Sie brauchte jemanden hier, auf den sie sich verlassen konnte.

"Ja, werde ich", stimmte sie schließlich zu und startete den Film.

Lilly verstand den Wink und lehnte sich seufzend zurück. Genau so, wie es eine beste Freundin tun würde. Die Grenzen erkennen und im richtigen Moment Ruhe geben.

Deshalb war Lilly ihr so wichtig geworden. Bei ihr konnte sie einfach sie selbst sein, ohne sich verstellen zu müssen.

# 5 Freunde

## ADAM

Auch in den darauf folgenden Wochen vereitelte Faith jeden Versuch, in Ruhe mit ihr zu sprechen. Schließlich gab er es auf. Je mehr er es versuchte, desto mehr zog sie sich zurück und das war genau das Gegenteil von dem, was er wollte.

Faith wurde zunehmend wichtiger für ihn. Abende, an denen sie nicht mit ihm im Club war, konnte er kaum allein schaffen. Gut, dass er sich auf seine Freunde verlassen konnte. Einer von ihnen sprang immer ein, wenn er Hilfe brauchte.

Aber es war einfach nicht dasselbe. Es war nicht das gleiche entspannte Arbeiten wie mit ihr. Die Jungs wussten grundsätzlich, was zu tun war, und er war ihnen mehr als dankbar für ihre Hilfe, aber sie waren nicht Faith.

Faith dachte weiter als nur für einen Abend. Sie notierte ihm Dinge, die ausgingen, erinnerte ihn an Bestellungen oder änderte Abläufe, die einfach nicht optimal waren. Vor allem vermisste er aber einfach ihre Anwesenheit. Ihre Art zu lächeln, die ihn unweigerlich zurücklächeln ließ.

Sie brachte ihn zurück auf den Boden, wenn er wegen eines Kunden oder Lieferanten kurz vor dem Platzen war. Allein die Art, wie sie ihren Kopf schief legte und ihn belustigt musterte, während er ins Telefon blaffte, reichte, um ihn vom größten Ärger abzulenken.

Am meisten vermisste er jedoch ihre Berührungen. Sanft, weich. Wie sie ihn in den Arm nahm, bevor sie nach Hause ging, oder eine Hand auf seine Schulter legte, wenn er kurz davor war, jemandem den Hals umzudrehen.

Kurzum, er vermisste Faith, wenn sie nicht da war. Immer.

Auch wenn er es sich abgewöhnt hatte, sie in irgendeiner Weise zu bedrängen, konnte er sich an diesem Abend nicht zurückhalten.

Sie hatte am Tag zuvor frei gehabt. Er freute sich sehr, sie wiederzusehen. Allein ihr Lächeln, das sie ihm schenkte, als sie den Club betrat, genügte, um seinen Tag besser zu machen.

Wie jeden Tag ging sie nach hinten und hängte ihre Jacke an die Garderobe. Er musste sich zwingen, seinen Blick von ihrem Hintern abzuwenden, blickte aber unweigerlich auf, als sie zurück in den Hauptraum kam.

"Hey!", sagte sie lächelnd und steuerte auf die Gläser zu, die zurück in die Regale geräumt werden mussten.

Schneller als sie reagieren konnte, griff er nach ihr und drückte sie kurz an sich.

"Hey", gab er leise zurück und atmete ihren unvergleichlichen Duft ein.

Sie versteifte sich kurz, entspannte sich dann aber und drückte ihn an sich.

*Lass los, Mann, lass los!*

Leichter gesagt als getan. Es erforderte seine gesamte Willenskraft, sie einfach loszulassen und ohne ihr weitere Aufmerksamkeit zu schenken die anstehenden Arbeiten zu erledigen.

*Wenn ihre Umarmung dir wichtiger ist als Sex, hast du verloren!* Die Worte, die sein Freund Deacon vor über drei Jahren einmal zu ihm gesagt hatte, hallten in seinem Kopf wieder.

Ja, er hatte verloren. Ob er es sich eingestehen wollte oder nicht. Faith hatte es weiter in sein Leben geschafft, als er es jemals wieder jemandem zugestehen wollte.

*Fuck!*

## FAITH

Adam's Umarmungsüberfall hatte sie für einen Moment aus dem Konzept gebracht. Ihr Herz hatte für einen Moment aufgehört zu schlagen, nur um die Arbeit dann mit doppelter Geschwindigkeit wieder aufzunehmen.

Aber da war nichts. Keine Panik, kein beklemmendes Gefühl. Nichts. Einfach nur seine warmen, starken Arme um ihre Mitte. Eben genau das, nachdem sie sich immer mehr sehnte.

Nicht umsonst ging sie jeden Abend aufs Neue zu ihm, umarmte ihn und genoss seine Nähe. Warum, konnte sie sich selbst nicht erklären.

Sie fühlte sich sicher bei ihm. Obwohl sie das nicht sollte. Sie wollte niemandem mehr Vertrauen. Diesen Fehler hatte sie einmal zu oft gemacht.

*Irgendwann wird dir diese gutgläubige Art noch das Genick brechen!* Ihre damalige Freundin Mary hatte recht behalten ... schade, dass auch dieser Kontakt abgebrochen war.

Schnell schüttelte sie den Gedanken ab. Sie war nach New York gekommen, um neu anzufangen, nicht um immer wieder zurück in die Vergangenheit zu rutschen.

"Was hast du gestern gemacht?", fragte Adam. Er sortierte gerade den Kühlschrank unter der Bar neu ein.

"Ich war Zuhause." In den letzten Tagen führten sie häufiger diese Art Gespräch. Manchmal fühlte sie sich beinahe ausspioniert. Es war völliger Blödsinn, das war ihr auch klar. Sie waren Freunde, da unterhielt man sich nun einmal über alles Mögliche.

*Kannst du dir sicher sein, dass er dein Freund ist?*

"Auch am Abend?" Er hatte den Kopf gehoben und sah sie mit zusammengezogenen Augenbrauen an. Fast so, als würde er ihr nicht glauben.

"Ja."

"Und was hast du *Zuhause* gemacht?" Die Art, wie er *Zuhause* betonte, gefiel ihr nicht. Also zuckte sie nur mit den Schultern und ging in die Vorratskammer.

Sie spürte ihn in ihrem Rücken, ehe er sprach.

"Warum weichst du mir aus?"

Ihr Körper überzog sich mit Gänsehaut. Genau hier war die Situation schon einmal eskaliert. Sie wollte das nicht. Alles war genau richtig, wie es im Moment lief. Ihre Freundschaft, der Job, ihr Neuanfang. Warum wollte er unbedingt alles kaputtmachen?

"Lass mich in Ruhe, Adam", sagte sie und bemühte sich, ihre Stimme ruhig klingen zu lassen.

"Ich lasse dich in Ruhe. Ich habe dir eine stinknormale Frage gestellt und du läufst weg!"

"Ich bin dir keine Antwort schuldig." Sie wandte sich zu ihm um. Die Hände hatte er links und rechts im Türrahmen abgestützt. Er sah riesig aus. Beinahe bedrohlich.

Würde es sich nicht um Adam handeln, hätte sie in diesem Moment sehr wahrscheinlich Angst bekommen.

Doch er sah in seinem Zorn einfach nur atemberaubend aus. Seine ausgeprägten Muskeln wölbten sich deutlich unter dem engen Shirt. Sein Blick fixierte sie. Durchbohrte sie, als versuche er ihre Gedanken zu lesen. Mit aller Kraft schaffte sie es, ihm in die Augen zu sehen und seinem Blick standzuhalten.

Dann seufzte er, ließ seinen Kopf hängen, ehe er ihn wieder hob und sie deutlich sanfter ansah.

"Natürlich nicht. Aber was ist so schwer daran, mir ein klein wenig entgegenzukommen? Ein paar einfache Antworten, damit ich dich kennenlernen kann."

"Warum?" Diesmal gelang es ihr nicht, den gleichgültigen Ton beizubehalten. Sie selbst hörte die Verzweiflung in ihrer Stimme.

Er brachte sie von all dem ab, was sie sich für ihren Neuanfang vorgenommen hatte.

Keine neuen Freunde mehr. Keine Menschen, denen sie Vertrauen schenkte. Niemand sollte ihr je wieder so nahe kommen, um sie verletzen zu können. Egal in welcher Hinsicht!

"Weil ich dich mag. Weil wir jeden Tag zusammen arbeiten. Weil du ziemlich viel Zeit mit mir verbringst. Was ist falsch daran?"

*Ja ... was genau ist falsch daran? Dass du ihm nicht vertrauen kannst!*

Aber wie sollte sie ihm das sagen, ohne weitere Fragen aufzuwerfen?

Also wandte sie sich erneut dem Regal zu und öffnete eine der Verpackungen von den Getränken, die sie für den Abend benötigen würden.

Wieder ein Seufzen. Beinahe gequält.

"Ich lese, wenn ich frei habe", sagte sie schließlich leise. Nur um Ruhe von ihm zu haben ... zumindest redete sie sich das ein.

Sie hörte ihn noch einmal tief durchatmen. Sein "Danke" war so leise, dass es unter seinen sich entfernenden Schritten kaum noch zu hören war.

Unvermittelt begannen ihre Augen zu brennen.

Es fühlte sich falsch an. Sie wollte nicht, dass er ging.

Oder doch. Vielleicht räumlich.

Aber diese emotionale Distanz, die sich während dieses Gesprächs zwischen ihnen gebildet hatte, schlug ihr auf den Magen.

Das Gefühl, ihn jederzeit lächeln sehen zu können, ihn jederzeit berühren zu können, fühlte sich zu gut an. In diesem Moment war er ihr aber unglaublich fern. Wie auf einem anderen Kontinent und nicht nur in einem anderen Raum.

*Schluss jetzt! Du brauchst niemanden!*

Sie straffte ihre Schultern, hob den Getränkekarton an und ging zurück in den Hauptraum ... nur um auf eisiges Schweigen zu treffen.

*Shit!*

## ADAM

"Was ist denn bei euch los?", fragte Slade, nachdem er schon eine Weile an der Bar gesessen hatte.

"Was meinst du?" Natürlich wusste er ganz genau, was Slade meinte. Auch ihm war das Schweigen und das Ausweichen unangenehm.

Faith Lächeln fehlte ihm. Sie wich ihm aus, aber er hatte nicht die Nerven, sich erneut mit ihr auseinanderzusetzen. Dieses ständige "zwei Schritte vor, einen zurück" zerrte gewaltig an ihm.

"Mit dem Scheiß kommst du bei mir nicht durch! Sag schon!"

Die Tatsache, dass Slade sein Dilemma lustig fand, störte ihn gewaltig. Es reichte schon, dass er ihn jeden Tag beim Training über Faith ausfragte. Manchmal kam es ihm vor, als hätte Slade mehr Interesse an ihr, als er sollte.

"Sie geht dich nichts an!"

"Tut sie auch nicht, aber deine Laune. Also sag schon, vielleicht kann ich dir einen guten Rat geben."

Adam lachte auf. "Du?"

"Ich. Ich hab noch immer bekommen, was ich wollte."

"Mhm ... ich erinnere mich daran, wie gut das geklappt hat, als Faith ihre Freundin hier angeschleppt hat."

Slade's Grinsen fiel in sich zusammen. "Das war unter der Gürtellinie!"

"Nur die Wahrheit", gab Adam grinsend zurück.

## FAITH

Ihr Kopf schwirrte. Die widerstreitenden Gefühle trieben sie zur Verzweiflung! Ihr Kopf wusste, dass es besser war, wenn Adam sich von ihr zurückzog, aber ihr Bauch ... oder war es ihr Herz? Eines von beidem war auf jeden Fall strikt dagegen.

Ihre Haut kribbelte, wenn sie seinen Blick auf sich spürte. Ihr Herz schlug schneller, wenn er ihr näherkam, und ihr Bauch zog sich mit einem grauenvollen Gefühl zusammen, wenn er ihr auswich.

Und warum das alles? Nur weil sie ihm keine einfach Frage hatte beantworten wollen.

Der Abend zerrte an ihren Nerven und sie war mehr als froh, als die letzten Gäste langsam das Lokal verließen.

"Brauchst du noch Hilfe beim Aufräumen?", fragte Slade.

Sie wusste nicht, ob sie sich ein Ja oder ein Nein von Adam wünschen sollte. Auf der einen Seite wollte sie mit ihm allein sein. Am liebsten sogar klären, was den ganzen Abend zwischen ihnen stand.

Auf der anderen Seite hatte sie Angst davor. Angst vor dem Gespräch. Und noch mehr vor einem unbehaglichen Schweigen.

Wenn es nach ihr ginge, würde sie am liebsten einfach genau dort weitermachen, wo sie am frühen Abend aufgehört hatten. Eine Freundschaft, ohne Erwartungen. Eine Umarmung, ohne das mehr verlangt wurde.

Dass das mit Adam nicht funktionierte, war ihr durchaus klar. Es war einfach nicht seine Art. ... wenn man es genau nahm, war sie wohl die einzige Person, für die Verdrängen der beste Weg war.

"Nein. Passt alles. Danke, Slade!"

*Freuen oder nicht? Freuen oder nicht?*

"Okay. Schönen Abend. Bye, Faith!"

Sie versuchte es mit einem Lächeln und winkte ihm kurz zu.

Das Schweigen, das sich zwischen ihnen ausbreitete, während sie die Spuren des Abends beseitigten, lastete schwer auf ihr.

"Okay. Feierabend", sagte er, als sie gerade zurück aus dem Vorratsraum kam.

"Schon fertig?" Sie wollte noch nicht gehen. Nicht so.

"Ja." Er wischte sich die Hände an dem Geschirrtuch ab, das wie immer in seiner Hosentasche steckte.

Zögerlich ging sie zwei Schritte auf ihn zu. Die Hände hatte sie in der Tasche am Bauch ihres Hoodys vergraben. Sie musste etwas unternehmen. Noch so einen Abend würde sie nicht aushalten können.

"Adam?"

"Hm?" Ohne aufzusehen. Er ignorierte sie absichtlich. So interessant konnte Händeabtrocknen nun wirklich nicht sein.

Sie fasste sich ein Herz und überwand die letzten zwei Meter, die noch zwischen ihnen lagen. Ohne weiter darüber nachzudenken, schlang sie ihre Arme wie jeden Abend um seinen Hals.

Erst war er steif, doch dann atmete er langsam aus,

entspannte sich und schloss seine Arme um ihre Mitte.

Nach der Anspannung des Abends fühlte es sich an wie nach Hause kommen. Warm und geborgen. Er vergrub seine Nase an ihrem Hals. Sie spürte seinen Atem auf ihrer Haut, doch es fühlte sich gut an.

Wieder begannen ihre Augen zu brennen, doch diesmal vor Erleichterung. Nein, sie hatte nicht alles verloren. Adam war noch da. Bei ihr, obwohl sie es nicht verdient hatte.

Sie genoss dieses Wissen und die Gefühle, die er in ihr auslöste, auch wenn sie das absolut nicht sollte. In diesem Moment fühlte es sich einfach richtig an.

Noch bevor sie genug von dieser herrlichen Umarmung hatte, löste er sich wieder von ihr. Langsam zwar, doch es fühlte sich viel zu schnell an.

Sie spannte ihre Arme um seinen Hals an, um ihn noch einen Augenblick länger für sich zu haben, bei sich zu halten.

Er zog seinen Kopf zurück und sah ihr in die Augen. Seine Augenbrauen waren zusammengezogen und sein Blick forschend.

"Was soll ich nur mit dir tun?", flüsterte er.

Völlig automatisch wanderten ihre Augen zu seinen vollen Lippen. Sie sahen weich und geschmeidig aus. Sie wusste, dass sie sich genau so anfühlen würden. Sein Kuss würde nach ihm und nach mehr schmecken.

"Faith ..." Seine Zunge fuhr über seine Unterlippe. Schmiegte sich an ihr entlang, ehe sie verschwand.

Sie brauchte ihn. Nur für diesen einen Moment. Musste sich vergewissern, dass er da war und alles in Ordnung war. Noch einmal verstärkte sie ihren Griff um seinen Nacken und zog sich an seinem Körper entlang nach oben.

Sanft legte sie ihre Lippen auf seine. Strich darüber und genoss das Prickeln, das sich in ihrem Körper ausbreitete. Er erwiderte den Kuss genauso zärtlich. Liebkoste sie, während seine Arme sich sanft fester um sie schlossen.

Alles um sie herum verblasste. Da war nur noch sein Geruch. Seine Umarmung. Seine Brust, die sich an ihrer kräftig hob und senkte. Seine Lippen, seine Zunge, sein Atem.

Wie in einem Strudel nahm sie nichts mehr um sich herum wahr.

Doch dann beendete er ihren Kuss. Lehnte seine Stirn schwer atmend an ihre, ohne seine Augen zu öffnen oder seine Arme von ihr zu lösen.

"Du solltest gehen", flüsterte er.

Ja, das sollte sie. Schon längst. Aber sie wollte nicht. Wollte diese Gefühle, die nur er ihr geben konnte, nicht aufgeben. Wollte mehr von ihm spüren. Mehr von diesem Ziehen in ihr, das sie sich seit so langer Zeit verweigert hatte.

Dann nahm er seine Arme von ihr. Ein klein wenig Enttäuschung überkam sie, verflog aber sofort, als er seine Hände an ihre Wangen legte. Sein Blick war forschend, ehe er frustriert den Kopf schüttelte. Er küsste sie noch ein letztes Mal sanft auf die Lippen.

"Geh schon. Schlaf gut, Süße", sagte er leise, wandte sich ab und ging zu der Tür, die in den ersten Stock führte.

Sie stand noch immer an Ort und Stelle, als er sich noch einmal zu ihr umwandte.

"Sperr hinter dir ab. Ich hab noch einen zweiten Schlüssel", sagte er mit nicht zu deutendem Gesichtsausdruck und zog dann die schmale Tür hinter sich ins Schloss.

Es war gut so, dass er gegangen war. Sie und ihr Kopf waren sich einig ... irgendjemand musste nur noch ihrem Körper erklären, dass das alles seine Richtigkeit hatte ...

# 6 Oder mehr?

## ADAM

Sein Wecker hatte bereits zum fünften Mal geklingelt. Aufstehen konnte er nicht. Er lag auf dem Rücken und starrte an die Decke. Die Sonne schien durch das große Fenster und war angenehm warm auf seiner Haut.

Seine Gedanken kreisten wieder einmal um Faith. Sich von ihr zu lösen, war eines der schwersten Dinge, die er jemals hatte tun müssen.

Sein Innerstes hatte sich im absoluten Zwiespalt befunden.

Eigentlich hatte er nichts lieber tun wollen, als sie auf die Arbeitsplatte hinter der Bar zu heben und an Ort und Stelle zu nehmen.

Sein Instinkt hatte ihm aber strikt davon abgeraten. Das letzte Mal, als er sich hatte gehenlassen, war sie vor ihm davongelaufen.

Noch einmal wollte er das nicht riskieren. Nicht, nachdem sie auf ihn zu gekommen war. Er wollte sie. Um jeden Preis ... wofür war er sich noch nicht so ganz sicher. Dieses Freunde mit Zusatzleistungen Ding funktionierte im Normalfall nicht. Irgendwann fingen sie alle an zu klammern.

Aber Faith war anders. Sie wollte ganz bestimmt nicht mehr.

Er war sich ja noch nicht einmal sicher, dass sie mit den Zusatzleistungen einverstanden war. Wenn er ein wenig Geduld hatte, war sie vielleicht genau das, was er in seinem Leben brauchen konnte.

*Vielleicht, vielleicht, vielleicht. Mach mal einen Punkt, Kumpel, sie hat dich gerade mal geküsst!*

Seufzend stand er schließlich doch auf und lief die kurze Strecke bis zum Trainingscenter.

Die rhythmischen Geräusche des Punchingball brachten ihn wie immer zur Ruhe. Betäubte seine Gedanken, so wie er es schon in seiner Jugend getan hatte.

*Peng. Clock. Peng. Clock. Peng.*

"Sparring?", fragte Slade.

"Wie du trainierst mit mir?"

"Du scheinst wieder ein kleines bisschen auf dem Boden der Tatsachen angekommen zu sein, also warum nicht?"

War er nicht, aber was sollte er schon sagen? Er verstand ja selber nicht, was genau vor sich ging.

Sie stiegen in den Ring und Slade zog sich die Polster an, gegen die er schlagen konnte, ohne seinen Gegenüber zu verletzen. Dann stellten sie sich in Position.

"Und, wie lief es gestern Abend noch?", fragte er, nachdem er die ersten Kombinationen abgefangen hatte.

"Gut."

"Gut?", hakte Slade nach.

"Ja."

"Das ist alles?"

"Ja."

Slade ließ seine Arme sinken und sah ihn mit offenem Mund an.

"Sag mal, willst du mich verarschen, Mann? Seit Wochen muss ich mir dein Geheule und deine PMS - ähnlichen Stimmungsschwankungen antun und alles, was ich bekomme, ist ein *gut*?"

"Ich heule nicht!", gab Adam entrüstet zurück.

"Wir waren kurz davor, eine Intervention zu machen, wenn nicht sogar eine Gehirnwäsche, so drehst du ab, seit Faith immer um dich ist!"

"Du übertreibst, Slade! Und jetzt Hände hoch, wir trainieren."

"Wenn ich nicht mehr als ein verdammtes *gut* bekomme, hast du ab sofort Hausverbot!" Slade fuchtelte wild mit den Polstern.

"Willst du mich verarschen?"

"Du mich! Das ist ja das Problem!", blaffte Slade.

"Glaubst du im Ernst, ich breite mein Sexleben vor dir aus?"

*... dein nicht vorhandenes ... Trottel!,* zischte seine innere Stimme.

"Wenn du zickst wie eine Pussy, kannst du auch tratschen wie eine Pussy!"

"Leck mich, Slade!", knurrte er, griff in die Seile und sprang aus dem Ring.

"Siehst du! Ich soll sogar deine Pussy lecken. Meine Fresse. Ich hoffe, du hast bald genug von ihr, sie tut dir eindeutig nicht gut!"

Die Worte verhallten, während er die Umkleide betrat.

Ob sie ihm gut tat oder nicht, wusste er nicht, aber er würde es herausfinden. Ohne dass Slade oder einer der anderen seine neugierige Nase in seinen Angelegenheiten hatte!

## FAITH

Sie stand vor dem Spiegel in ihrem Badezimmer. Seit über zehn Minuten. Der leichte braune Flaum, der sich auf ihrem Kopf gebildet hatte, hätte schon vor Tagen neu rasiert werden müssen. Aber irgendwie schaffte sie es nicht. Etwas in ihr sträubte sich dagegen.

Früher hatte sie ihre Haare geliebt. Heute hasste sie den kahlen Schädel. Es sah einfach alles andere als schön aus. Eigentlich genau das, was sie wollte und doch ... in einem winzigen Eckchen ihres Kopfes wollte sie Adam gefallen.

Vollkommener Quatsch, das war ihr klar. Es änderte aber nichts an diesem Gefühl.

Seufzend fuhr sie mit ihren Fingern durch die wenigen Millimeter, die bereits gewachsen waren, ehe sie den Rasierer beiseite legte.

Morgen war schließlich auch noch ein Tag.

Gut gelaunt erreichte sie den Club. Adam war wie an den meisten Tagen bereits mitten in den Vorbereitungen. Er hob den Kopf, als sie den Raum betrat, und lächelte sie zögerlich an.

"Hey", sagte sie und ging nach hinten, um ihre Jacke aufzuhängen.

Als sie zurück in den Hauptraum kam, stand er,

einen Arm auf den Tresen gestützt, da und sah ihr entgegen.

Ihre Schritte verlangsamten sich automatisch. Sie sog den Anblick seiner muskulösen Figur in sich auf. Das weiße Muscle-Shirt stand ihm mindestens genauso gut wie die schwarzen. Es hob sich von seiner gebräunten Haut ab und lag eng an seinem Oberkörper.

"Hey, Kleines", sagte er mit diesem Kratzen in der Stimme, das ihr regelmäßig Gänsehaut bescherte. Es ließ sie an dreckigen Sex denken. Dreckigen, verdammt guten Sex mit Adam. Ob sie wollte oder nicht, immer öfter schlich sich der Gedanke in ihren Kopf, wie es sich wohl anfühlen würde, mit Adam zu schlafen.

Er streckte ihr eine Hand entgegen und sie ergriff sie. Mit einer kleinen, sanften Bewegung zog er sie in seine Arme. Sie musste ihren Kopf in den Nacken legen, um in seine Augen zu sehen.

Was genau sich in ihnen widerspiegelte, konnte sie nicht sagen.

Er beugte sich zu ihr und küsste sie sanft auf die Lippen. Kurz nur, dann löste er sich sofort wieder von ihr. Er musterte sie einen Moment lang, ehe er sich wieder den Vorbereitungen widmete.

Ihr gesamter Körper kribbelte und er arbeitete weiter, als sei nichts gewesen.

## ADAM

Sie tat ihm gut. Verdammt gut. Slade hatte keine Ahnung! Er mochte es, sie um sich zu haben. Liebte das Gefühl, sie in seinen Armen zu halten. Sie zu riechen, sie zu küssen.

Eines Tages würde sie ihm mehr geben. Da war er sich sicher. Sie vertraute ihm. Stück für Stück öffnete sie sich mehr, suchte seine Nähe.

Alles war perfekt, er musste lediglich noch ein wenig Geduld haben.

Einfach weitere Tage ... wenn es sein musste auch Wochen, auf dieser Spur bleiben.

Genau das tat er. Er genoss, was sie ihm gab, und forderte sie immer ein klein wenig mehr heraus.

Sie wich ihm nicht mehr aus, ließ sich von ihm berühren und küssen.

Zu jeder Zeit konnte er sie in seine Arme ziehen, ohne dass sie sich versteifte oder sich unwohl zu fühlen schien. Im Gegenteil, immer öfter kam sie von sich aus auf ihn zu.

Doch irgendetwas fehlte noch. Dieses letzte Fünkchen, das sie dazu veranlasste, sich ganz fallenzulassen. Sie verbarg etwas vor ihm.

Hinter ihrer Kleidung und dem meterhohen Schutzwall, den sie um sich herum aufgebaut hatte, steckte ein Geheimnis, das sie ihm nicht zeigen wollte.

Es gab Tage, an denen ihn diese Tatsache besonders frustrierte.

Aber er gab nicht auf, er musste nur noch einen Weg finden, um diese Mauern zu überwinden, dann würde er sie ganz haben können.

# 7 Mottoparty

## ADAM

"Welche Laus ist dir denn schon wieder über die Leber gelaufen?", fragte Slade, nachdem er die letzten Schläge auf den Polstern platziert hatte.

"Nichts. Alles in Ordnung." Das war es bei Weitem nicht. Er war frustriert. Faith hatte ihren freien Tag und das bescherte ihm von Haus aus schlechte Laune.

Er wollte sie um sich. Brauchte sie, auch wenn sie ihm nicht so viel gab, wie er gern hätte. Sich abwenden kam aber nicht in Frage.

Andere Frauen interessierten ihn im Moment einfach nicht. Ganz egal, wie sexy sie waren, es waren alles nur Hüllen.

Mit Faith verband ihn mehr. Sie war in den vergangenen Wochen eine echte Freundin für ihn geworden. Eine, die ihm so viel mehr geben konnte als puren Sex ... nun ja ... den bekam er aber von ihr nicht. Nicht einmal ansatzweise.

"Aha. Faith."

"Was?", fragte Adam irritiert.

"Faith ist das neue Nichts", gab Slade lachend zurück.

"Du bist verrückt geworden!"

"Nein, nicht ich, du! Rück raus mit der Sprache. Was ist los?", bohrte Slade weiter nach.

Tja ... wie sollte er das erklären, ohne sich völlig zum Affen zu machen?

*Sie geht mir nicht mehr aus dem Kopf, Slade ...* ja klar! Er konnte seinen Freund in der Zukunft noch lachen hören!

"Ich brauche etwas Neues für den Club", sagte er schließlich.

Er musste Slades Gedanken nur in eine andere Richtung lenken.

"Eine neue Kellnerin?", feixte Slade.

"Was? NEIN!"

Gleich darauf zuckte er zusammen.

Das Lachen seines Freundes bestätigte, dass er genau in dessen Falle getreten war.

*Fuck!*

"Nein, nein. Ich meine ein Event oder so", versuchte er ihn zu beschwichtigen.

"Event?"

"Eine Party ... was anderes eben", sagte Adam.

"Und was hast du dir vorgestellt?"

"Wenn ich das wüsste, würde ich nicht mit dir diskutieren, sondern die Vorbereitungen planen."

"Hmm ... eine Schaumparty." Slades Augen funkelten aufgeregt.

"Bist du irgendwie in der Vergangenheit hängengeblieben?"

"Flatrate Party?"

"Ich will keinen Haufen Betrunkene in meinem Club!" Das gab nur Chaos, da war Adam sich sicher.

Slade grinste. "Stimmt, wäre ja wie immer."

"Mach dich nur lustig. Ihr seid die schlimmsten!"

"Motto!", rief Slade.

Verwirrt runzelte Adam die Stirn. "Was?"

"Eine Mottoparty!" Slade schien hin und weg von dem Gedanken.

"So ein Quatsch!"

"Denk doch mal nach! Mach eine Beachparty oder so! Lauter halbnackte Weiber!"

*Faith halb nackt ...*

Nein, da würde sie niemals mitmachen! Es musste etwas weniger aufdringliches sein.

"Braver?" Manchmal konnte sein Freund Gedanken lesen.

Slade lächelte, dann wurde seine Miene nachdenklich.

"70er Jahre. Hohe Absätze und Minikleider!"

Minikleider klangen gut, aber der männlich Part dazu … zweifelnd verzog Adam das Gesicht. Allein der Gedanke an Schlaghosen und Plateauschuhe drehte ihm den Magen um.

"50er! Pettycoat und Blue-Jeans!"

"Das ... das ist gut ... genial", gab Adam lächelnd zurück.

"Tja, so bin ich!", sagte Slade und klopfte sich selbst auf die Brust.

"Jepp. Arrogant. So bist du", sagte Adam lachend, aber Slades Idee war wirklich genial.

"Geh nach Hause und plan deine Party!", gab Slade lachend zurück und lief dann in Richtung Duschraum.

Adam befolgte seinen Rat. Aus seiner Not war genau der richtige Anlass entstanden, Faith endlich einmal aus diesem Hoody zu locken!

Gleich morgen würde er ihr diesen Vorschlag unterbreiten!

## FAITH

"Eine Mottoparty?"

"Jep."

"Das ist nicht dein Ernst!", sagte sie schockiert. Adam sah tatsächlich gekränkt aus.

"Komm schon, das wird lustig!"

"Nichts an einer Mottoparty wird jemals lustig sein!", protestierte Faith.

Sein Gesichtsausdruck wurde ernst und er zog eine Augenbraue nach oben.

"Mein Club, meine Entscheidungen. Ich will eine Mottoparty. 50er Jahre. Ich in weißem T-Shirt und Blue-Jeans und du im Pettycoat. Ende der Diskussion!"

"Adam!"

"Faith!", äffte er sie in ätzendem Tonfall nach.

"Ich habe keinen Pettycoat!"

Seine Augen wurden schmal, dann sagte er: "Dann besorge ich dir einen!"

Niemals! Wenn er ihr einen besorgen würde, hätte sie die Schlampenversion eines Pettycoats, da war sie sich sicher!

"Nein, danke!", zischte sie zurück und verließ - diesmal ganz ohne Abschiedskuss - den Club.

*Arsch!*

## ADAM

*Gewonnen ... oder fast ...*

Zwar hatte er sie dazu gebracht, sich seinem Willen zu beugen, aber ihre Laune war alles andere als gut gewesen.

Irgendwie würde er das wieder hinbekommen. Für ihn selbst hatte sich wenig verändert. Statt schwarzer trug er blaue Jeans und sein Shirt hatte kurze Ärmel. Also alles im grünen Bereich. So wirklich gern verkleidete auch er sich nicht.

Als die Tür zum Club sich öffnete, sah er sofort auf. Nicht nur, um zu sehen, wie Faith in einem Pettycoat aussah, sondern auch, um ihre Laune abzuschätzen.

In den vergangenen Wochen hatte er gelernt, dass es nicht die beste Idee war, sie unter Druck zu setzen.

Faith sah umwerfend aus. Noch viel zierlicher und anmutiger, als er es sich vorgestellt hatte. Ihre Laune war im Gegenzug gelinde gesagt zum Kotzen.

Sie hatte ihre Augenbrauen schon beim Betreten der Bar fest zusammengezogen und kein Lächeln umspielte ihre Lippen.

Sie wollte auch einfach so an ihm vorbei gehen und sich an die Arbeit machen, anstatt ihn wie üblich zur Begrüßung zu küssen.

*No Way!*

Er packte sie kurzerhand um die Taille und zog sie an sich.

"Wohin so schnell?"

"Arbeiten."

Ohne auf ihren Protest zu achten, zog er sie näher zu sich, drückte mit einer Hand ihren Kopf in den Nacken und küsste sie.

Erst war sie steif und ging nicht auf ihn ein. Er knabberte an ihrer Unterlippe und strich ein ums andere Mal mit der Zunge die Konturen nach, bis sie sich ergab und den Kuss erwiderte.

"Besser", flüsterte er, als er sich schließlich von ihr löste. Dafür erntete er das kleine Lächeln, das er so sehr auf ihren Zügen liebte.

"Darf ich jetzt arbeiten?"

"Klar doch", gab er lachend zurück, auch wenn er sie ungern ziehen ließ. Er löste seinen Griff, konnte sich aber nicht beherrschen und gab ihr einen kleinen Klaps auf den Hintern, ehe er sich selbst an die Arbeit machte.

## FAITH

Adam war an diesem Abend sehr ausgelassen. Er lachte viel und schien sichtlich viel Freude an seiner Mottoparty zu haben.

Die Stimmung der Gäste war super.

Auch seine Freunde waren da und schienen die Party zu genießen.

Wenn sie ehrlich war, hatte auch sie viel Spaß. Am Nachmittag hätte sie ihn gerne noch erwürgt. Der weiße Pettycoat mit den schwarzen Punkten war, wie alle anderen Kleidungsstücke, viel zu groß geworden. Er hing an ihr wie ein Sack. Die Knochen an ihrem Oberkörper wurden in dem schulterfreien Kleid nur noch mehr betont.

Alles, was das Kleid an Ort und Stelle hielt, war die schwarze Schleife, die unterhalb ihrer Brust verlief.

Alles in allem sah sie grauenhaft aus! Sie fühlte sich äußerst unwohl.

Erst im Laufe des Abend wurde sie ein wenig entspannter.

Niemand behandelte sie anders als sonst. Adam, seine Freunde, die Stammgäste. Es war, als würde gar niemandem auffallen, dass sie ein Kleid anstatt einem Hoody trug.

Genau richtig. So konnte sie den Abend doch noch genießen.

Das einzige, was sie störte, waren die Frauen, die immer wieder mit Adam flirteten. Es sollte sie nicht stören, sie waren nur gute Freunde, die zusammen arbeiteten, und doch zog sich ihr Magen jedes Mal aufs Neue zusammen, wenn sich eine von ihnen über die Bar lehnte, um ihm etwas ins Ohr zu flüstern.

Genau wie in diesem Moment. Sie wusste nicht weshalb, aber wenn Tessa sich zu ihm beugte und ihn auf die Wange küsste, hätte sie am liebsten jedes Mal eine Flasche nach ihr geworfen.

"Dieser Gesichtsausdruck steht dir nicht, Darling", sagte Deacon lächelnd und ließ sich auf den frei gewordenen Barhocker vor ihr fallen.

"Ich weiß nicht, wovon du redest."

"Mhm ... den Weihnachtsmann gibt es wirklich und der Storch bringt die Babys. Alles klar soweit."

"Willst du was trinken?", versuchte sie ihn abzulenken.

"Eigentlich will er ja dich, weißt du, du könntest ihn haben, dann müsstest du jetzt nicht so eine Schnute ziehen."

*Ich will ihn auch, aber ich kann ihm nicht geben, was er will ...*

"Wie war das noch mit dem Weihnachtsmann und dem Storch?"

"Ich sag nur die Wahrheit, schau mal ..." Ein lautes Klirren und Adams geschrienes: "Fuck!" unterbrachen Deacon in seiner Ansprache.

Adam starrte angeekelt auf sein weißes Shirt, das über und über voll roter Flüssigkeit war. Tessa hatte sich zurückgelehnt und sah ihn mit großen, betrunken wirkenden Augen an.

"Ähm ... ich bring sie mal nach Hause, bevor Adam sie umbringt ...", sagte Deacon, stellte seine halbvolle Bierflasche auf den Tresen und machte sich auf den Weg.

Auch sie ging zur anderen Seite der Bar. Adam rieb mit einem Tuch über die großen Flecken und fluchte dabei ungehalten.

"Du reibst sie nur weiter rein. Du musst es gleich waschen oder zumindest in kaltem Wasser einweichen", sagte sie und begann, die Scherben von Tessas Cocktailglas aufzusammeln.

Im Augenwinkel sah sie, wie Adam einen Eimer unter dem Tresen hervorzog und ihn mit Wasser füllte. Sie drehte sich zu ihm und beobachtete mit offenem Mund, wie er kurzerhand sein Shirt über den Kopf zog und in den Eimer warf.

Pfiffe ertönten und Adam sah grinsend in die Menge.

*Playboy! Als könnte er ein noch größeres Ego gebrauchen!*

Aber sie musste zugeben, dass er verdammt gut aussah. Noch besser, als er sich anfühlte. Jeder einzelne Muskel definiert. Seine Jeans saß extrem tief auf seinen Hüften. Das V seiner Muskulatur zeigte wie ein Pfeil auf seine Mitte. Ihr Mund wurde trocken und ihr Unterleib begann, sehnsüchtig zu kribbeln. Zu gern hätte sie ihn in diesem Moment berührt.

"Noch ein Bier, bitte", sagte jemand hinter ihr und riss sie zurück in die Realität. Schnell schüttelte sie die Gedanken ab und machte sich an die Arbeit.

*Erst das Bier, dann das Chaos beseitigen!*

"Gefällt dir, was du siehst?", fragte Adam sichtlich belustigt, als er neben sie trat.

Sein Grinsen war schelmisch, als er sich mit einem Arm gegen den Tresen lehnte und seine Brustmuskeln spielen ließ.

"Du kannst dich doch nicht mitten im Club ausziehen!", sagte sie gespielt genervt und versuchte zu ignorieren, wie sehr sein Anblick sie anturnte.

Er lachte laut auf und begann, den klebrigen Cocktail vom Tresen zu wischen.

"Warum? Du hast es mir empfohlen", neckte Adam sie.

"Aber doch nicht hier!"

"Hab ich dich etwa aus dem Konzept gebracht?", fragte er amüsiert.

"Nein. Geh schon, hol dir ein neues Shirt, bevor diese betrunkenen Frauen die Bar stürmen", gab sie grinsend zurück.

"Alles was du willst", sagte er lachend, tätschelte ihren Hintern und lief unter Pfiffen und Protesten zu der Tür, die zu seiner Wohnung führte.

*Riesenego!*

## ADAM

Die letzten Handgriffe waren getan und die gröbsten Spuren des Abends beseitigt.

Er drehte sich zu Faith um, die gerade aus dem Vorratsraum kam, und musste wieder einmal feststellen, wie unglaublich gut sie in diesem Pettycoatkleid aussah.

In diesem Moment dankte er Slade für den Einfall mit der Mottoparty! Sie endlich einmal in etwas anderem als einem Hoody zu sehen, war unbezahlbar.

Das Kleid war ihr zu groß und warf Falten an ihren schmalen Seiten, dennoch hatte sie nie hübscher ausgesehen.

Er streckte ihr eine Hand entgegen und sie ergriff sie lächelnd.

Genauso, wie sie es in der letzten Zeit immer häufiger tat. Da war nicht mehr dieser fragende oder zögernde Ausdruck. Sie hatte angefangen, ihm zu vertrauen und das fühlte sich besser an, als er es sich jemals vorgestellt hatte.

Er zog sie an sich und schlang seine Arme um ihre schmale Mitte.

"Du bist wunderschön heute", sagte er leise und streichelte sanft ihren unteren Rücken.

Eine leichte Röte überzog ihre Wangen und ließ sie noch viel schöner aussehen.

"Danke."

Sie lehnte ihre Stirn an seine Brust, doch er wollte nicht, dass sie sich ihm entzog. Also schob er eine Hand unter ihr Kinn und drückte ihren Kopf zurück in den Nacken.

Ihr Blick war forschend und ihre rosigen Lippen standen einen Spalt weit offen. Auch wenn er sie eigentlich betrachten wollte, konnte er nicht anders, als sich zu ihr zu beugen und sie zu küssen.

Sanft glitten ihre Lippen über seine. Er genoss ihren Geschmack und sog ihren Duft in sich auf.

"Bleib noch ein bisschen", flüsterte er, ohne sich vollständig von ihren Lippen zu lösen.

"Ich ... ich ..."

"Denk nicht nach, Kleines. Ich will nicht mehr als das", flüsterte er und küsste sie erneut. "Okay?"

"Okay", gab sie unsicher zurück.

Wieder legte er seine Lippen auf ihre und zog sie Stück für Stück zu der Tür, die zu seiner Wohnung führte.

Dort angekommen, löste er sich von ihr, öffnete die Tür und bedeutete ihr, die Treppe hinauf zu gehen.

Sie zögerte einen Moment. Musterte ihn unsicher. Dann straffte sie kaum merklich die Schultern und ging voran.

Der Saum ihres Kleides wippte bei jedem Schritt, während sie die Stufen empor zu seiner Wohnung lief.

Sie warf noch einen unsicheren Blick über ihre Schulter, dann öffnete sie die Eingangstür.

Neugierig sah sie sich um. Wohnzimmer, Küche und schließlich das Schlafzimmer.

Sie blieb mitten im Raum stehen und schlang die Arme um ihre Mitte.

"Ich sollte nicht hier sein", sagte sie leise.

"Du bist genau richtig hier", gab er zurück und trat hinter sie.

Er zog sie mit ihrem Rücken an seine Brust und streichelte sanft über ihren Bauch und ihre Hüften.

"Ich erwarte nichts", raunte er direkt in ihr Ohr, ehe er sie knapp darunter küsste. Gänsehaut bildete sich auf ihren nackten Oberarmen.

"Nichts, verstehst du. Ich will dich nur noch ein wenig bei mir haben", flüsterte er und küsste sich über ihren Hals zu ihrer Schulter.

Er meinte es so. Er wollte nicht allein zurück in sein Bett.

Auch wenn sie nicht mit ihm schlafen würde, ihre Nähe war ihm mehr wert als jeder verdammte Fick in den letzten Jahren.

Kaum merklich nickte sie, dann drehte sie sich in seinen Armen. Ihre Hände schoben sich auf seine Brust und wieder musterte sie ihn.

Er wusste nicht, was sie dachte, was sie suchte oder fand.

Doch es musste das Richtige gewesen sein, denn ihre Hände schoben sich in seinen Nacken und zogen ihn sanft zu sich.

Ihre Lippen fanden seine und zogen ihn erneut in ihren Bann.

Ihre Küsse waren erst sanft, dann unglaublich leidenschaftlich. Sie drückte sich an ihn und zerrte sein Shirt nach oben. Wenige Millimeter löste er sich von ihr und zog es sich über den Kopf. Fieberhaft fuhren ihre kleinen Hände über seinen nackten Oberkörper. Hinterließen eine brennende Spur auf seiner Haut.

Sie schob ihn Stück für Stück zurück, bis seine Kniekehlen an die Kante des Bettes stießen.

Er ließ sich fallen und zog sie mit sich, bis sie auf ihm zum Liegen kam. Abrupt beendete sie den Kuss und sah ihn mit großen Augen an.

Er spürte sie kaum, so leicht fühlte sie sich auf ihm an. Leicht und unglaublich gut. Genau so, als würde sie hierher und nirgendwo anders hingehören.

Sie wandte sich in seinem Griff, als versuchte sie, von ihm loszukommen.

Weg von ihm ... genau das Gegenteil von dem, was er wollte. Er wollte sie näher bei sich haben, mehr von ihr spüren.

Frustriert ließ er sie los, legte seine Arme über seinem Kopf auf dem Bett ab.

"Was soll ich tun, Babe? Ich will dich. So viel, wie du mir geben kannst. Ich habe kein Problem damit, wenn wir keinen Sex haben. Wirklich."

Sie sah ihn zweifelnd an. Glaubte ihm nicht. Sie knabberten in ihrer Unterlippe, während ihre Blicke ihn weiterhin maßen.

"Ich ... ich will dich aber auch", gab sie leise zurück. Ihre Augen wanderten abermals zu seinen Lippen.

Wollen war kein Ausdruck. Er brauchte sie, wollte sie aber nicht unter Druck setzen und damit ruinieren, was er sich in den letzten Wochen so hart erarbeitet hatte.

"Küss mich", bat er und sie tat es. Erst zögerlich, dann nach und nach genauso leidenschaftlich wie schon zuvor.

"Was soll ich tun?", fragte er erneut, als sie sich Minuten später von ihm löste. Er wollte sie so sehr, begehrte sie, brauchte sie.

In diesem Moment würde er alles für sie tun.

## FAITH

"Bleib einfach so liegen", flüsterte sie und streichelte dabei sanft über seine nackten Arme.

"Ich darf mich nicht bewegen?"

"Ja."

"Ich … ich darf dich nicht berühren?", hakte er nach.

Sie sah ihm an, dass ihm dieser Gedanke ganz und gar nicht gefiel. Aber so schön es sich anfühlen mochte, in seinen Armen zu liegen, während sie mit einander schliefen, sie wollte nicht, dass es schief ging. Sie wollte nicht, dass sie diesen Moment verdarb, nur weil er sie vielleicht zu fest halten könnte.

Die Vergangenheit hatte im Hier und Jetzt nichts zu suchen.

"Nein … bitte."

Er nickte widerstrebend. Sie zog ihm die Hose samt Shorts aus. Dann öffnete sie den Reißverschluss an der Seite ihres Kleides und ließ es von ihren schmalen Hüften gleiten.

Seine Augen wurden dunkler, als er ihren Körper betrachtete. Sie öffnete den Verschluss ihres BH's und ließ ihn ebenfalls zu Boden fallen.

Nachdem sie ein letztes Mal tief durchgeatmet hatte, zog sie sich auch den Slip aus und betrachtete dann seinen perfekten Körper vor ihr.

"Komm zu mir, Babe, ehe ich mich nicht mehr beherrschen kann und doch nach dir greifen muss", raunte er.

Die Muskeln an seinen Armen und seinem Oberkörper zuckten.

Vorsichtig stieg sie auf ihn und ließ sich rittlings auf seiner Mitte nieder. Sie stöhnten beide, als ihre Mitte auf seine Härte traf. Sie spürte sein Zucken und genoss es zu sehen, wie schnell sich sein Brustkorb hob und senkte.

Bei den Gefühlen, die er in ihr auslöste, war es leicht zu vergessen. Sie begehrte ihn so sehr, brauchte ihn, musste ihn spüren.

Sie legte ihre Hände auf seinen Brustkorb. Streichelte darüber und genoss seine Haut unter ihren Händen. Langsam beugte sie sich zu ihm. Küsste ihn sanft auf sein Kinn, seinen Kiefer entlang bis zu seinen Lippen. Sie waren weich und warm, so wie sie sie in den letzten Wochen kennen und lieben gelernt hatte. Er drückte sein Becken nach oben, versuchte, sich an ihr zu reiben.

Es fühlte sich verdammt gut an, ihn unter sich zu spüren. Auch wenn ihr Puls wie wild raste und im hintersten Winkel die Alarmglocken laut schrillten, sie wollte ihn.

Das hier war eine ganz andere Situation. Sie hatte alles unter Kontrolle. Es war ihr freier Wille. Adam würde nie etwas tun, was sie nicht wollte.

In ihrer gemeinsamen Zeit hatte er mehr als einmal bewiesen, dass er seine eigenen Bedürfnisse zurückstecken konnte, um ihr zu geben, was sie brauchte.

Warum also nicht? Warum sollte sie auf etwas verzichten, woran sie jahrelang großen Spaß gehabt hatte? Warum sollte sie darauf verzichten, gemeinsame Stunden mit ihm zu genießen?

Wieder presste er seine Lenden gegen ihr Mitte. Sein harter Schwanz traf genau auf ihre Klit. Ein Ziehen breitete sich in ihrem Unterkörper aus. Ihre Mitte brannte und pulsierte. Das Stöhnen kam wie von selbst über ihre Lippen.

Er zögerte nicht und schob seine weiche Zunge in ihren Mund. Streichelte ihre und forderte sie heraus.

Sie ließ sich weiter auf ihn sinken und vertiefte den Kuss. Seine heiße Haut auf ihren nackten Brüsten brachte sie abermals zum Stöhnen. Als er sich erneut gegen sie stemmte, erwiderte sie den Druck.

Sein Knurren hallte in ihr wider. Machte sie noch schärfer auf ihn und ließ eine weitere Barriere in ihr zerbrechen. Vorsichtig begann sie, mit ihren Hüften zu kreisen. Seine samtige Härte drängte sich zwischen ihre Schamlippen und sie spürte die Feuchtigkeit, die sich zwischen ihnen verteilte.

Das Ziehen und Krampfen in ihrem Inneren wurde von Bewegung zu Bewegung heftiger. Sie wollte ihn, brauchte ihn, musste ihn in sich spüren. Zu lang war es her, dass sie diese Gefühle gespürt hatte. Zu viel hatte sich in ihr aufgestaut, das sich jetzt beinahe verzweifelt einen Weg nach draußen bahnte.

"Gott, Faith, du bringst mich um", flüsterte er in ihren Kuss hinein und presste sich fester an sie.

Sie löste sich von ihm und sah in sein gequältes Gesicht. Seine Arme waren aufs Äußerste gespannt. Seine Hände hatte er im Kissen verkrallt, als wäre dieses alles, was ihn noch aufhalten könnte.

Wieder flackerte ein klein bisschen Unsicherheit in ihr auf. Konnte sie das wirklich?

"Komm schon, Baby", raunte er, streckte sich ihr entgegen und knabberte sanft an ihrer Unterlippe.

"Denk nicht nach ... ich brauche dich." Seine Lippen wanderten über ihre Wange zu ihrem Hals. Er knabberte an ihrem Schlüsselbein und schickte damit Blitze durch ihre Adern. Das Kreisen seiner Hüften trieb ihre Erregung weiter voran und ließ sie erneut stöhnen. Auch sie brauchte ihn. So unendlich dringend. Als er erneut in ihren Hals biss, keuchte sie auf.

Ohne weiter zu überlegen, kippte sie ihre Becken so weit, dass die Spitze seines Schwanzes an ihrem Eingang lag, dann schob sie sich Millimeter für Millimeter zurück. Er drängte sich ihr entgegen, schob sich schneller in sie.

Sie keuchte aufgrund der ungewohnten Dehnung, wollte sich ihr aber nicht entziehen. Im Gegenteil, sie brauchte mehr davon. Genoss das Brennen und den leichten Schmerz.

Sie stemmte sich ihm noch weiter entgegen, während sein Stöhnen sie mehr und mehr antrieb.

Seine Knöchel traten bereits weiß hervor und seine Muskeln zuckten unter der Anspannung, als sie innehielt, um sich an ihn zu gewöhnen.

"Faith", knurrte er warnend, nur Sekunden, bevor er sein Becken zurückzog und sich dann mit einem einzigen schnellen Stoß völlig in ihr versenkte.

Sie schrie auf und stöhnte dann. Von ihm ausgefüllt zu sein, fühlte sich unglaublich gut an.

Ihrer beider Atem kam abgehackt, so nah war ihre Erlösung. Dann ließ sie langsam ihr Becken kreisen. Völlig versunken in den Gefühlen, die er in ihr auslöste. Sein starker, bebender Körper unter ihr. Sein langer Schaft, dessen Spitze immer wieder die Innenseiten ihrer Pussy berührten. Sein Stöhnen und Keuchen in ihren Ohren.

"Komm zu mir", raunte er.

Sie beugte sich näher zu ihm. Küsste ihn leidenschaftlich, während er sich in ihr bewegte. Lange, gleichmäßige Stöße. Hart und doch langsam. Ein ums andere Mal kam sie ihm entgegen, genoss die Reibung seines Schambeins an ihrer Klit.

Immer tiefer wurde sie in den Strudel ihrer Empfindungen gezogen. Automatisch beschleunigten sie ihre Bewegungen. Wurden härter, schneller, leidenschaftlicher.

Ihr Innerstes zog sich zusammen und begann, um ihn herum zu zucken.

"Adam ...", keuchte sie.

"Hör nicht auf, Baby." Seine Stimme war kaum mehr als ein atemloses Flüstern.

Noch einmal beschleunigte er seine Bewegungen. Ihr Blick wurde verschwommen und schließlich stieß er sie über die Klippe zu ihrem Orgasmus.

Sie schrie seinen Namen und bäumte sich auf, um ihn bis auf den letzten Millimeter in sich aufzunehmen.

"Faith!", stöhnte er, stemmte sich ihr entgegen und ergab sich ebenfalls seinem Orgasmus.

Ihr Atem ging schnell und heftig, als sie auf ihm zusammenbrach. Ihre Wange kam auf seiner Brust zum Ruhen und sie hörte seinen rasend schnellen Herzschlag.

Dann spürte sie seine Arme um ihren Oberkörper. Er hielt sie, presste sie an sich, während er sich noch einige Male träge in ihr bewegte.

"Darauf habe ich so lange gewartet", flüsterte er außer Atem.

Dass sie diesen Schritt gegangen war, schien ihr noch immer nicht ganz real, aber in diesem Moment fühlte es sich besser an, als sie es sich hätte vorstellen können.

"Baby?"

"Mhm?"

"Du nimmst die Pille, oder?"

"Mhm."

"Gut."

Er drückte sie noch fester an sich. Und atmete lange aus. Nach und nach entspannte sich sein Körper und er schlief ein.

Sie selbst lag lange wach. Genoss seine Nähe, seinen warmen Körper unter ihrem. Sie sog die Ruhe, die sich in ihr ausbreitete, und dieses satte, zufriedene Gefühl in sich auf.

Eine ganze Zeit später löste sie sich vorsichtig von ihm. Leise ging sie ins Badezimmer. Nachdem sie sich gewaschen hatte, sah sie in den Spiegel, der über dem Waschbecken hing.

Sie sah immer noch furchtbar aus. Abgemagert, blass. Ihre Haare waren zwar wieder fast einen Zentimeter lang, sahen dadurch aber bei Weitem nicht besser aus. Ein wenig wie ein gerupftes Huhn, so völlig ohne Schnitt und durcheinander.

Was zum Teufel wollte ein Mann wie Adam mit ihr?

Sie atmete einmal tief durch und ging zurück ins Schlafzimmer.

Er lag noch genauso da, wie sie ihn verlassen hatte.

Sah noch genauso perfekt aus, wie sie ihn in Erinnerung gehabt hatte. Eben genauso Adam wie immer.

Schön, groß, stark, tätowiert ... Adam.

Sie musterte seinen schönen, definierten Körper, seine entspannten Gesichtszüge und dann das zerwühlte Bett.

Es ergab keinen Sinn. Adam konnte jede Frau haben, die ihm gefallen würde. Warum ausgerechnet sie? Oder war sie nur eine Herausforderung gewesen? Eine Frau, die er nicht auf Anhieb hatte haben können und deshalb interessant für ihn war?

Was sonst sollte ihn an ihr ansprechen? Sie war ein Nichts ... oder war dazu geworden. Sie war unscheinbar, dürr, kaputt. Physisch wie psychisch.

Sie kämpfte gegen das Brennen in ihren Augen an, atmete mehrmals tief durch und gab sich schließlich einen Ruck.

Sie sollte in die Situation hier nicht zu viel hinein interpretieren. Sie hatten miteinander geschlafen. Sie waren Freunde-Plus. Oder vielleicht sogar nur ein One-Night-Stand. Woher sollte sie das schon wissen? Sie hatten schließlich keine Regeln vereinbart.

Wie dem auch sei, sie sollte nicht hier sein. Sollte sich nicht etwas ausmalen, das es nicht gab. Gefühle konnte sie sowieso nicht investieren. Ihr Herz war an diesem einen Tag gestorben.

Vielleicht konnte sie wieder Spaß an Sex haben ... aber selbst hier war sie sich nicht mehr sicher. Was sich für einen Moment unglaublich gut angefühlt hatte, hinterließ jetzt nur noch Leere.

Sie schüttelte die Gedanken ab und zog sich leise an. Es war an der Zeit zu gehen. Egal wie das hier ausging, sie wollte, konnte und sollte nicht hierbleiben.

Vorsichtig öffnete sie die Tür seiner Wohnung. Ins Schloss zog sie sie nicht. Sie wollte ihn nicht wecken. Also lehnte Faith sie lediglich an und schlich die Treppe nach unten in die Bar.

Alles war totenstill. So leer und leise wie ihr Innerstes.

# 8 Was ist los?

## ADAM

Pünktlich um elf Uhr klingelte sein Wecker. Im Halbschlaf drückte er auf die Snooze-Taste und rollte sich auf die Seite. Irgendetwas war anders an diesem Morgen.

Nach und nach versuchte er sich ganz aus seinem Dämmerzustand zu kämpfen.

*Nein, falsch. Irgendetwas sollte anders sein,* dachte er, konnte sich aber immer noch keinen Reim darauf machen. Seine Gedanken wanderten zum Vorabend.

Mottoparty.

Eine umwerfende Faith im Pettycoat.

Faith, die ihn küsste.

Faith, verführerischer Arsch, der vor ihm die Treppe nach oben wackelte.

Atemberaubender Sex mit Faith - unwillkürlich glitt ein Lächeln über seine Lippen.

Faith, die in seinen Armen einschlief.

Wecker.

Langsam öffnete er die Augen und sah sich um.

Nein, weit und breit keine Faith. Gähnend schwang er die Beine über die Bettkante, während er sich durch seine kurzen, dunklen Haare fuhr. Haare, die nur unwesentlich kürzer waren als die der sexy Frau, mit der er die Nacht verbracht hatte.

Dann stand er endgültig auf und durchsuchte die kleine Wohnung nach ihr.

Nichts.

Erst war es Ungläubigkeit, die in ihm herrschte, nach und nach wurde er wütend auf sie. Wie konnte sie sich nur so klammheimlich davonschleichen?

"Verdammt!", knurrte er und schlüpfte kurz unter die Dusche, damit er nicht zu spät zum Training kam.

Faith würde er sich am Abend vorknöpfen. Was dachte sie sich dabei?

*Undurchschaubares Weib!*

## FAITH

Was zum Teufel hatte sie sich nur dabei gedacht?

Stöhnend drehte sie sich auf den Bauch, als die Erinnerungen an den letzten Abend auf sie herein prasselten.

So richtig und gut es sich in jenem Moment angefühlt hatte, so wenig wusste sie jetzt mit der Situation umzugehen.

Ihr Verstand sagte ihr, dass sie nichts falsch gemacht hatte, dass sie genau das tat, was andere in ihrem Alter auch getan hätten.

Sie fühlte sich zu ihm hingezogen. Das stand außer Frage. Und sie fühlte sich sicher bei ihm. Ob das eine gute Entscheidung war, wusste sie noch nicht. Manchmal traute sie sich selbst einfach nicht, und vor allem nicht ihrer Fähigkeit, ihn einzuschätzen.

Adam war stets zuvorkommend, fürsorglich, sanft und zärtlich. Zu ihr. Denn mittlerweile hatte sie ihn durchaus auch anders gesehen.

Immer wieder war sie in Situationen geplatzt, in denen er sich verhielt, wie er aussah. Bad Boy durch und durch.

Erneut stöhnte sie auf und drehte sich zurück auf den Rücken. So kam sie nicht weiter. Es waren nur noch wenige Stunden, bis sie zurück zur Arbeit musste.

*Arbeit. Fuck.*

Noch ein Aspekt, den sie sich vorher gut hätte überlegen sollen.

Wie sollte sie sich jetzt ihm gegenüber verhalten? Sollte sie tun, als wäre absolut nichts gewesen? Hatte sich denn etwas zwischen ihnen verändert?

*Nein, eigentlich nicht,* entschied sie. Es war ein One-Night-Stand, mehr nicht.

Bevor ihr Gedankenkarussell sie ganz verrückt machte, angelte sie nach ihrem Handy.

Nach einigen Minuten fand sie es schließlich unter ihrem Kopfkissen. Aus den Favoriten wählte sie Lillys Nummer.

"Lilian Conner", meldete sie sich, nachdem es eine Weile geklingelt hatte.

"Hey Lilly, Faith hier."

"Hey Süße! Wie geht es dir?", fragte Lilly hörbar positiv überrascht über diesen Anruf.

"Gut, danke. Und dir?"

"Busy as usual. Ich habe ein neues Projekt bekommen, sehr spannend ..."

Lilly war voll in ihrem Element. Faith musste in sich hinein schmunzeln, weil sie es wieder einmal fertig brachte, so viele Wörter in so kurzer Zeit zu sagen, ohne einmal Luft zu holen. Eigentlich müsste sie während ihrer Ansprachen regelmäßig in Ohnmacht fallen.

"Aber das ist ja nicht der Grund, warum du anrufst. Was gibt's, Süße?", unterbrach sie schließlich ihren Redeschwall.

Plötzlich war sie sich unsicher, ob sie diese Sache mit Adam wirklich mit Lilly besprechen sollte.

*Mit wem denn sonst?*

Ihr Magen zog sich zusammen. Nein, vielleicht sollte sie einfach mit niemandem sprechen und sich einfach weiter den Kopf zerbrechen.

Lilly schnalzte mit ihrer Zunge. "Spuck's schon aus, oder muss ich extra nach New York fliegen, um zu sehen, was bei dir im Busch ist?"

Sie verzog das Gesicht. Nein, eine Face to Face Begegnung mit Lilly würde sie nicht überleben. Sie überlegte noch, wie sie das Thema am besten anpacken sollte, als Lilly laut seufzte.

"Adam?", fragte Lilly schließlich.

"Adam", gab sie zu und zog ihre Decke über den Kopf, als würde das irgendetwas daran ändern, dass ihr diese Situation unglaublich peinlich war.

"Was ist passiert?"

"Ich ... ähm ... also ... eventuell habe ich ... mit ihm geschlafen", stotterte sie, weil es ihr unangenehm war, überhaupt mit Lilly darüber zu sprechen.

"Eventuell?"

"Sicher."

Lilly lachte leise. "Und?"

"Und was?" Gott, sie hätte niemals bei ihr anrufen dürfen.

"Wie war es? Was sonst? Mein Gott, Faith, du tust gerade so, als wäre das unser erstes Gespräch über Sex!" Lilly klang äußerst belustigt.

"Na ja ... das erste, seit ... du weißt schon." Noch immer konnte sie nicht glauben, dass sie sich überhaupt darauf einlassen konnte.

Aber die Situation war einfach perfekt gewesen. In Adams Gegenwart hatte sie einfach das Gefühl, sicher zu sein, loslassen zu können und die Vergangenheit für einen Moment ruhen zu lassen.

"Ja ... und ich freue mich, dass du es gemacht hast. Es wird Zeit, dass du nach vorn siehst."

"Leichter gesagt, als getan ...", murmelte sie.

"Lassen wir das, erzähl mir lieber von Adam", sagte Lilly aufgeregt.

Faith brauchte noch einen Moment, um sich zu sammeln, dann erzählte sie Lilly, wie es dazu gekommen und wie einfühlsam Adam mit ihr und ihren Bedürfnissen umgegangen war.

"Und dann hast du dich einfach davongeschlichen?", fragte Lilly entrüstet, als sie mit ihren Ausführungen zum Ende kam.

"Nicht gerade davongeschlichen. Ich bin gegangen, wie man das nach einem One-Night-Stand so macht."

Lilly lachte auf. "Was ihr zwei da treibt, hat absolut nichts mit einem One-Night-Stand zu tun."

"Ich glaube nicht, dass er gewollt hätte, dass ich bleibe."

"Oh doch!", behauptete Lilly vehement.

"Wie dem auch sei, ich wollte deinen Rat eher für die Zukunft als für die Vergangenheit ..."

"Heirat, 2,3 Kinder, Haus und Gartenzaun."

"2,3 Kinder?"

"Statistisch gesehen", sagte Lilly ernst.

"Ähm ... ja, also so weit in die Zukunft wollte ich nicht planen. Ehrlich gesagt habe ich absolut keine Ahnung, wie ich mich ihm gegenüber verhalten soll, wenn ich heute Abend zur Arbeit muss."

Wieder schnürte sich ihr der Magen zu. Die Situation würde grauenvoll sein! Sie würde zur Tür des Clubs hineingehen und dämlich wartend vor ihm stehen, ohne zu wissen, ob sie ihn küssen sollte oder umarmen oder ob er sie überhaupt beachten würde oder ob...

"Tja, wärst du nicht so feige geflüchtet, würde sich diese Frage nicht stellen." Sie verstand sie nicht. Wie auch, wo Faith doch selbst keinen Plan hatte, was sie in diesem Moment tat oder gestern getan hatte.

"Ja, dafür hätte es vielleicht einen ziemlich peinlichen 'Morgen-Danach' gegeben. Er hätte mich angesehen und mich gefragt, was zum Teufel ich hier noch mache." Der Gedanke allein verursachte ein ziemlich ungutes Gefühl in ihrer Magengegend.

"Okay, Süße, unser Gespräch dreht sich im Kreis. Die erste Frage ist doch, was du jetzt willst."

Ja, was wollte sie eigentlich?

Auf jeden Fall musste sie vermeiden, dass die Situation zwischen Adam und ihr unangenehm wurde ... oder zumindest so wenig unangenehm, wie es nur ging.

"Willst du eine Beziehung?", unterbracht Lilly ihre Gedanken.

"Was? Nein!"

"Du tust gerade so, als hätte ich dich gefragt, ob du eine lebensbedrohliche Krankheit willst", gab sie lachend zurück.

*Ist ja so ziemlich das Gleiche ...*

Als sie nicht antwortete seufzte Lilly und fuhr fort: "Okay, okay, keine Beziehung. Freundschaft Plus?"

War es das? Eine Freundschaft mit Zusatzleistungen? Gelegentlichen, annähernd sicheren Sex, ohne Verpflichtungen?

"Ich glaube nicht, dass ich das kann", sagte sie leise.

"Warum nicht, du hast es gestern doch auch getan." Lillys Stimme wurde weicher.

"Das war ... ich weiß nicht. Die Situation hat irgendwie gepasst. Der Moment war der richtige. Jetzt kann ich mir nicht mal mehr erklären, was mich da geritten hat."

"Wenn man es genau nimmt, hast eher du ihn geritten", lachte Lilly.

"Oh Gott!", stöhnte sie und vergrub ihr Gesicht im Kissen. Konnte dieses Gespräch noch peinlicher werden?

"Faith", sagte Lilly plötzlich ernst. "Ich glaube, dass Adam genau das ist, was du im Moment brauchst, aber wenn du dich nicht dazu bereit fühlst, dann belass alles beim Alten."

"Wie denn, wenn ich doch schon alles versaut habe?"

"Das hast du nicht. Verhalte dich einfach so wie immer. Wenn es für ihn ein Problem ist, wird er es schon ansprechen."

"Ich kann kaum mit dir darüber sprechen, wie soll ich das dann mit ihm, wo er doch nichts über meine Vergangenheit weiß."

"Vielleicht wäre das der richtige Anfang?"

"Nein. Niemals!", sagte Faith vehement.

"Okay, okay, verstanden. Hör mal, ich muss jetzt in ein Meeting. Wir können heute Abend nochmal telefonieren."

"Ja, vielleicht. Ich halte dich auf dem Laufenden", sagte Faith zögernd, weil sie wusste, dass es das war, was Lilly hören wollte.

"Super, bis dann, Süße!"

"Bye."

Dieser Abend würde grauenhaft werden!

## ADAM

"Deine Laune ist ja mal wieder prächtig", sagte Slade und schüttelte den Kopf.

"Alles bestens!", knurrte er und schlug ein weiteres Mal mit dem Bein auf das Polster ein, das Slade für ihr Training vor seinen Körper hielt.

Er konnte immer noch nicht glauben, das Faith ihn einfach sitzengelassen hatte. Auf die Sticheleien der Jungs hatte er absolut keine Lust.

Ja, seine Laune war im Keller. Genau genommen bewegte sie sich in Richtung Erdkern. Je länger er darüber nachdachte, desto schlimmer wurde es. Die Wut über seine Ohnmacht, bis sie heute Abend zurück kam, schwelte in seinen Adern.

*Falls sie zurück kommt!,* stichelte die fiese Stimme in ihm weiter.

Sie würde zurück kommen! Es gab keinen Grund, ihm fern zu bleiben ... oder?

"Hat Faith dich immer noch nicht ran gelassen?", lachte Slade.

Etwas in ihm explodierte. Ein beschissener Satz, der das Fass zum Überlaufen brachte.

Wie von selbst schnellte seine Faust nach vorn und traf Slade hart auf die ungeschützte Schläfe.

Einen Moment lang taumelte er benommen, dann ging er zu Boden.

"Scheiße, Mann! Bist du verrückt geworden?", fluchte Deacon und sprang mit einem Satz über die Seile des Rings.

Adam sah erschrocken auf Slade herab. Konnte sich nicht rühren, nur dabei zusehen, wie dieser mühsam versuchte, sich aufzurichten.

*Fuck!*

"Scheiße, Slade, das tut mir leid, Mann!", sagte er und half ihm gemeinsam mit Deacon auf die Beine.

Slade stieß ihn grob von sich.

"Meine Fresse, bekomm das endlich in den Griff! Du bist eine tickende Zeitbombe!", fluchte er ungehalten und tastete vorsichtig die getroffene Stelle ab.

"Es tut mir leid, ich weiß echt nicht, wie das passieren konnte." Adam rieb sich mit der getapten Hand über den Nacken. Das Kratzen des rauen Tapes beruhigte ihn.

"Schluss für heute. Und du steigst verdammt nochmal erst wieder in diesen Ring, wenn du wieder klar im Kopf bist!"

"Das war ein Ausrutscher, Slade, kommt nicht mehr vor."

"Leck mich, Adam! Du bist total durch den Wind, seit Faith in deine Bar gestolpert ist! Solange du das mit ihr nicht geklärt hast, will ich dich hier drin nicht mehr sehen!"

Vielleicht hatte er recht. Solang er sich nicht im Griff hatte, sollte er wirklich nicht gegen seine Freunde kämpfen.

Ein Blick auf Slade, der in der Ecke auf einem kleinen Hocker saß, bestätigte seine Meinung. Er zischte schmerzerfüllt, als Liam ihm einen Eisbeutel auf die Schläfe drückte.

*Verdammte Scheiße!*

## FAITH

Nachdem sie ihr Gespräch mit Lilly beendet hatte, raffte sie sich auf und stellte sich unter die Dusche. Das warme Wasser war wohltuend und entspannte ihren Körper.

Früher hatte sie es geliebt, wenn sie in jedem Muskel spüren konnte, dass sie am Tag zuvor wirklich guten Sex gehabt hatte. An diesem Tag war sie sich nicht sicher. Es erinnerte sie einfach permanent daran, dass sie Adam in wenigen Stunden über den Weg laufen musste.

Sie stellte das Wasser ab und wickelte sich in ein Handtuch, ehe sie vor den Spiegel trat.

Trotz der Sorgen über das, was kommen würde, sah sie deutlich besser aus als noch vor wenigen Wochen. Adam und die Arbeit hielten sie auf Trab. Ihre Gedanken hatten nicht mehr allzu viel Zeit, in die Vergangenheit zu wandern.

Morgens, wenn sie von ihrer Schicht im *Club Central* nach Hause kam, war sie meistens hundemüde und verschlief, nur noch mit wenigen Unterbrechungen, den ganzen Tag.

Die tiefen, fast schwarzen Augenringe, die sie über Monate begleitet hatten, waren nahezu verschwunden und sie fühlte sich lebendiger als zu irgendeinem anderen Zeitpunkt der letzten Monate.

Langsam fuhr sie mit der Hand über die immer länger werdenden braunen Haare. Schon beinahe zwei Zentimeter. Sie hatte die Rasur immer weiter hinaus geschoben.

Der Anblick gefiel ihr. Ihre Glatze hatte sie nie gemocht.

Es gab viele Menschen, denen es unheimlich gut stand, aber ihr einfach nicht. Ihr Kopf sah viel zu groß und unförmig aus. Gerade deshalb, weil ihr Körper so extrem dünn geworden war.

*Aber ist es nicht genau das, was du willst? Unattraktiv sein?*

Ja, das hatte sie gewollt, aber war es immer noch so?

Ja. Definitiv. Sie wollte für niemanden schön sein. Außer für sich selbst.

*Und für Adam,* dachte sie, zuckte bei dem Gedanken aber sofort zusammen.

Ihr Blick glitt wieder zum Spiegel. So nass und platt an ihren Kopf gedrückt, sahen ihre Haare auch nicht wirklich schön aus. Nichts im Vergleich zu der langen Mähne, die sie früher immer getragen hatte.

Ihre Hände fuhren durch die kurzen Strähnen, spielten mit ihnen und stellten sie zu Stacheln auf. Das sah gut aus. Frech, anders. So, als wäre sie wirklich tough und keine kleine verängstigte Frau.

Es gefiel ihr so gut, dass sie zurück in ihr Zimmer ging, um die vielen Kisten, die sie von ihrem Umzug noch immer nicht ausgeräumt hatte, nach ihren Styling Utensilien zu durchsuchen.

Nach über einer halben Stunde hatte sie endlich das Gel gefunden und stylte sich die mittlerweile trockenen Haare zu vielen kleinen Stacheln.

*Sehr schön!*

Die Klamotten waren die gleichen wie immer. Hoody und zu große Jeans. Etwas anderes gab ihre Garderobe nicht her und eigentlich fühlte sie sich in den Kleiderzelten auch wirklich wohl. Geschützt irgendwie. Sicher, als würden die weiten Stoffschichten sie vor dem Rest der Welt verborgen halten.

Dann verließ sie das Haus für den wohl schwierigsten Teil des Tages.

Adam.

## ADAM

Wirklich konzentriert arbeiten war einfach nicht möglich. Er musste die ganze Zeit darüber nachdenken, warum Faith ihn einfach hatte sitzenlassen.

Es hatte ihr gefallen! ... Oder?

Es war doch klar, dass mehr zwischen ihnen war! ... Oder?

Die ständige Fragerei, ohne jegliche Antwort, machte ihn verrückt. Dass der Zwischenfall mit Slade ihm auch noch permanent durch den Kopf wanderte, machte die Sache nicht besser. Im Gegenteil.

Was an diesem Tag passiert war, verunsicherte ihn. Die Zeiten, in denen er seine Gefühle nicht unter Kontrolle hatte, waren lange vorbei. Noel, Slades Dad, hatte ihm gezeigt, wie er sie in Schach hielt. Wie er mit ihnen umgehen musste, damit sie nicht unkontrolliert aus ihm herausbrachen.

Seit vielen Jahren arbeitete er hart an seiner Disziplin und Selbstbeherrschung. Nie wieder wollte er sich so gehenlassen, dass sein Gegenüber sich nicht mehr regte.

Tag für Tag musste er sich zusammenreißen, um nicht einen dieser betrunken Trottel in seiner Bar in Grund und Boden zu stampfen. Dass ihm das aus heiterem Himmel gerade bei seinem besten Freund passiert war, war unverzeihlich.

Je länger er darüber nachdachte, desto mehr war er Slades Meinung. Solange er sich nicht im Griff hatte, durfte er auf keinen Fall mehr in diesen Ring.

Punkt eins, um die Kontrolle über sein Leben zurückzuerlangen, war, diese Sache mit Faith zu klären.

Blöderweise zogen sich die Minuten wie Stunden und sie kam ums Verrecken nicht durch die verdammte Tür seines Clubs.

Er hatte schon drei Gläser kaputt gemacht, nur weil er unaufmerksam war.

Das musste endlich ein Ende finden!

Faith ging ihm einfach unter die Haut. Für ihn war sie definitiv mehr als bloß Sex. Sie war etwas Besonderes.

Sie war schön, auf ihre ganz eigene Faith-Art. Sie war ruhig und unaufdringlich, konnte aber genauso gut fauchen, wenn ihr etwas gegen den Strich ging. Sie beruhigte ihn, war gut für ihn.

Er wollte sie in seiner Nähe haben. Je mehr er sie kennen lernte, desto weniger wollte er sie gehen lassen.

Er hatte es ernst gemeint, am Abend zuvor. Er hatte nicht einmal daran gedacht, dass sie Sex haben würden. Natürlich hatte er es sich gewünscht, aber es ging ihm lediglich darum, dass sie noch bei ihm blieb. Er wollte sie im Arm halten, sie küssen, sie nah bei sich fühlen.

Den Sex hatte er bekommen, das, was er eigentlich wollte nicht.

*Fuck!*

Wieder kochte Wut in ihm hoch. Er war doch verdammt nochmal nicht irgendein dahergelaufener Bastard, mit dem sie Sex hatte und danach wieder verschwinden konnte, als wäre nichts geschehen. Diesen Zahn würde er ihr ziehen.

Wenn sie denn endlich durch diese Tür kommen würde!

Weitere zehn Minuten vergingen, dann endlich rührte sich die Klinke. Faith trat ein und lächelte schüchtern. Sie sah ihm nicht in die Augen, sondern knapp an seinem Kopf vorbei.

*Verdammt!*

"Du bist zu spät!", knurrte er, obwohl er etwas ganz anderes sagen wollte.

Sie sah sehr gut aus heute. Frisch ... irgendwie. Und ihre Haare waren anders. Es gefiel ihm, wie sie sie trug. Hatte sie sich für ihn gestylt?

Der Gedanke gefiel ihm und zauberte ein Lächeln auf seine Lippen.

"Du meckerst mich an, weil ich vier Minuten zu spät bin, und dann lächelst du?", fragte sie ungläubig und ging nach hinten. "Guten Abend, übrigens", sagte sie, während sie ihre Jacke aufhängte.

"Hey", sagte er, immer noch lächelnd. Bei ihrem Anblick verrauchte seine Wut sofort. "Die Haare sehen toll aus."

Sie stockte einen Moment in ihrer Bewegung, kam dann aber weiter auf ihn zu.

Bei ihm angekommen, legte sie ihre Hände auf seine Schultern und stellte sich auf die Zehenspitzen, um ihn zu küssen.

Er legte seine Arme um ihre Taille und zog sie an sich. Sie war schmal. Nein, dünn. Zu dünn. Als er sie gestern nackt gesehen hatte, war ihm zum ersten Mal wirklich bewusst geworden, wie wenig an ihr dran war. Er würde dafür sorgen, dass sie in Zukunft mehr aß!

Sie gab ihm den obligatorischen kurzen Kuss, aber das war nicht genug.

Nicht mehr. Nicht, nachdem er wusste, wie himmlisch sie schmeckte. Er wollte sie wieder schmecken. Brauchte mehr von ihr.

Also hielt er sie einfach fest, beugte sich zu ihr, um sie noch einmal zu küssen.

Sie ließ es zu, erwiderte den Kuss auch zunächst. Als er mit seiner Zunge über ihre Lippen fuhr, drehte sie sich aber zur Seite.

"Was ist los?", fragte er, ohne sie los zu lassen.

Sie stemmte ihre Hände gegen seine Brust.

*No way!*

"Faith!", forderte er.

"Lass mich los!"

"Rede mit mir!"

"Du sollt mich verdammt nochmal loslassen!", fluchte sie und hämmerte mit ihren kleinen Fäusten auf seine Brust ein.

Sie hatte keine Panik, sie war sauer. Gut so, auch wenn er es nicht verstand. Er war der, der sauer sein sollte. Sie hatte ihn einfach verlassen.

Wut stieg erneut in ihm auf. Dieser ganze Scheiß war einfach nur zum Kotzen!

Er hatte nicht bemerkt, dass sein Griff sich verfestigt hatte, bis sie in seinen Armen erstarrte. Als sein Blick ihren fand, sah er ihre Unsicherheit.

Das durfte nicht wahr sein, schon wieder hatte er die Kontrolle verloren!

Gequält stöhnend ließ er seine Hände fallen und sah zu wie sie einige Meter vor ihm zurückwich.

*Scheiße!*

Er schloss die Augen und rieb sich über das Gesicht. Wie konnte das alles nur so schief laufen?

Als sie nach mehreren Minuten immer noch nichts gesagt hatte und ihn mit der gleichen erschütterten Miene ansah wie damals, als er sie in der Vorratskammer geküsst hatte, zog sich sein Herz zusammen.

"Bitte ... rede mit mir!", sagte er leise und rieb sich über den Kopf.

"Ich weiß nicht, was ich sagen soll", gestand sie, ohne ihn dabei anzusehen.

"Fangen wir von vorn an. Warum bist du gegangen?" Er wollte es sanft sagen, aber er konnte die Wut nicht aus seiner Stimme heraushalten.

Trotzig hob sie das Kinn. Zorn flackerte in ihren Augen.

"Warum nicht? Wir hatten Sex und ich bin gegangen. So macht man das bei einem One-Night-Stand."

Sie hätte ihm genauso gut in den Magen boxen können. Es hätte nicht weniger weh getan.

"One-Night-Stand?", fragte er ungläubig.

*Das hat sie jetzt nicht im Ernst gesagt!*

"Ja, was war es denn sonst?"

"Bist du von allen guten Geistern verlassen? Was zwischen uns läuft, ist alles andere als ein One-Night-Stand, Faith!"

"Und das hast du in welchem Regelwerk nachgelesen?", fauchte sie.

"Du ... du hast den Verstand verloren! Ich hatte mehr als genug One-Night-Stands, um zu wissen, dass das hier etwas ganz anderes ist!"

"Stimmt ja, ich hatte ganz vergessen, dass du der allwissende Playboy Adam bist. Vielleicht solltest du es einfach sicherheitshalber heute Nacht mit jemandem ausprobieren."

Sein Plus schlug heftig und seine Hände zitterten vor Anspannung. Das hier lief völlig daneben.

Er war kurz davor, endgültig die Beherrschung zu verlieren. Er musste hier raus. Dringend! Bevor er etwas tat, was er später bereuen würde.

Er zeigte mit dem Finger auf sie und sagte: "Wir sind noch nicht fertig!" Dann lief er zu seiner Wohnung, um ein klein wenig runterzukommen.

Um etwas von dem Druck, der sich in ihm angestaut hatte, ablassen zu können, schlug er die Tür mit voller Wucht hinter sich zu.

## FAITH

Das war nicht gut. Gar nicht gut.

Eigentlich wollte sie sich überhaupt nicht mit ihm streiten. Sie wollte einfach nur zu ihm gehen, ihn wie immer begrüßen und da weiter machen, wo sie aufgehört hatten, bevor dieser verdammte Sex alles durcheinander gebracht hatte!

Seine Wut hatte sie überrascht. In die Enge getrieben. Etwas, das sie einfach nicht mehr ertragen konnte.

Jetzt, wo er aus dem Raum war, fiel sämtliche Anspannung von ihr ab und sie bereute ihre Reaktion. Sie wollte nicht mit ihm streiten, wollte nicht, dass die Situation zwischen ihnen komisch wurde.

Doch die Wucht, mit der er die Tür hinter sich zugeschmissen hatte, hielt sie davon ab, ihm zu folgen.

Vielleicht musste er sich erst ein wenig abreagieren, bevor er für ein vernünftiges Gespräch bereit war. Später würde noch genug Zeit sein, mit ihm zu reden. Wahrscheinlich war es sogar besser so, dass sie mit ihm sprach, während sie arbeiteten. Vor seinen Gästen würde er sich bestimmt nichts zu Schulden kommen lassen.

Seufzend machte sie sich an die Vorbereitungen des Abends. Seine Laune würde bestimmt nicht besser sein, wenn die ersten Gäste kamen und die Vorräte noch nicht einmal aufgefüllt waren.

## ADAM

Über eine halbe Stunde wütendes Auf- und Abgehen in seiner Wohnung, benötigte er, bis er sich wieder dazu in der Lage fühlte, ihr gegenüberzutreten.

Die Wut gefiel ihm beinahe besser als die Verzweiflung, die ihn bei dem Gedanken an ihre Worte überkam.

*Wir hatten Sex und ich bin gegangen. So macht man das bei einem One-Night-Stand.*

Wie zum Teufel kam sie nur auf diese Idee? Wäre er auf einen One-Night-Stand aus, hätte er einfach eines der leichten Mädchen aus seinem Club abschleppen können. So, wie er es früher immer getan hatte.

Aber Faith war mehr. Sie war ihm zu einer echten Freundin geworden. Mehr als das. Er sehnte sich nach ihren Berührungen. Nach ihrer Nähe, nach ihrem Lächeln.

Er schüttelte die zermürbenden Gedanken ab und ging die Treppe hinunter in den Club.

Faith sah ihn unsicher an, doch sprechen konnte er jetzt noch nicht mit ihr. Er brauchte noch ein bisschen, um seine Wut zu zügeln und die passenden Worte zu finden. Es würde schwer werden, das war ihm klar, darum durfte er den nächsten Versuch keinesfalls versauen.

Schweigend machte er sich an die Arbeit. Es gab noch viel zu tun, ehe die ersten Gäste kamen.

Auch sie schwieg. Es wunderte ihn nicht, da sie von Haus aus jeder Konfrontation auszuweichen schien.

Ausnahmsweise trieb ihn das nicht noch mehr auf die Palme, sondern kam ihm gerade gelegen.

## FAITH

Das Schweigen und die angespannte Atmosphäre zerrten an ihren Nerven. Sie war mehr als froh, als die ersten Gäste die Bar betraten.

Adam stellte die Musik und die Lichtanlage an, während sie die ersten Getränke ausschenkte. Alles wie immer. Frage, Antwort, Lächeln, servieren.

Auch Adams Freunde kamen etwas später an diesem Abend vorbei. Sie begrüßte die Runde und mixte ihnen die obligatorischen Getränke.

"Was wird das hier? Ice-Age?", fragte Deacon mit zusammengezogenen Augenbrauen.

"Ich weiß nicht, was du meinst."

"Jep und ich bin Pumba und singe den ganzen Tag Hakunamatata."

Ein kleines Lächeln entwischte ihr bei dem Gedanken an das Wildschwein aus König der Löwen.

"Aha, schon besser. Und jetzt raus mit der Sprache."

Ergeben seufzte sie. "Wir hatten eine kleine Meinungsverschiedenheit."

"Eine große. Wegen dir musste ich ihn heute vom Training verweisen", warf Slade ein und sah alles andere als zufrieden aus. Das hieß wohl, dass seine Laune schon vor ihrer Auseinandersetzung im Keller gewesen war.

*Shit!*

In diesem Moment rief ein anderer Gast ihr einen Getränkewunsch zu und sie entschuldigte sich bei den Jungs mit einem kleinen Lächeln.

*Puh ... nochmal Glück gehabt.*

Auf diese Inquisition hatte sie absolut keine Lust.

Der Andrang an der Bar hatte in den letzen beiden Stunden erheblich zugenommen, sodass ihr überhaupt keine Zeit blieb, mit Adam oder seinen Freunden zu reden.

Nun gut, vielleicht hätte sie schon ein klein wenig Zeit einräumen können, aber sie drückte sich davor, indem sie ständig dafür sorgte, dass immer Nachschub da war, jeder versorgt blieb und alles blitzblank sauber war.

Adam hatte seinerseits keinerlei Versuche gestartet, noch einmal mit ihr zu reden.

Wahrscheinlich wollte er es lieber unter vier Augen ... oder gar nicht mehr? Hatte sie ihn so sehr vor den Kopf gestoßen, dass er nun endgültig die Schnauze von ihr voll hatte?

Das war das Letzte, was sie wollte. Sie wollte ihn als Freund nicht verlieren.

Er war nun mal zu einem sehr wichtigen Teil ihres Lebens geworden. Aber für mehr war sie einfach nicht bereit.

Als sie das nächste Mal zu ihm rüber spähte, sah sie gerade noch, wie Tessa sich über die Bar lehnte und ihn auf die Wange küsste.

Eifersucht. Brennendheiß und zielgenau durchschoss es ihr Herz.

Obwohl sie genau wusste, dass sie keinerlei Anspruch auf seine Zuneigung hatte, war der Anblick doch kaum zu ertragen.

Sie wandte sich wieder den Gästen zu, konnte sich aber nicht davon abhalten, ihn aus den Augenwinkeln zu beobachten.

Als sein raues, herrliches Lachen ertönte, lief es ihr kalt den Rücken herunter. Leider war nicht sie es, der er es schenkte, sondern wieder einmal Tessa.

Tessa, die die Spannung zwischen ihnen zu spüren schien. Immer wieder hatte sie ihr kurze Blicke zugeworfen, ehe sie ihre Aufmerksamkeit wieder voll auf Adam konzentrierte. Sie flirtete ungeniert mit ihm und immer wieder bemerkte sie, dass er darauf einstieg.

Später am Abend, als es ein klein wenig ruhiger an der Bar wurde, entschloss sie sich, endlich mit ihm zu sprechen.

Leider einen Moment zu spät, da er genau jetzt von Tessa zum Tanzen aufgefordert wurde.

Wenn man es genau betrachtete, hatte das Ganze wenig mit Tanzen zu tun. Ihre Körper waren eng umschlungen und sie rieb sich äußerst aufreizend an ihm. Adam hatte schon öfter mit ihr getanzt, aber nie so. Es war immer locker, unbedarft und mit viel Lachen verbunden gewesen. Niemals hatte es so nach purem Sex ausgesehen.

"Ich weiß echt nicht, was zwischen euch läuft, aber du solltest mit ihm reden." Sie hatte Slade nicht kommen sehen, der sich gerade vor ihr auf den Barhocker fallen ließ.

"Er ist beschäftigt."

"Ja ...", sagte er gedehnt. "Weil er sich von dir ablenken will."

Statt zu antworten, ging sie nach hinten, um eine weitere Kiste Bier in den Kühlschrank zu stellen.

Tief in ihrem Inneren wusste sie genau, dass sie all das hätte vermeiden können.

Ein Gespräch hätte gereicht, um die Probleme zwischen ihnen zu lösen. In den letzten Wochen war er nie so offen zu Tessa gewesen. Er war nie auf ihre Spielchen eingegangen.

Sie stürzte sich auf die Arbeit, um ihre innere Stimme zum Schweigen zu bringen.

Der Club leerte sich nach und nach.

Faith musste die ganze Arbeit übernehmen, da Adam keine Anstalten machte, von der Tanzfläche zu kommen.

Selbst als ihnen die Puste ausging, kam er lediglich kurz hinter den Tresen, um ihnen Getränke zu holen, ehe sie sich ein Stückchen weiter an die Wand lehnten und sich unterhielten.

Das Lächeln, das sich dabei auf Tessas Gesicht abzeichnete, war beinahe so unerträglich wie Adams warme Miene.

Je weniger Gäste es wurden, desto näher schmiegte sie sich an ihn.

Als eine der letzten verließen auch Adams Freunde den Club. Nicht ohne Faith noch einmal mit einem genervten Augenrollen oder Kopfschütteln zu bedenken.

Sie zuckte mit den Schultern und wandte sich, die Hände voller Gläser, zum Spülbecken um.

Gerade rechtzeitig um zu sehen, wie Tessa Adam auf den Mund küsste.

Die Gläser entglitten ihr und zersplitterten mit einem lauten Krach auf dem Betonboden, der sogar die gedämpfte Musik übertönte.

Adam schob die Frau von sich und suchte sofort nach dem Ursprung des Geräusches.

## ADAM

In dem Moment, in dem er bemerkte, dass Tessa sich zu ihm beugte, um ihn zu küssen, wusste er, dass er es zu weit getrieben hatte. Er hatte die unsichtbare Grenze überschritten, die sie seit langer Zeit trennte.

Er wollte sich gerade von ihr frei machen, als ein lautes Scheppern ihn aufblicken ließ. Sein Blick fand sofort Faith', die ihn mit riesigen, vorwurfsvoll aufgerissenen Augen ansah.

"Was für ein Trampel. Egal, wo waren wir stehengeblieben?", schnurrte Tessa und drückte sich erneut an ihn.

"Zeit nach Hause zu gehen, Tessa", sagte er und löste sich von ihr.

"Das ist ja wohl nicht dein Ernst!", zischte sie, doch ein Blick in seine Augen genügte ihr, um zu wissen, dass zwischen ihnen heute nichts mehr passieren würde.

Sie schnaubte wütend. "Du wirst das noch bereuen!" Dann schnappte sie sich ihre Jacke und verließ erhobenen Hauptes die Bar.

Als er sich wieder Faith zuwandte, war sie aus seinem Sichtfeld verschwunden. Leise gemurmelte Flüche ließen ihn näher an die Bar heran treten.

Sie kniete auf dem Boden und fegte die Scherben der Gläser auf eine kleine Schaufel.

Sie sah nicht auf, obwohl sie wissen musste, dass er sie beobachtete. Sein Schatten fiel genau auf den Bereich, in dem sie hantierte.

Eigentlich hatte er sich nur ein wenig von seiner Wut ablenken wollen, dass Faith aber so eifersüchtig reagieren würde, hatte er nach ihrer Ansprache bei Gott nicht erwartet.

Damit spielte sie ihm genau in die Hände. ... zumindest, wenn es nicht ein großer, verdammt dummer Zufall war und er ihren Blick falsch gedeutet hatte. Doch das ließe sich schnell herausfinden.

Langsam ging er um den Tresen herum und kniete sich neben sie. Noch immer hatte sie ihre ganze Aufmerksamkeit auf den Boden gerichtet.

Schaufel für Schaufel voller Scherben entsorgte sie in dem Mülleimer unter der Theke, ohne ihn eines Blickes zu würdigen.

Nachdem sie noch immer kehrte, obwohl bereits seit drei Ladungen keine Scherben mehr zu sehen waren, nahm er ihr Schaufel und Besen aus der Hand und legte sie zur Seite. Dann nahm er ihr Kinn zwischen Daumen und Zeigefinger und zwang ihren Blick in seinen.

"Hör auf damit", sagte er sanft.

Ihr Blick war unstet und versuchte konsequent ihm auszuweichen, doch sie entzog sich seiner Berührung nicht.

"Ich habe keine Ahnung, was ich mit dir anfangen soll", seufzte er schließlich. "Erst stempelst du mich als One-Night-Stand ab, dann ignorierst du mich den halben Abend und bist dann völlig neben der Spur, wenn Tessa ihr übliches Programm abzieht."

Sie schnaubte und riss ihr Kinn los, sagte aber noch immer kein Wort.

"Was ist los, Faith? Was soll ich tun, sag es mir! Ich bin wirklich am Ende mit meinem Latein."

Er setzte sich mit angewinkelten Knien hin und lehnte den Rücken an die Schränke hinter der Bar

"Nichts", murmelte sie und wollte aufstehen. Schnell griff er nach ihrem Handgelenk und zog sie zurück. Sie kam aus dem Gleichgewicht, taumelte kurz und plumpste schließlich zwischen seine gespreizten Beine. Erschrocken keuchte sie auf und sah ihn mit großen Augen an.

"Nein, es ist nicht nichts. Du sagst mir, dass du nichts von mir willst und dennoch soll ich nicht mit Tessa sprechen."

"Das hatte wenig mit Sprechen zu tun."

*Aha, immerhin auf der richtigen Spur.* Aber er würde sie bestimmt nicht mit der Nase darauf stoßen.

"Wir haben getanzt, wir hatten Spaß, alles wie immer."

Mit zu Schlitzen verengten Augen sah sie ihn an. "Nein, das war es nicht, und das weißt du auch!"

*Ja, ja, sehr richtige Spur!*

"Das stimmt so nicht", sagte er ausweichend, darauf wartend, dass sie es aussprach.

"Sie hat dich geküsst!", zischte sie schließlich und Adam musste sich beherrschen, nicht triumphierend zu grinsen. Dennoch schien sie sofort zu verstehen, dass sie in seine Falle getappt war. Ihre Augen weiteten sich und ihr Mund stand einen kleinen Spalt offen.

"Mhm ... und was genau stört dich daran, wenn du mich nicht willst?", fragte er sanft und legte ihr die freie Hand auf die Hüfte.

"Das habe ich nicht gesagt", gab sie leise zurück.

"Aber genau das ist doch die Definition eines One-Night-Stands. Eine Nacht. Ende der Geschichte." Langsam schob er seine Hand unter ihr Hoody, bis er ihre warme, weiche Haut spürte.

"Ich weiß ... ich kann ... ich kann einfach nicht." Er konnte förmlich sehen, wie ihre Gedanken mit Höchstgeschwindigkeit durch ihren Kopf rasten. Federleicht beschrieben seine Finger kleine Kreise auf ihrer Hüfte. Er gab ihr die Zeit, die sie brauchte.

"Was kannst du nicht?"

"Ich kann dir nicht geben, was du brauchst."

"Und woher weißt du so genau, was ich brauche?" Mit sanftem Druck zog er sie näher an sich, bis ihre Schulter an seiner Brust ruhte.

"Ich kann dir gar nichts geben. Ich bin einfach nicht bereit dazu."

"Mir hat gefallen, was wir bislang hatten", murmelte er und vergrub seine Nase in ihrem Nacken. Ihr Duft war immer noch einfach köstlich. Genauso süchtig machend wie bei ihrer ersten Begegnung.

"Eine Freundschaft?"

"Ein bisschen mehr ..." Sie schien einen Moment nachzudenken, nickte aber dann leicht.

"Ohne Erwartungen?"

"Fast." Sofort versteifte sie sich, doch er hörte nicht auf, mit seinen Lippen über die zarte Haut in ihrem Nacken zu fahren.

"Ich erwarte, dass ich dich mit niemandem teilen muss", fuhr er unbeirrt fort.

Es dauerte einen Moment, bis die Worte bei ihr ankamen. Doch dann entspannte sie sich in seinem Griff und lehnte sich tiefer in seinen Arm.

Er ließ ihr Handgelenk los und streichelte über ihren Oberschenkel. Die Jeans störte, doch daran konnte er jetzt nichts ändern.

"Dich muss ich auch nicht teilen?", fragte sie, ohne ihn anzusehen.

"Nein."

Ihre Hand schlich sich auf seine Brust, malte kleine Kreise und Achten auf sein enganliegendes T-Shirt.

"Was, wenn es nicht klappt?"

"Warum sollte es nicht klappen? Es klappt bereits seit Monaten."

"Und wenn nicht?"

"Was, wenn ich morgen von einem Bus überfahren werde?"

Grinsend legte sie den Kopf in den Nacken und sah zu ihm auf.

"Das wäre ziemlich schade", feixte sie.

Ihre weichen Lippen so nah bei seinen zu haben, ließ ihn die Unterhaltung sofort vergessen.

Er wollte nichts sehnlicher, als sofort von diesen Lippen zu kosten. Sie zu schmecken, ihre Wärme zu spüren.

Er neigte den Kopf, bis er sie küssen konnte. Genüsslich und zart. Langsam strich er mit seinen Lippen über ihre, erforschte die Konturen, ehe er mit seiner Zunge ihren Mund öffnete.

Seine Hand schob sich über ihren Arm nach oben auf ihre Wange. Sanft streichelte er mit dem Daumen über ihr Gesicht, dann griff er in ihren Nacken und vertiefte den Kuss.

Er war wie berauscht von ihrem einmaligen Geschmack, konnte nicht genug davon bekommen, ihren Körper so nah bei sich zu fühlen.

Minuten später lösten sie sich schwer atmend voneinander. Sie sah ihn forschend an.

Ihr Atem ging schneller und ihre herrlichen Lippen waren noch feucht und geschwollen von ihrem Kuss.

"Komm mit mir nach oben, Babe", murmelte er, während er angestrengt versuchte, nicht erneut über ihre Lippen herzufallen.

Zaghaft schüttelte sie den Kopf. "Heute nicht."

"Warum?" Wo war ihr Problem? Hatten sie nicht eben alles geklärt? Sie waren sich doch einig gewesen.

"Ich brauche ein bisschen Zeit, um nachzudenken."

"Ich glaube, das ist keine gute Idee."

Lächelnd schüttelte sie den Kopf. "Keine Erwartungen."

"Das war eher eine Befürchtung."

"Adam ..."

"Schon okay." Er durfte sie jetzt nicht zu sehr bedrängen. Er hatte gerade zumindest einen kleinen Teil von dem erreicht, was er wollte.

*Also einmal tief durchatmen und klein beigeben!*

"Okay. Morgen?"

Sie überlegte einen Moment, nickte schließlich und stand auf. Widerstrebend ließ er sie ziehen.

"Lass es, ich mach das schon. Geh nach Hause, Honey", sagte er, als sie weiter die Bar aufräumen wollte. Schlafen würde er jetzt sowieso nicht können. Nicht, solange er noch Faith Körper und ihre Wärme an seinem spüren konnte.

Langsam stand auch er auf und lehnte sich dann erneut gegen den Schrank.

"Danke." Sie kam noch einmal zu ihm, küsste ihn flüchtig und verschwand nach hinten, um ihre Jacke zu holen.

"Bis morgen", sagte sie unsicher, zog sich die Kapuze tief ins Gesicht und verließ den Club.

Die Stille, die sich ausbreitete, nachdem die Tür hinter ihr ins Schloss gefallen war, gefiel ihm überhaupt nicht. Alles, was blieb, war die Hoffnung, dass sich das in Zukunft ändern würde. Dass sie öfter bei ihm bleiben würde und die Nächte in seinen Armen verbrachte.

Für wie lang dieses Verlangen anhalten würde, wusste er nicht. Nur eines war sicher: dass er sich in diesem Moment nach nichts mehr sehnte.

# 9 Neubeginn 2

**ADAM**

Bereits vor dem Klingeln seines Weckers lag Adam wach im Bett.
Faith geisterte wie immer durch seine Gedanken. Auch wenn er es nie für möglich gehalten hätte, mit ihr wollte er mehr. Er wollte es probieren. Das ganze Programm. Eine richtige Beziehung.

Warum? Das wusste er selbst nicht, aber Faith war einfach anders. Sie war voller Rätsel und doch wusste er einfach, dass er sich bei den wirklich wichtigen Dingen auf sie verlassen konnte.

Sie würde ihn nicht hintergehen, würde ihn nicht betrügen. Bei Faith konnte er sich einfach sicher sein ... wenn auch nicht ihrer selbst sicher. Irgendetwas verbarg sie vor ihm und das so geschickt, dass er keine Ahnung hatte, wo er ansetzen musste.

Mit der Zeit würde sie Vertrauen in ihn gewinnen, und so lang musste er sich einfach noch gedulden.

Das Joggen zum Training vertrieb auch die letzten drückenden Gedanken. Lächelnd betrat er die Halle.

"Wow, da hat aber einer sehr gute Laune", begrüßte Slade ihn und klopfte ihm freundschaftlich auf die Schulter.

"Jep, alles bestens, bereits zum Training."

"Faith?"

"Woher ... ?"

Slade schüttelte nur lachend den Kopf. "Also dann, komm schon, ich habe ein Sparring nötig und jetzt, wo du endlich wieder bessere Laune hast, bist du dafür optimal."

Slade schlenderte ihm voraus in die Mitte der Halle.

"Wo lässt du deine Arbeitskleidung bedrucken, Slade?", fragte Adam, während er sich über die Seile in den Ring schwang. Die Shirts und Tops, die Slade für sich und seine Mitarbeiter drucken ließ, gefielen ihm schon lange.

Auch er wollte ein Outfit, das eindeutig klar machte, wer in seinem Club arbeitete.

"Warum? Jeder weiß, wer du und Faith sind", sagte Slade verwundert.

"Ja, schon klar, aber ich will die Namen darauf haben, vor allem auch für das Personal, das ich für meine Geburtstagsparty einstellen will. Ein Probelauf für mich und Faith wäre optimal."

"Klar, kein Ding, ich gebe dir den Katalog nachher mit. Wenn es nichts zu Aufwändiges ist, hast du es in drei bis vier Tagen."

"Danke, Mann. Los jetzt, bevor wir die ganze Zeit verquatschen, ich muss heute früh wieder weg ... hab noch einiges zu tun."

"Faith?"

Nun musste auch Adam lachen. "Klar, was sonst."

Nachdem er von Training zurück in seine Wohnung kam, stellte er sich unter die Dusche. Gerne hätte er das warme Wasser länger genossen, aber die Zeit drängte.

Er trocknete sich mit schnellen, effizienten Zügen ab, während er sein Gesicht im Spiegel betrachtete.

Um eine Rasur kam er nicht herum. In aller Eile trug er den Schaum auf seinen Bart auf. Leider rasierte er sich etwas zu eilig, sodass er sich zweimal leicht schnitt.

Er schlüpfte in enge schwarze Jeans und ein schwarzes Shirt, das wie eine zweite Haut an ihm klebte. Dann ging er ohne Umwege in den Club.

Der Papierkram musste heute ausfallen, er wollte, dass die Vorbereitungen für den Abend schon so gut wie abgeschlossen waren, wenn Faith zu ihm kam.

Sie sollte mit ihm zusammen zu Abend essen. Ihr viel zu dünner Körper erschien immer wieder vor seinem inneren Auge. Sie brauchte dringend etwas auf die Hüften und er würde dafür sorgen. Jeden Tag.

Die Zeit verging schnell und ehe er sich versah, öffnete sich bereits die Eingangstür.

"Hey", grüßte sie ihn. Ihr Lächeln war unsicher, obwohl es absolut keinen Grund dazu gab. Für ihn stand alles fest. Er wollte sie, sie wollte ihn ... auch wenn sie es vielleicht noch nicht zu einhundert Prozent zugeben wollte.

"Hey, Kleines", sagte er sanft und zog sie in seine Arme, als sie an ihm vorbei gehen wollte.

Ihr Blick war forschend, doch schließlich entspannte sie sich und ließ sich gegen seinen Körper sinken. Sie reckte ihr Kinn nach oben, während er seinen Kopf senkte um ihre einladenden Lippen zu küssen.

Warm, weich, süß. Genauso herrlich, wie er sie in Erinnerung gehabt hatte.

Langsam und genüsslich kostet er von ihr, erforschte jeden Winkel und liebte das Gefühl, ihren warmen, schmalen Körper so nah an seinem zu fühlen.

Eine ganze Zeit später hörte er, wie sich die Tür zum Club erneut öffnete.
"Pizzaservice!", rief der junge Mann und stellte den Karton auf dem Tresen ab.

Widerstrebend löste er sich von ihr.

"Hunger?"

"Hm?" Sie klang sehr entrückt und ihre getrübten Augen machten seinen Tag um Längen besser.

"Ich habe uns was zu essen bestellt."

Erst jetzt schien sie den Neuankömmling wahrzunehmen. Sie versteifte sich und rückte ein Stück von ihm ab.

"Wir sollten anfangen. Die Arbeit ruft."

Damit hatte er bereits gerechnet. Für ihn wäre es auch nicht allzu schlimm gewesen, die restlichen Arbeiten zu erledigen, während die ersten Gäste bereits eintrudelten.

"Ich bin heute schon fertig. Wir können also in Ruhe essen."

Um ihr etwas Zeit zu geben, widmete er seine Aufmerksamkeit dem Boten, bezahlte ihn und stellte dann die beiden Wärmeschalen auf den Tresen.

"Lasagne oder Rigatoni?", fragte er, während er mit dem Besteck um den Tresen herumging und sich auf einen der Barhocker setzte.

"Lasagne", murmelte sie und gesellte sich zu ihm.

Schweigend nahm sie den Deckel ab und begann zu essen. Adam tat es ihr gleich. Drängte sie nicht weiter, sondern genoss sein Abendessen.

"Warum tust du das?", fragte sie einige Zeit später, ohne ihn anzusehen.

"Du bist meine Freundin, ich will mit dir zusammen essen, was ist so schlimm daran?"

"Nichts."

Nach weiteren fünf Minuten sah sie schließlich zu ihm auf und lächelte. "Danke."

Auch er lächelte. Ein kleiner Sieg. "Sehr gern."

## FAITH

Der Abend war ruhig. Nicht allzu viele Gäste und daher eher weniger Arbeit.

Genau das Gegenteil hätte sie sich gewünscht. Sie wollte Stress, um ihre kreisenden Gedanken zu verdrängen. Schon am Morgen war sie sich unsicher gewesen, ob es wirklich eine gute Entscheidung war.

Ja, sie mochte Adam. Sehr sogar. Zu sehr, um genau zu sein. Nur wenn man liebte, konnte man verletzt werden.

Nur wenn man vertraute, konnte man enttäuscht werden. Und langsam aber sicher, tat sie beides. Adam schlich sich Stück für Stück in ihr Herz und in ihr Leben.

Wollte sie das? Nein! Aber sie kam gegen die Urgewalt, die er darstellte, einfach nicht an.

Immer wenn sie zweifelte, war er da. Nahm sie in seine starken Arme und gab ihr das Gefühl von unendlicher Geborgenheit, Sicherheit.

Obwohl sie gelernt hatte, dass es gerade die Menschen waren, denen man am meisten vertraute, die einen schließlich hintergingen, verletzten und enttäuschten. Doch ihr Herz wollte davon einfach nichts wissen.

Sie hatte sich geschworen, auf Abstand zu bleiben. Sich nicht zu tief in dieses ganze Geschichte ziehen zu lassen. Einfach nur ihre gemeinsame Zeit und den Sex zu genießen.

Gar nicht so leicht, wenn er sich auf so süße Weise um sie kümmerte. Mit ihm zu essen, während seine Hand immer wieder sanft über ihren unteren Rücken streichelte, war absolutes Gift für ihre Vorsätze.

Gegen zwei Uhr waren nur noch wenige Gäste da, aber das konnte sich genauso schnell wieder ändern. Wirkliche Regeln, wie und wann die Gäste kamen, schien es nicht zu geben. Jeder Tag war anders.

"Okay, Schluss für heute. Trinkt aus, Leute, wir schließen früher", sagte Adam in diesem Moment.

Mit fragend zusammengezogenen Augenbrauen sah sie ihn an. Er antwortete nicht, lächelte nur schelmisch.

"Das ist nicht dein Ernst?!" Die Gäste beglichen bereits die letzten Getränke, während Faith ihn noch immer ungläubig anstarrte. Adam reagierte nicht. Er grinste lediglich vor sich hin, während der Club sich leerte.

Um nicht weiter über ihn nachdenken zu müssen, räumte sie die Bar auf, wie sie es jeden Abend tat ... normalerweise nur etliche Stunden später.

Sie war beinahe fertig, als Adam vor sie trat, sich bückte und sie einfach über die Schulter warf. Sie quietschte erschrocken und strampelte in seinem festen Griff.

"Bist du jetzt vollkommen verrückt geworden?"

"Nein, ich will nur endlich zum besten Teil des Abends kommen."

Mühelos trug er sie die Stufen zu seiner Wohnung hinauf.

Oben angekommen, stellte er sie auf ihre Füße, schloss die Tür und wollte erneut nach ihr greifen. Schnell wich sie ihm aus.

"Adam, das funktioniert so nicht. Du kannst nicht einfach so den Club schließen."

"Doch, kann ich, er gehört schließlich mir. So wie du."

"Nein." Das kam überhaupt nicht infrage!

Verwirrt runzelte er die Stirn. "Nein zu was?", fragte er dann.

"Beidem!"

"Der Club gehört mir, ich kann machen, was ich will."

Sie schnaubte frustriert und wandte sich von ihm ab. Er verstand einfach nicht, um was es ihr ging. Er änderte die Bedingungen. Es war nur eine Frage der Zeit, bis er erwarten würde, dass auch sie sich anpasste.

Bevor sie diese Gedanken weiter spinnen konnte, spürte sie seine Hände auf ihren Hüften, während er sich von hinten an sie schmiegte.

Sein warmer Atem traf auf die empfindliche Haut an ihrem Nacken. Gänsehaut überzog ihren Körper, als seine Lippen ihren Hals entlang fuhren.

"Alles was ich wollte, war ein bisschen Zeit mit dir allein."

"So funktioniert das aber nicht."

"Nicht immer, nein. Aber heute schon. Es ist ein Abend, Faith, kein Weltuntergang."

"Du drehst die Dinge, wie sie dir passen."

Der Vorwurf kam nur schwach, weil seine sanften Berührungen sie immer mehr einlullten.

"Ja, weil ich es kann. Heute. Jeder hat sich einmal eine Auszeit verdient, findest du nicht?"

Natürlich hatte er recht. Er arbeitete hart. Sieben Tage die Woche.

"Doch, aber ..."

"Kein aber ... nicht jetzt, Babe", flüsterte er, während er seine Hände unter ihr Hoody schob. Seine Finger kreisten federleicht über ihre Haut.

Die starken Arme hüllten sie ein, aber es war nichts Beklemmendes an der Umarmung. Nur Geborgenheit und Sicherheit.

Seufzend legte sie ihren Kopf in den Nacken, bis er an seiner Schulter zum Ruhen kam.

"Ich liebe dieses Geräusch", sagte er rau und knabberte an ihrem Hals.

Langsam schob er den Hoody nach oben, wartete einen Moment, bis sie ihre Arme zustimmend hob, und zog ihn ihr dann über den Kopf.

Wieder streichelte er ihren Bauch, ihre Hüften und ihre Seiten, bis ihre Haut von seiner Berührung brannte. Seine Lippen wanderten zu ihrer Schulter und zurück. Verführten und neckten sie mit jeder Berührung.

Sie wand sich in seinen Armen und spürte, wie er an ihrem Po härter wurde.

Zu wissen, dass sie es war, die ihn erregte, heizte sie zusätzlich an.

Sie schob seine Hände tiefer, bis zum Bund ihrer Jeans. Sein Lächeln konnte sie deutlich an ihrer Schulter spüren.

"So ungeduldig?", murmelte er, öffnete aber gleich darauf Knopf und Reißverschluss.

Die Hose glitt sofort von ihren schmalen Hüften. Sie stöhnte, als sie ihn dadurch noch besser hinter sich spüren konnte.

"Adam ..."

"Schsch ... gleich", murmelte er, ehe seine Hände sich endlich um ihre Brüste legten.

Er knetete und streichelte sie, bis ihre Brustwarzen schmerzhaft hart wurden. Sie war mehr als bereit für ihn, wollte ihn. Jetzt.

Da er nicht zuließ, dass sie sich umdrehte, griff sie hinter sich und versuchte, seinen Gürtel zu öffnen. Vergeblich.

Sein raues Lachen ließ seinen Brustkorb an ihrem Rücken vibrieren.

Dann löste er sich kurz von ihr, zog sein Shirt aus und zog sie erneut an sich.

Die nackte Haut seiner Brust fühlte sich heiß und unglaublich gut an. Er hob sie hoch und trug sie zu seinem Bett.

Nachdem er sie abgesetzt hatte, zog er ihr Schuhe, Hose und Socken aus.

Sie konnte ihre Hände nicht bei sich lassen, musste

seine muskulösen Schultern berühren und die weiche Haut unter ihren Händen fühlen.

Lächelnd richtete er sich auf und entledigte sich seiner Kleidung, ehe er wieder zu ihr kam. Nur kurz konnte sie ihren Blick von seinem steifen Schwanz abwenden.

"Kondom."

Sein Lachen war rau, als er in ihren Nacken griff und ihren Blick zurück in seine Augen zwang.

"Das haben wir beim letzen Mal schon verpasst. Ich bin sauber, ich gehe regelmäßig Blutspenden, und du scheinst mir nicht der Typ Frau zu sein, der ständig die Männer wechselt, habe ich recht?"

Sie nickte mechanisch und leckte sich über die Lippen.

Sie hatte mit niemandem mehr geschlafen, seit ihrer letzten Untersuchung ... seit ...

*Nein!*

Sofort verbot sie sich den Gedanken. Sie wollte es versuchen, wollte das hier genießen, da war kein Platz für die Vergangenheit.

Um seinen Blicken zu entkommen, wandte sie sich ab und kniete sich auf allen vieren aufs Bett.

"Fuck ...", stöhnte er, ließ ihren Nacken los und strich mit beiden Händen über ihren Rücken, während er sich von hinten an sie drängte.

# ADAM

Sie sah atemberaubend aus, wie sie so vor ihm kniete.

Er öffnete ihren BH und ließ ihn über ihre Schultern nach unten gleiten. Seine Hände wanderten völlig automatisch unablässig über ihren Körper.

Nur widerwillig konnte er sich von ihr lösen um ihr den Slip über den kleinen Hintern zu ziehen.

Sein Schwanz zuckte, als er die Nässe sah, die bereits zwischen ihren Schamlippen hervortrat. Er musste sie kosten, ehe er sich tief in ihr vergraben konnte.

Er kniete sich auf den Boden, direkt hinter sie, und legte seine Hände auf ihre Pobacken. Dann leckte er der Länge nach über ihre Spalte. Wieder stöhnte sie auf, erregte ihn noch mehr, während er ihren Geschmack genoss.

Nur wenige Male tauchte er tief mit seiner Zunge in sie ein, dann konnte er sich nicht mehr zurückhalten.

Schnell richtete er sich auf und trat dicht hinter sie.

"Ich brauche dich, Babe", brummte er und fuhr mit der Spitze seines Schwanzes durch ihr heißes, nasses Fleisch.

"Adam ... bitte ...", wimmerte sie und presste sich ihm entgegen.

*Zu viel ... zu viel!*

Er drückte die Spitze seines Schwanzes in sie. Dann griff er nach ihren Hüften und zog sie langsam zurück. Am liebsten hätte er sie fest gepackt und immer wieder tief in sie gestoßen, doch er ermahnte sich zur Vorsicht. Wollte das bisschen Vertrauen, das sie in ihn setzte, nicht verlieren.

Stück für Stück presste er sich tiefer in sie, zog sich zurück, nur um sofort erneut zuzustoßen.

Als er ganz in ihr war, wurde sie unruhig in seinem Griff, er hielt inne und streichelte über ihren Rücken und ihren Hintern. Er fuhr damit fort, während er sich in langsamen, trägen Stößen in ihr bewegte. Genoss die Enge, die Hitze und die Nässe.

"Du fühlst dich so gut an, Babe", keuchte er und konnte sich kaum noch beherrschen.

Feuer brannte in seinen Adern, wollte ihn antreiben schneller zuzustoßen und zur heiß ersehnten Erlösung drängen.

Er beugte sich über sie, stützte sich mit einer Hand neben ihr auf dem Bett ab, während die zweite den Weg zu ihrer Klit suchte.

Schon bei der ersten Berührung zuckte sie um seinen Schwanz und ihr Keuchen war Musik in seinen Ohren.

Lippen und Zunge fuhren über ihre Schultern und ihren Nacken.

Er genoss den salzigen Geschmack ihrer Haut, ehe

er sanft in ihren Hals biss.

Faith stöhnte laut. Ihr Körper begann zu beben und ihre Muskeln schlossen sich fest um seinen harten Schwanz.

"Verdammte Scheiße", fluchte er, als er bemerkte, wie sie ihn unaufhaltsam mit sich riss.

Er spürte das Brennen in seinen Adern, richtete sich auf und stieß einige Mal kräftig in sie. Machtlos, seine Begierde nach ihr noch einen Moment länger zurückzuhalten.

Sie zuckte noch immer, als er sich schließlich in ihr ergoss, während er sich tief in sie presste.

Mit keuchenden Atemzügen ließ sie sich langsam nach vorn auf den Bauch sinken. Adam folgte ihr und legte sich dicht neben sie.

Träge streichelten seine Finger über ihr Rückgrat. Langsam drehte sie ihren Kopf in seine Richtung. Ihre Augen waren halb geschlossen und der satte Gesichtsausdruck mehr als nur sexy.

"Du siehst verdammt heiß aus", brummte er und beugte sich zu ihr, um ihre weichen Lippen zu küssen. Er konnte einfach nicht genug von ihr bekommen.

Sie löste sich von ihm und seufzte leise, ehe sie sich aufrichtete.

"Wo willst du hin?", fragte er. Sie konnte doch nicht ernsthaft schon wieder abhauen?

Dieses ständige Hin und Her trieb ihn in den

Wahnsinn. Niemals konnte er sich sicher sein, was sie als nächstes tat.

Das Lächeln, mit dem sie ihn bedachte, als sie sich zu ihm umwandte, verwirrte ihn völlig. Mit gerunzelter Stirn wartete er ihre Antwort ab.

"Ins Bad. Brauchst du eine Wegbeschreibung oder einen Ablaufplan?"

*Hexe!*

"Nein, aber beeil dich."

"Noch mehr vor?"

"Könnte passieren, wenn du so lang brauchst, dass ich wieder fit werde, bevor ich mit dir im Arm einschlafen kann."

Sie wandte den Blick ab, ehe er irgendetwas aus ihrer Miene lesen konnte.

Nackt wie Gott sie schuf, ging sie in Richtung Badezimmer. Sie achtete nicht besonders darauf, sexy zu gehen oder übertrieben mit den Hüften zu wackeln, doch das machte sie in seinen Augen nur noch anziehender.

Von aufgetakelten Sexbomben hatte er die Schnauze gestrichen voll.

Er wollte etwas Echtes. Und Faith war rundum perfekt. Kompliziert und undurchschaubar, aber perfekt.

Während er auf sie wartete, legte er sich unter die Decke. Einen Arm schob er angewinkelt unter seinen Kopf, um den Anblick ihrer herrlichen Vorderseite ja nicht zu verpassen.

Wenige Minuten später kam sie zurück. Lächelnd, aber nicht mehr ganz so gelöst und entspannt wie zu dem Zeitpunkt, als sie aus seinem Bett gestiegen war.

*Shit ...*

"Alles in Ordnung?"

"Ja." Sie bückte sich und streifte sich ihren Hoody über.

"Ich glaube dir nicht ... warum ziehst du das an?" Er wollte sie nackt. In seinem Bett, ohne lästige Stoffschichten.

"Weil mir sonst kalt wird." Unbeirrt zog sie es tiefer, bis ihr kleiner Arsch darunter verschwand.

Er brummte unwillig. "Ich halte dich warm."

"Solange du wach bist, dann klaust du mir die Decke, ich bin mir sicher."

"Niemals. Egal, komm endlich!" Einladend hob er die Decke und sie schlüpfte darunter.

Ohne abzuwarten, was sie vor hatte, drehte er sie mit dem Rücken zu sich. Den ganzen Tag über hatte er sich genau überlegt, wie er mit ihr einschlafen wollte.

Schnell schob er die störende Stoffschicht nach oben und presste sich an ihren Rücken.

Die warme, samtweiche Haut fühlte sich einfach zu gut an.

"Perfekt", seufzte er, legte seine Hand auf ihren Bauch und schob einen Arm unter ihren Kopf.

Dass sie sich versteift hatte, ignorierte er, drückte stattdessen seinen Kopf in ihren Nacken und küsste sie sanft. Sie würde sich schon wieder entspannen, da war er sich sicher.

"Schlaf gut, Babe", flüsterte er und freute sich, als ihr Körper tatsächlich wieder weicher wurde.

"Schlaf gut, Adam."

Besser konnte ein Tag nicht enden!

## FAITH

Adams Wecker riss sie aus einem tiefen Schlaf. Einem unglaublich tiefen Schlaf.

Sie konnte sich nicht daran erinnern, wann sie das letzte Mal so lange und ununterbrochen geschlafen hatte.

Das Klingeln endete sehr schnell. Als sie ihren Kopf zu ihm umwandte, lächelte ihr ein hellwacher Adam entgegen.

"Guten Morgen", murmelte sie.

"Morgen, Babe."

Sein Lächeln war so strahlend und er wirkte so fit, dass sie sich gleich um Längen müder fühlte.

Sie schloss die Augen und mummelte sich noch einmal tief in die Decke ein. Eine Decke, die herrlich nach Adam duftete.

*Vielleicht kann ich sie unauffällig mit nach Hause nehmen ...*

Schnell verwarf sie den Gedanken. Sie durfte sich nicht zu sehr an ihn ketten.

"Morgenmuffel?"

"Eigentlich nicht. Wie lang bist du schon wach?"

"Eine ganze Weile. Wir haben früh geschlafen und es ist schon elf Uhr."

*Elf? Heilige Scheiße!*

Mühsam öffnete sie die Augen. Sie sollte gehen. Einen klaren Kopf bekommen. Vielleicht mit Lilly telefonieren.

Sich darüber klar werden, ob das alles hier wirklich eine gute Idee war.

"Ich muss zum Training, aber du kannst gern noch bleiben." Er küsste sie auf den Nacken und sie konnte sein Lächeln an ihrer Haut spüren.

"Nein. Ich muss heim. Ein paar Dinge erledigen." Langsam stand sie auf und streckte sich.

Wieder spürte sie jeden einzelnen Muskel, doch diesmal hatte sie kein schlechtes Gewissen. Im Gegenteil, sie fühlte sich verdammt gut.

Während sie sich anzog, beobachtete sie Adam dabei, wie er ins Bad ging.

Sie schloss gerade ihre Jeans, als er nackt, mit einer Zahnbürste im Mund, zurück ins Zimmer kam.

Er war ein Bild von einem Mann. Jeder einzelne Muskel seines göttlichen Oberkörpers war haargenau definiert. Ihre Kehle wurde trocken. Am liebsten hätte sie ihn sofort zurück ins Bett gezogen.

Sie wunderte sich über sich selbst. Niemals hätte sie gedacht, dass es ihr so leicht fallen würde, wieder normal über Sex zu denken.

Aber mit Adam war es einfach. Er war die Ruhe selbst, drängte sie nicht und schien irgendwie immer genau das Richtige zu tun. Dass er dazu noch aussah wie ein Model auf dem Cover von Men's Health, tat sein Übriges. Keine Frau auf diesem Planeten könnte ihm widerstehen.

Doch er wollte sie. Warum auch immer. Sie würde es genießen, solange es gut ging.

Er lächelte, als er mit ein paar Klamotten unter dem Arm wieder im Bad verschwand.

Kurz überlegte sie, ob das der richtige Zeitpunkt war, um abzuhauen. Dann verwarf sie den Gedanken wieder. Das hätte nur zu einer weiteren Auseinandersetzung geführt und dafür fühlte sie sich im Moment einfach zu gut.

"Ich bin dann weg", sagte sie, als er mit unverschämt tief sitzenden Jogginghosen zurück in den Raum kam.

Die Päckchen an seinem Bauch zuckten, während er sich das enge Shirt überstreifte.

"Okay." Er kam zu ihr und küsste sie sanft auf den Mund.

"Okay ... bye", murmelte sie und öffnete die Wohnungstür. "Ach, und Adam?"

"Hm?" Er lächelte und steckte seine Arme in eine leichte graue Jacke.

"Heute ist mein freier Tag, nur falls du es vergessen haben solltest."

Seine Gesichtszüge entglitten ihm.

*Ja, er hat es vergessen!*

Gut, dass sie ihn erinnert hatte, sonst hätte die Arbeit am nächsten Tag mit einem finsteren Adam angefangen.

"Ich ... das ... okay." Er schien sichtlich aus dem Konzept zu sein. "Aber du kommst heute Abend?"

Verwirrt runzelte sie die Stirn. "Nein. Ich hab frei."

"Ich meinte zum Essen und über Nacht."

Ihr Magen schnürte sich zusammen.

*Zu schnell ... zu viel.*

"Nein. Ich hab heute noch was vor."

Mit ihrer Antwort war er sichtlich unzufrieden. "Morgen."

Eine Aussage, keine Frage. Aber sie hatte ihm versprochen, ihnen eine Chance zu geben.

"Morgen", bestätigte sie.

"Über Nacht."

"Adam ..."

"Faith", äffte er sie nach und sie musste lächeln.

"Okay. Morgen und über Nacht."

"Leg ein Abendessen oben drauf und ich bin zufrieden", gab er grinsend zurück.

"Und ein Abendessen." Sie ging noch einmal zu ihm und küsste ihn. Wenn er so zufrieden grinste, war er unwiderstehlich!

# 10 Alles irgendwie anders

**ADAM**

Mehr oder weniger zufrieden hatte er den Tag und vor allem die Nacht ohne Faith hinter sich gebracht.

Er hatte sich sowieso schon extrem daran gewöhnt, dass Faith jeden Abend bei ihm in der Bar war. Tage, an denen sie frei hatte, waren einfach dunkler, irgendetwas fehlte.

Aber jetzt, nachdem er wusste, wie perfekt sie sich in seinen Armen anfühlte, vermisste er sie auch nachts.

Und das störte ihn wirklich.

Immerhin gab sie sich jeden zweiten Tag geschlagen und übernachtete bei ihm.

Noch immer musste er sehr vorsichtig mit ihr sein. Wo genau das Problem lag, hatte er noch nicht heraus gefunden.

Sie darauf anzusprechen, schien ein absolutes No-Go zu sein. Sie blockte sofort ab und wenn es ganz blöd lief, blieb sie nicht bei ihm.

Ein wackliges Konstrukt an Beziehung, das sie da gerade aufzubauen versuchten, aber er wollte es. Wollte sie. Definitiv! Alles andere würde sich regeln lassen, sobald sie mehr Vertrauen zu ihm hatte. Irgendwann würde sie sich fallen lassen und ihm mehr geben. So viel war sicher.

Ansonsten verlief sein Leben endlich wieder in geregelten Bahnen. Sein Training lief gut, keine Aussetzer mehr. Die Bar könnte nicht besser laufen. Er überlegte sogar, dauerhaft mehr Personal einzustellen und sich dadurch auch mal einen freien Tag zu gönnen.

Einen Tag, den er dann vorzugsweise mit Faith verbringen konnte.

Als er gerade an seinem ungeliebten Papierkram saß, brachte der Kurier die bestellten Shirts. Endlich! Er konnte es kaum erwarten, Faith endlich aus diesen viel zu großen Klamotten zu bekommen.

Sie war eine wunderschöne Frau und verschanzte sich so hinter diesen Dingern. Grauenvoll!

Wenig später betrat Faith gut gelaunt den Club. Sie stellte die Kartons, die sie vom Imbiss mitgebracht hatte, auf den Tresen und küsste ihn kurz. Zu kurz. Schnell zog er sie wieder an sich. Ein wenig mehr musste sie ihm schon gönnen.

"Hey, Babe", murmelte er, nachdem er sich von ihren Lippen gelöst hatte.

"Hey, ich hab Essen mitgebracht", gab sie lächelnd zurück und holte das Besteck.

"Hab ich gesehen. Danke, aber es gibt Wichtigeres."

"Sonst bestehst du immer darauf, dass ich mit dir esse."

"Alles zu seiner Zeit."

Sie setzten sich nebeneinander und begannen schweigend zu essen.

"Ich hab Teamshirts für uns bestellt", sagte er zwischen zwei Bissen.

"Teamshirts?" Sie sah ihn mit zusammengezogenen Augenbrauen an.

"Du weißt schon. Shirts eben, damit jeder weiß, wer zum Personal gehört."

"Jeder weiß, dass wir beide hier arbeiten", sagte sie mit hochgezogenen Augenbrauen.

"Ja, es ist quasi ein Probelauf. Ich werde wahrscheinlich noch mehr Leute einstellen müssen. Vor allem auch für meine Party."

"Was für eine Party?"

"Mein Geburtstag."

"Wann?"

"Nächsten Monat. Du kannst es gleich heute testen." Wirklich zufrieden sah sie nicht aus, widmete sich aber ohne Widerworte wieder ihrem Essen.

Ungeduldig wartete er darauf, dass sie endlich fertig wurde. Dann entsorgten sie gemeinsam die Reste.

"Ich hol sie schnell", sagte er und ging zu seinem Büro. Sein eigenes Shirt war schnell gegen das schwarze Muscle-Shirt getauscht. Auf dem Rücken war groß das Logo vom *Club Central* abgedruckt und über seiner linken Brust stand in silbernen Buchstaben *Adam.*

Mit Faith' ebenfalls schwarzen Shirt steuerte er die Bar an. Sie grinste breit, als sie sein Outfit sah. Damit sie es vollständig betrachten konnte, drehte er sich einmal mit gestreckten Armen um die eigene Achse.

Lachend klatschte sie in die Hände.

"Sehr schön und so ganz anders als normal", zog sie ihn auf.

"Tja, diesen Körper kleidet einfach nichts besser", gab er zurück und zog sie an sich.

Wenn sie so strahlte, konnte er einfach nicht anders, als sie zu küssen.

"Hier", sagte er dann und hielt ihr das Shirt hin.

"Wo ist der Rest davon?" Sie löste sich von ihm. Sichtlich unzufrieden musterte sie das Tanktop.

"Es wird dir ganz ausgezeichnet stehen", versuchte er ihre eindeutig schlechtere Stimmung zu heben. Fehlgeschlagen. Wenn überhaupt, sah sie noch grimmiger drein. Was zum Teufel hatte er nun wieder Falsches gesagt?

"Faith ... bitte."

Sie seufzte, packte das Tanktop fester und stiefelte, einen Fluch vor sich hin murmelnd, davon.

Kurz darauf kam sie zurück und sah sehr gut aus. Die zu große Jeans hing tief auf ihren Hüften, sodass ein schmaler Streifen Haut zwischen dem engen Shirt und der Hose zu sehen war.

Adam pfiff durch seine Zähne. *Heiß!*

Als er sah, wie Faith zusammenzuckte, ärgerte er sich ein wenig. "Weißt du, wenn du mir nicht sagst, wo dein Problem liegt, kann ich dir nicht helfen. Ich bin verdammt nochmal kein Hellseher!"

Anders als erwartet, wurde sie nicht wütend, sondern verzog entschuldigend das Gesicht.

"Sorry. Es ist ... hübsch.", sagte sie und zog am Saum des Shirts.

*Na, also!*

## FAITH

Es war hübsch. Und Adam hatte vollkommen recht. Er konnte nichts dafür. Es war allein ihr Problem. Solange sie es nicht aussprach, konnte sie ihm nicht die Schuld geben.

Aber das war einfach nicht drin. Sie konnte sich ihm gegenüber nicht öffnen. Niemandem. Zu sehr schmerzte sie die Erinnerung daran, als sie sich das letzte Mal an jemanden gewandt hatte.

Also würde sie die Zähne zusammenbeißen und das hier durchziehen. Wie schlimm konnte es schon werden?

Adams Aufftitterungstaktik war auch aufgegangen. Etwas mehr als eine Woche hatte genügt, um ihren Körper wieder weicher erscheinen zu lassen. Nicht rund, aber bei Weitem nicht mehr so abgemagert wie zuvor.

Was sie im Spiegel der Toilette sehen konnte, hatte ihr wirklich gut gefallen. Zu gut, um genau zu sein. Aber auch dafür konnte sie ihm nicht die Schuld geben.

Der Club füllte sich von Stunde zu Stunde.

Am Anfang, wie immer, hauptsächlich Stammkunden.

Erst gegen Mitternacht kam auch die Laufkundschaft dazu.

Es war viel los und kaum Zeit, sich mit irgendjemandem zu unterhalten. Ein großer Nachteil des Shirts war eindeutig, dass JEDER ihren Namen kannte. Das ständige Rufen aus allen Richtungen trieb sie in den Wahnsinn.

Froh darüber, dass es ein klein wenig ruhiger wurde, genehmigte sie sich selbst ein Glas Coke light.

"Hey Faith, was hast du heute noch vor?", fragte sie ein Kunde zu ihrer Linken, den sie nicht kannte.

"Arbeiten", gab sie schlicht zurück, während sie Slade ein neues Bier aus dem Zapfhahn ließ. Er hatte seines schon fast leer und würde jeden Moment nach dem nächsten fragen.

"Ich meine danach, Süße", sprach der Typ weiter und griff nach ihrem Arm.

Der Ekel schnürte ihr die Kehle zu. Schnell versuchte sie, seiner Hand zu entkommen, doch seine Finger hatten sich fest um ihren Unterarm gelegt. Die raue Haut verursachte ein grauenvolles Kribbeln auf ihrem Rücken, während das Blut in ihrem Kopf rauschte.

Noch ehe sie etwas unternehmen konnte, hatte Adam die Hand des Typen weggeschlagen und sie in seine Arme gezogen. Nie zuvor war sie glücklicher über seine Anwesenheit gewesen.

Seine Arme schlangen sich wie schützende Mauern um sie. Ihr Gesicht an seine Brust gepresst, atmete sie tief seinen vertrauten Duft ein.

Adam. Sicherheit.

"Danach ist sie bei mir. Lass deine scheiß Griffel von ihr", knurrte er.

Dann legte er eine Hand unter ihr Kinn und drückte es so zurück, dass er ihr in die Augen sehen konnte. Er musterte sie kurz, dann beugte er sich zu ihr und küsste sie.

Wie immer stand sie sofort in seinem Bann. Sein Geruch, sein Geschmack, die Gefühle, die er tief in ihr auslöste ... plötzlich hörte sie Pfiffe und kurz darauf spürte sie Adams Lächeln an ihren Lippen.

Er bog sie zurück und küsste sie tiefer, aggressiver. Die Pfiffe und das Grölen wurden lauter. Sie versteifte sich, konnte ihn nicht mehr genießen. Das war ganz und gar nicht die Art von Aufmerksamkeit, die sie gern hatte.

Auch Adams Verhalten und die Tatsache, dass er nicht darauf reagierte, dass sie ihn nicht mehr küsste, schürten das ungute Gefühl in ihrer Brust weiter.

Breit grinsend löste er sich schließlich von ihr, ehe er sich lachend den Gästen zuwandte.

"Hat es jetzt jeder kapiert?", fragte er, während sie sich ein Loch im Erdboden gewünscht hätte, in das sie verschwinden konnte.

Die Gäste lachten und scherzten, während Faith sich schweigend wieder an die Arbeit machte. Eindeutig ein scheiß Abend!

## ADAM

Der Abend war perfekt. Lang hatte er nicht mehr so viel Spaß bei der Arbeit gehabt. Die Gäste und seine Freunde waren sehr gut drauf und die Zeit verging wie im Flug. Es war schwierig, die Finger von Faith zu lassen. Vor allem dann, wenn sie sich bückte und so viel von der zarten Haut ihres Rückens zu sehen war.

"Ich glaub ja nicht, dass das gerade dein bester Plan war ...", sagte Deacon.

"Ach was. Alles im grünen Bereich. Die Grenzen mussten nur einmal abgesteckt werden."

"Sie sah nicht so glücklich damit aus."

"Deacon, es tut mir leid, aber davon hast du echt keine Ahnung."

Er wusste schließlich genau, wie er mit Faith umgehen musste. In den vergangenen Monaten waren sie echte Freunde geworden und die letzte Woche hatte gezeigt, dass sie auch sehr gut mehr sein konnten. Natürlich war ihm bewusst, wie schmal der Grat war, auf dem sie wanderten, aber das alles würde sich nach und nach stabilisieren. Da war er sich sicher!

## FAITH

Den Rest des Abends brachte sie mehr oder weniger gut hinter sich. Die abschätzenden oder neugierigen Blicke, die sie von den Gästen erntete, versuchte sie so gut es ging zu ignorieren.

Leicht war es nicht. Vor allem, wenn blöde oder anzügliche Sprüche dazu kamen.

Gegen Morgen leerte sich die Bar endlich. So schnell wie möglich machte sie sich daran, die Spuren des Abends zu beseitigen, während Adam noch mit seinen Freunden quatschte.

Sie war schon beinahe fertig, als auch diese den Club endlich verließen.

"Bleibst du heut, Babe?" Adam stellte sich hinter sie und küsste sie auf den Nacken. Seine Hände lagen auf ihren Hüften und zogen sie fest an sich.

Nein. Heute konnte sie nicht in seinen Armen liegen. Nicht, nachdem die Erinnerungen sie den ganzen Abend gequält hatten und Adam auf dem Trip, auf dem er heute war, für sie nicht ganz berechenbar war. "Nein. Heute nicht."

"Faith ..." Er klang fast ein wenig genervt.

Sie versuchte sich von ihm loszumachen und nach einem kurzen Zögern ließ er seufzend die Arme sinken.

"Heute nicht, Adam", wiederholte sie, ohne ihn anzusehen. Sie musste hier weg. Musste hier raus, ehe die Situation eskalieren konnte.

Schnell ging sie nach hinten, streifte sich Hoody und Jacke über.

"Ich muss nach Hause. Kommst du mit dem Rest allein klar?" Eher eine rhetorische Frage, bereits auf dem Weg zur Tür.

"Faith!"

Sie hielt nicht an. Ihre Hände zitterten leicht, als sie den Reißverschluss ihrer Jacke hoch zog. Es war falsch zu gehen, ohne sich mit ihm auszusprechen, aber sie musste hier raus. Jetzt sofort. Raus. Frische Luft. Platz zum Denken.

Sie hörte ihn fluchen, während die Tür bereits hinter ihr ins Schloss fiel. Schnellen Schrittes entfernte sie sich.

Ohne einen Blick zurück lief sie in Richtung ihrer Wohnung. Sie kam nur wenige Straßen weit.

"Hey Faith! Da bist du ja wieder!", hörte sie jemanden lallen. Ein Blick genügte, um ihr zu zeigen, dass es der gleiche Typ war, der sie schon in der Bar angesprochen hatte.

Ihr Magen schnürte sich zusammen und sie beschleunigte ihre Schritte noch einmal.

"Faaaiiitthh! Wo willst du denn so schnell hin? Warte doch!", lallte er weiter und folgte ihr.

Ein Stück weiter die Straße hinunter sah sie ein Taxi auf sich zukommen, hektisch winkte sie es heran, während der Typ immer weiter auf sie einredete.

Ihr Herz raste, als sie hörte, wie seine Schritte sich beschleunigten.

Das Blut, das in ihren Adern rauschte, übertönte seine Worte. Die kleinen dunkeln Gassen, die von der Straße abführten, kamen ihr noch bedrohlicher vor als sonst. Ihre Atmung wurde kurz und hektisch, passte sich dem Trommeln seiner schweren Schritte an.

Dann endlich hielt der Wagen neben ihr. Sie sprang hinein und warf die Tür hinter sich zu. Hektisch drückte sie den Knopf für die Zentralverriegelung auf der Mittelkonsole.

"Schnell, fahren Sie los", stotterte sie und ratterte dann ihre Adresse herunter.

Die Hand ihres Verfolgers legte sich in dem Moment auf die Scheibe der Beifahrertür, als der Wagen ins Rollen kam.

Die Übelkeit ließ sich kaum noch zurückhalten. Sie legte ihren Kopf in die Hände und versuchte, so ruhig wie möglich zu atmen.

Den Fahrer ignorierte sie, während sie damit beschäftigt war, sich zu beruhigen und ihren hämmernden Herzschlag auf ein normales Tempo zu senken.

Sie bezahlte das Taxi und ging dann so schnell sie konnte durch die Eingangstür. Die wenigen Stufen hinauf bis in ihre sichere Wohnung kamen ihr wie eine Ewigkeit vor.

Erst als sie die Wohnungstür hinter sich geschlossen hatte, konnte sie ein klein wenig ruhiger atmen.

Sie drehte den Schlüssel im Schloss, bis der Riegel bis zum Anschlag in der Verankerung steckte. Dann legte sie die Sicherheitskette vor.

Sie war allein. Allein und sicher.

Eine Mischung aus Wut und Verzweiflung bemächtigte sich ihrer. Unaufhaltsam zogen Angst und Hilflosigkeit sie tiefer in den Strudel ihrer Erinnerungen.

Erinnerungen, die sie ein für alle Mal für begraben geglaubt hatte. In eine Vergangenheit, die sie mit dem Umzug und ihrem Neustart hinter sich gelassen hatte.

Zumindest war das der Plan.

Wieder hatte sie Fehler begangen. Dinge zugelassen, von denen sie wusste, wie gefährlich sie sein konnten.

Sie legte die Stirn an das kühle Holz ihrer Tür. Sie wollte weg. Raus. Noch einmal auf Reset drücken und von vorn beginnen.

Ihr Herz schnürte sich zusammen bei dem Gedanken, Adam zurückzulassen.

Sie wollte nicht von ihm weg, auch wenn er alles gefährdete, was sie sich aufgebaut hatte.

Die Übelkeit überfiel sie ein weiteres Mal. So heftig diesmal, dass sie würgen musste. Schnell hastete sie ins Bad, beugte sich über das kühle Porzellan der Toilette und würgte. So lange, bis nichts als Galle mehr aus ihrem Mund kam.

Die Bilder aus jener Nacht spulten im Schnelldurchlauf durch ihren Kopf und ließen sie trocken weiter würgen.

Eine ganze Weile später lag ihr Kopf erschöpf an den Fliesen der Wand.

So konnte es nicht weiter gehen. Sie musste etwas ändern.

Auf zittrigen Beinen stand sie auf, lehnte sich fest an den Rand ihres Waschbeckens, ehe sie sich den Mund ausspülte und ihr Gesicht wusch.

Dann richtete sie sich auf. Beobachtete die Tropfen des Wassers, die über ihr Gesicht rannen. Das bisschen Wimperntusche, das sie trug, lief ihr in schwarzen Schlieren über die Wangen.

Noch einmal beugte sie sich über das Waschbecken und entfernte die Reste.

Sie musste zurück zu ihrem ursprünglichen Plan. Sie befeuchtete ihre Haare und richtete sich erneut auf.

Dann setzte sie den Rasierer an ihrem Haaransatz an. So gut ihr die kurzen Haare gefielen, sie würden wieder der unförmigen Glatze weichen müssen.

Strich um Strich entfernte sie jedes einzelne Haar auf ihrem Kopf, ehe sie ihn mit klarem Wasser abspülte.

Was sie im Spiegel sah, trieb ihr die Tränen in die Augen. Aber sie hatte keine andere Wahl. Sie musste das beenden, bevor es zu spät war. Der heutige Abend hatte ihr das mehr als deutlich gezeigt.

Sie war noch nicht bereit.

Vor allem aber durfte sie den selben Fehler nicht zweimal begehen.

Ihre Sicht war verschwommen, als sie sich zum Bett begab. Tief in die Decken gekuschelt und vollkommen allein, weinte sie sich schließlich in den Schlaf.

# 11 Was jetzt?

## FAITH

Sich Adam an diesem Abend zu stellen, war nicht gerade das Ideal ihrer Träume.

Ihr Handy hatte den Tag über mehrfach geklingelt. Adam, Lilly, Adam, Lilly und schließlich einige Anrufe von einer ihr unbekannten Nummer. Sie hatte kein einziges Mal abgenommen.

Natürlich war ihr klar, dass sie um ein Gespräch nicht herumkam, aber sie hatte einfach noch Zeit benötigt, um sich darüber klarzuwerden, was sie wollte.

Den ganzen Vormittag über hatte sie gegrübelt, ohne zu einem Ergebnis zu kommen. Nachdem ihre innere Stimme - die sich verdächtig nach Lilly anhörte - ihr keine Ruhe gelassen hatte, rief sie schließlich ihre Therapeutin an.

Auch wenn sie es vor Lilly niemals zugeben würde, das Gespräch hatte ihr geholfen zu erkennen, was sie wirklich wollte.

Adam. Die Antwort war nicht allzu schwer herauszufinden gewesen. Irgendwann in den vergangenen Wochen hatte er sich in ihr Herz geschlichen.

Es war seine Art, sie einfach so zu nehmen, wie sie war. Er war locker, entspannt und brachte sie dazu, all die schönen Dinge wieder zu entdecken, die sie sich selbst verwehrt hatte.

Vielleicht lag es auch ein ganz klein wenig daran, dass er einfach umwerfend aussah. Bei diesem Gedanken schlich sich ein kleines Lächeln auf ihre Züge.

*Ja, definitiv umwerfend.*

Beim Verlassen ihrer Wohnung mied sie den Blick in den Spiegel ihrer Garderobe. Der kahle Kopf und die tiefen Augenringe hatten ihr bereits im Bad die Tränen in die Augen getrieben.

Dennoch war sie sich sicher, dass es die richtige Entscheidung gewesen war.

Die Veränderung in den letzten Wochen, zurück zu ihrem alten Selbst, war nicht richtig gewesen. Nach allem, was geschehen war, hatte sie sich bewusst und aus gutem Grund dazu entschieden, nicht mehr attraktiv zu sein. Sie wollte niemandem mehr gefallen, auch sich selbst nicht.

Sie hatte ihr Äußeres ihrem Inneren angepasst. Kalt, grau, kaputt.

Die Gefühle, die sie für Adam entwickelte, hatten immer mehr Einfluss auf sie selbst und ihre Entscheidungen genommen. Noch einmal würde sie das nicht zulassen.

Sie konnte nur hoffen, dass Adam sie verstand und sie so nehmen würde, wie sie war. Wie sie jetzt war. Die Vor-Adam-Faith.

Die Kapuze ihrer Jacke hatte sie gegen die beißende Kälte tief ins Gesicht gezogen. Der Weg war nicht weit, dauerte aber länger als gewöhnlich, da sie sich unnötig Zeit ließ. Schließlich kam sie aber doch beim Club an.

Zögernd öffnete sie die Tür. Die Lichtanlage lief bereits und leise Musik drang aus den Lautsprechern.

Adam richtete sich hinter dem Tresen auf, als hätte er die Tür über die Geräuschkulisse hinweg gehört.

Das übliche Lächeln auf seinem schönen Gesicht fehlte. Die Brauen waren zusammen gezogen und er musterte sie eingehend.

"Hey", sagte sie leise und ging einige Schritte auf ihn zu.

"Hey ... Abendessen?"

Sie nickte und ging nach hinten, um ihre Jacke aufzuhängen. Er wartete auf einem der Barhocker und sah ihr entgegen, als sie zurück in den Hauptraum kam.

"Was zum Teufel ..."

*Ach ja ... die Haare ...* Verlegen rieb sie sich über den Kopf. Ungewohnt glatt, wo noch am Tag zuvor kurze braune Haare waren.

"Ich hab sie weg gemacht."

"Warum?" Begeistert schien er nicht, wie auch, wo sie es doch selbst schrecklich fand.

"Wir müssen reden."

"Nein." Er wandte den Blick ab und beschäftigte sich eingehend mit der Verpackung der Pasta, die er bestellt hatte.

"Was nein?"

"Nein, wir müssen nicht reden."

"Doch. Es ist wichtig, Adam ..."

"Nein!", unterbrach er sie noch einmal. Schärfer diesmal.

Er wandte sich zu ihr und sah ihr eindringlich in die Augen.

"Wir müssen reden, ist immer denkbar schlecht, wenn es aus dem Mund einer Frau kommt. Das in

Kombination mit deinem abweisenden Verhalten gestern Abend plus der fehlende Kuss gerade eben, ist eine Katastrophe. Von deinen Haaren, die du über Nacht abrasiert hast, ganz zu schweigen. Also nein, ich würde lieber nicht reden."

Die Verzweiflung in seinen Augen versetzte ihr einen Stich im Herzen. Sie hatte ihn nicht verdient. War nicht gut genug für ihn, und doch sah sie keine Möglichkeit, ohne ihn klarzukommen.

"Adam, hör mir zu ..."

"Nein, nein. Ich hab's kapiert, okay? Ich hab mit Deacon und Lilly gesprochen. Ich hab's wirklich verstanden. Das war alles eine schlechte Idee. Meine schlechte Idee. Kommt nicht wieder vor. Das ist aber noch lange kein Grund, einfach aufzugeben."

Die Verzweiflung in seinem Blick wich Entschlossenheit. Ehe sie ein Wort einwerfen konnte, stand er auf und ging die Treppe nach oben in seine Wohnung.

Einen Moment lang starrte sie ihm nach, dann rutschte auch sie von ihrem Barhocker und lief ihm hinterher.

Auf halben Weg die dunkle Treppe hinauf kam er ihr wieder entgegen. Er streckte die Arme nach ihr aus, zog sie aber sofort wieder zurück und fuhr sich mit der freien Hand durchs Haar. In seiner anderen baumelte etwas Dunkles.

*Seine Jacke? Wo will er hin?*

"Das ist das ganze verdammt Problem!", knurrte er. Sie hatte absolut keine Ahnung, was er meinte. In diesem Moment hätte sie nichts lieber gehabt, als einfach von ihm in den Arm genommen zu werden. Ihrer beider Seelen ein wenig zu beruhigen und dann in Ruhe zu besprechen, was sie sich am Nachmittag so mühsam erarbeitet hatte.

"Was ist das Problem?", fragte sie schließlich leise.

"Dass ich nie weiß, was richtig ist." Er ließ sich auf die Treppe sinken und stützte die Ellenbogen auf seine leicht gespreizten Knie. Sein Kopf hing tief zwischen seinen Schultern.

"Dabei ist das, was du machst, eigentlich immer genau das Richtige", sagte sie und kniete sich dicht vor ihn.

"Nein, bei Weitem nicht, sonst würde ich dich nicht immer wieder vertreiben."

"Hast du nicht." Langsam hob er den Kopf, seine Augen waren in der Dunkelheit kaum zu erkennen.

"Was war das dann?"

"Ich habe Zeit gebraucht."

Er schnaubte. "Und eine neue Frisur?"

"Eins nach dem anderen, okay?"

Er nickte und legte dann langsam seine Hand an ihre Wange. "Ich will dich nicht verlieren."

"Wirst du nicht. Wir werden einen Weg finden."

Sie schmiegte ihre Wange an seine Handfläche und endlich zog er sie an sich. Sie drückte ihr Gesicht an seine Brust und genoss seine starke, warme Umarmung.

"Nochmal von vorn?", fragte er leise.

"Ja."

"Hey, Babe", flüsterte er, schob eine Hand unter ihr Kinn und küsste sie zart auf die Lippen.

"Hey, es tut mir leid, dass ich gestern so schnell abgehauen bin."

"Mhm", murmelte er und küsste sie erneut.

"Was soll ich sagen, wenn ich nicht sagen darf, dass wir reden müssen?"

"Gute Frage ... fang einfach an." Sie spürte sein Lächeln mehr, als dass sie es sah.

"Ich ... ich will dich, Adam. Wirklich, aber die Show gestern ... das war einfach zu viel, verstehst du? Allein der Gedanke, dass sie uns zusehen und darüber nachdenken, wie und ob wir Sex haben ...", sie verstummte, konnte nicht in Worte fassen, was diese Situation in ihr ausgelöst hatte.

"Verstehe. Es ist nur so schwer für mich, einzuschätzen, was für dich in Ordnung ist und was nicht. Wenn ich wüsste, was passiert ist ..."

"Nein. Ich kann nicht."

"Könntest du ein *noch nicht* in Erwägung ziehen?"

Konnte sie das?

Konnte sie irgendwann mit ihm darüber sprechen, was damals passiert war?

Zögerlich nickte sie. "Woher weißt du ...?"

"Nachdem ich dich nicht erreichte, habe ich mit Lilly telefoniert. Sie hat mir nichts gesagt und meinte, ich soll mir dir sprechen."

Klang ganz nach ihrer besten Freundin. "Irgendwann, okay?"

"Ja ... ich verstehe aber nicht, warum du dir gleich die Haare abrasiert hast. Es hat mir gefallen", sagte er unwillig.

"Ich will nicht gefallen, Adam", gab sie leise zu.

"Nicht mal mir? Also nicht, dass ich es schlimm finde, nur ..."

"Es hat nichts mit dir zu tun." Zögerlich erzählte sie ihm von dem Mann, der sie angesprochen hatte, und auch von ihrer Begegnung auf dem Weg nach Hause.

Adam verspannte sich merklich, während sie die Vorkommnisse der Nacht schilderte.

"Warum hast du nichts gesagt?"

"Ich dachte nicht, dass ich ihn wiedersehen würde."

"Du solltest nachts nicht allein durch die Straßen laufen. Warum nimmst du dir kein Taxi?"

"Es ist nicht weit und die Kosten würden auf Dauer einen Großteil meines Lohns auffressen."

"Ich fahre dich, wenn du nicht hier bleiben möchtest ... wobei es mir natürlich lieber wäre, wenn du bleibst."

"Ich kann nicht hier einziehen, Adam."

"Aber öfter bleiben. Ich habe dich gern hier, Babe. Ich habe dich gern in meiner Nähe, an mich geschmiegt oder halb auf mir." Er schob sie ein Stück von sich und sah ihr ernst in die Augen. "Ich will dich, als Teil von meinem Leben."

Er senkte seine Lippen auf ihre. Sanft und voller Liebe war sein Kuss. "Du bist mehr für mich, Faith." Die geflüsterten Worte schnürten ihr die Kehle zu.

"Das sollte ich nicht. Ich bin nicht genug für dich." Ihre Stimme brach, so sehr überwältigten sie die Emotionen.

"Du bist mehr als genug. Ich ... ich liebe dich."

Ihr Herz klopfte heftig gegen ihren Brustkorb und Tränen begannen sich in ihren Augen zu sammeln.

Es war eine Sache, wenn ihre eigene Welt Kopf stand, aber eine ganz andere, wenn Adam, ihr perfekter Adam, sich in sie verliebte. In einen Menschen, mit dem eine normale Zukunft nahezu aussichtslos war.

Aber es war nicht ihre Entscheidung. Eigentlich überhaupt keine Entscheidung. Gefühle, die sich entwickelten, konnte man nicht aufhalten. Sie hatte es selbst versucht und war gescheitert.

"Hör auf, darüber nachzudenken. Ich erwarte nichts, Faith. Du musst nichts sagen", flüsterte er, während seine Lippen über ihre Wange glitten.

Sie reckte sich ihm entgegen und küsste ihn auf den Mund. "Ich weiß und genau das macht dich so perfekt." Noch einmal drückte sie ihre Lippen auf seine. "Ich liebe dich."

Er presste sie so fest an sich, dass sämtliche Luft aus ihren Lungen wich.

"Alles andere bekommen wir hin." Seine Stimme war fest, als hätte er keinen Zweifel daran. Sie schon, aber sie würde ihre Liebe genießen, solange er sie lieben konnte.

## ADAM

"Hier", sagte er auf dem Weg zurück in den Club und reichte ihr ein schwarzes Hoody, das er die ganze Zeit über in der Hand gehalten hatte.

"Was ist das?"

"Ich hatte es machen lassen für den Fall, dass du dich strikt gegen das Tanktop gewehrt hättest ... ich hätte es dir gleich geben sollen."

Ihr Blick war auf den *Club Central* Schriftzug gerichtet, den er auf die neue Teamkleidung hatte drucken lassen. "Ich weiß, dass du es nicht verstehen kannst."

"Kann ich nicht. Muss ich auch nicht. Ich werde es einfach so hinnehmen, bis du bereit bist, mir eine Erklärung für all das zu liefern", sagte er sanft und streichelte über ihren Nacken.

Sie drehte sich zu ihm, schlang ihre Arme um seinen Hals und presste ihn fest an sich. "Danke."

Sie aßen schnell und erledigten dann die letzen Handgriffe, ehe die ersten Gäste kamen.

Es blieb ziemlich ruhig an diesem Abend, was es ihm ermöglichte, Faith immer wieder zu beobachten. Sie wirkte bei Weitem nicht mehr so angespannt wie zu dem Zeitpunkt, als sie die Bar betreten hatte.

Ganz in Ordnung war sie aber auch nicht. Sie wirkte angestrengter als sonst, irgendwie verbissen. Ihr Lächeln war krampfhaft und absolut nicht echt.

Immerhin besser als das, was er befürchtet hatte. Nach ihrem überstürzten Abgang am Abend zuvor hatte er sich lange Gedanken darüber gemacht, was genau schief gegangen ist.

Ein Gespräch mit Deacon hatte ihn auf die richtige Fährte geführt.

Er hatte am Abend schon gesagt, dass es nicht die beste Idee gewesen sei, Faith so zu überfallen, aber er hatte nicht darauf gehört. Er war ausgelassen, in Feierlaune, hatte sich von der guten Stimmung im Club mitreißen lassen.

Das schlechte Gefühl hatte sich mehr und mehr verstärkt, als er sie einfach nicht erreichen konnte. Slade gab ihm schließlich Lillys Nummer, wie auch immer Slade diese Faith abgeluchst hatte.

Lilly hatte er in der Hoffnung angerufen, dass diese ihn beruhigen würde ... Fehlanzeige.

Mehr als vage Andeutungen und noch mehr Verunsicherung hatte ihm dieser Anruf nicht gebracht.

Faith Gesichtsausdruck, als sie die Bar betrat, ließ ihn vom Schlimmsten ausgehen. Dass sie sich von ihm trennen wollte, bevor sie überhaupt eine Chance gehabt hatten.

Die Erleichterung darüber, dass sie es weiterhin versuchen wollte, überlagerte alle anderen Gefühle. Die Aussicht, sie zu verlieren, hatte ihm ein für alle Mal klar gemacht, wie stark seine Gefühle für sie bereits jetzt waren. Er liebte sie, von ganzem Herzen. Etwas, das er eigentlich für unmöglich gehalten hatte.

"Scheiße!", fluchte er, als er vor lauter Starren einen Drink umkippte und sowohl Shirt als auch Hose mit *Bloody Mary* übergoss.

"Egal was du tust, lass die Hose an!", witzelte Faith. Für dieses erste echte Lächeln seit Stunden hätte er sich gern noch mehr Drinks auf die Kleidung geschüttet.

"Bist du sicher?", fragte er und wackelte anzüglich mit den Augenbrauen.

Dann schüttelte er schnell den Kopf, er wollte nicht schon wieder übers Ziel hinaus schießen. "Ich geh mich schnell umziehen."

"Lass dir Zeit, ist ja recht ruhig heute. Ich wisch das hier weg", sagte sie und deutete auf die Sauerei hinter dem Tresen.

Gern hätte er sich noch einen Kuss abgeholt, bevor er nach oben ging, doch er verbot es sich selbst.

## FAITH

Sie bediente ihre Kundschaft noch vollständig, ehe sie nach hinten ging, um den Wischmopp zu holen.

Es dauerte einen Moment, bis sie die Tomatensaftmischung aus allen Ritzen geschruppt hatte. Als sie sich wieder den Gästen zuwandte, sah sie Adam in schwarzer, enger Jeans und einem weißen Hemd am anderen Ende der Tanzfläche stehen.

Sie konnte sich nicht daran erinnern, ihn jemals in einem Hemd gesehen zu haben. Was sie allerdings weit mehr irritierte war, dass er sich nah zu einer jungen Frau beugte, die wimpernklimpernd zu ihm aufsah.

Seinen Blick konnte sie nicht erkennen. Er stand fast vollständig mit dem Rücken zu ihr und sie sah nur einen kleinen Teil seines Profils. Seine Körperhaltung sagte aber alles. Eindeutig flirtend.

Den Unterarm hatte er über ihrem Kopf an der Wand über ihr abgestützt, sein Gesicht weit zu ihr hinab gebeugt, als wäre er kurz davor, sie zu küssen.

Seine andere Hand streichelte langsam über den nackten Oberarm der Brünetten, liebkoste die Haut, ehe er mit den Fingern über den Saum ihres Shirts strich.

*Was zur Hölle soll das?*

Völlig erstarrt stand sie da und versuchte zu verstehen, was gerade geschah. Wie konnte es sein, dass er ihr noch vor wenigen Stunden gesagt hatte, dass er sie liebte, und jetzt das? Er stand da, flirtete eindeutig, als wäre sie überhaupt nicht im Raum?

Wer war diese Frau? Kannte er sie schon länger? Wusste er, dass sie hierher kommen würde und hatte sich deshalb ein Hemd angezogen?

Eigentlich war das Warum auch irrelevant. Das *das* war es, was ihr Herz zum Rasen brachte. Ihre Hand krallte sich am Tresen fest, als Übelkeit sie erfasste.

Wie konnte er ihr das nur antun? Wie konnte er dort direkt vor ihrer Nase stehen und eine andere berühren?

Er beugte sich noch weiter zu ihr. Sie war sich nicht sicher, ob er sie küsste oder ihr etwas zuflüsterte. Die Art, wie er sich dabei enger an sie schob, war aber eindeutig sexuell.

Der Schmerz in ihrer Brust wurde größer und ihre Kehle eng. War alles, was er gesagt hatte, etwa nur eine große Lüge gewesen? Ja, was sonst? Anderenfalls würde er nicht dort stehen und versuchen ... *was auch immer!*

Plötzlich griff ein Arm um ihre Taille und sie schrie laut auf.

"Hey, was ist los?"

Krampfhaft versuchte sie, sich aus dem schraubstockartigen Griff zu lösen. Sie trat nach hinten, um den Fuß des Angreifers zu erwischen, wie sie es in einem der Selbstverteidigungskurse gelernt hatte.

"Faith? Was soll das?"

Der Griff lockerte sich und sie hatte die Chance, sich umzudrehen und ihr Knie in seine Eier zu rammen.

Als sie aufblickte, erkannte sie das Gesicht. "Adam?"

"Wer sonst?"

Sie sah zurück über ihre Schulter. Nein, Irrtum ausgeschlossen. Adam stand noch immer bei der jungen Frau. "Aber wie ..." Sie drehte sich erneut zu ihm.

Er wirkte angespannt und starrte über ihren Kopf hinweg, genau in die Richtung, in der sie ihn hatte stehen sehen.

"Aiden", knurrte er.

"Was?"

Er schüttelte den Kopf und sah zu ihr, als hätte sie ihn tief aus seinen Gedanken gerissen.

"Aiden, mein ... Moment mal! Hast du etwa gedacht, dass ich das bin?"

"Ähm ..." Was sollte sie sagen? *Ja, klar, sieht ja schließlich aus wie du?*

"Faith! Ich habe dir doch gerade erst gesagt, dass ich dich liebe und du ... " Er schüttelte den Kopf erneut, als versuche er Klarheit zu bekommen. "Nein, sorry. Wie solltest du es auch wissen. Aiden ist mein Zwillingsbruder."

"Du hast einen Zwilling?"

Er lächelte spitzbübisch. "Ich hätte nie gedacht, dass ich das einmal sagen würde, aber wir reden zu wenig."

"Dann lass mal hören." Jetzt, da ihr Puls sich langsam beruhigte und auch der letzte Winkel ihres Verstandes begriff, dass alles nur ein Missverständnis war, konnte auch sie lächeln.

Adam würde ihr das nicht antun. Sie konnte ihm vertrauen. *Du kannst niemandem vertrauen!* Die zynische innere Stimme ließ ihr Lächeln verblassen.

"Später, ich muss herausfinden, was er hier will." Adam küsste sie leicht auf die Stirn und begab sich dann zu seinem Bruder.

Unsanft legte er ihm eine Hand auf die Schulter und drehte ihn zu sich herum. Über die Musik hinweg konnte sie nicht hören, was Adam zu ihm sagte, aber Aidens Gesichtsausdruck zufolge schien es nicht sonderlich nett zu sein.

Er schob die Hand grob von sich und erwiderte etwas mit zusammengezogenen Augenbrauen. Dann deute Adam zur Treppe, die nach oben führte.

## ADAM

"Was zum Teufel willst du hier?", knurrte Adam.

"Freust du dich denn nicht, mich zu sehen?" Es war nicht gerade so, als würde er sich nicht freuen, seinen Bruder zu sehen ... zumindest hätte er sich früher gefreut. Bis sie ungefähr 15 Jahre alt waren, hatten sie stets ein gutes Verhältnis gehabt. Dann kam der Bruch.

Heute bedeutete es nur noch Ärger, wenn Aiden auftauchte.

"Das ist lange her. Warum bist du hier?"

"Ich muss mit dir reden."

"Ich wüsste nicht, was wir uns noch zu sagen haben."

"Dad ist krank." Diese Aussage ließ Adam stutzen. Sein Vater war nie krank, all die Jahre nicht. Nicht einmal eine Erkältung.

Wenn Aiden zu ihm kam, um ihm davon zu erzählen, musste es etwas Schwerwiegendes sein.

"Lass uns oben weiter reden", sagte Adam und nickte in Richtung Treppe.

"Du hast also jemanden eingestellt", stellte Aiden fest und ließ sich auf den Stuhl vor dem Schreibtisch fallen.

"Sieht so aus, aber das ist nicht das, worüber wir sprechen wollten."

Aiden seufzte und rieb sich mit Daumen und Zeigefinger die Nasenwurzel. "Er hatte einen Herzinfarkt. Er ist wieder wach, aber noch immer schwach."

"Was machst du dann hier, anstatt bei ihm zu sein?"

"Er hat mich gebeten, dich zu ihm zu bringen."

"Nein, unter keinen Umständen", lehnte Adam kategorisch ab.

"Er denkt, er wird sterben, Adam. Du kannst dem Mann doch nicht seinen letzten Wunsch ablehnen!"

"Er war es, der mich vor die Tür gesetzt hat!" Ihre Stimmen wurden immer lauter.

"Das ist schon Ewigkeiten her. Sei doch nicht so stur! Verdammt nochmal! Egal was passiert ist, er ist immer noch dein Dad!"

*Nein ... Noel war mir mehr ein Vater ...*

Er wollte gerade eine saftige Antwort geben, als es an die Tür klopfte.

"Ja?", rief er barsch und bereute es in dem Augenblick, als Faith unsicher ihren Kopf hinein steckte.

"Ich wollte euch nicht unterbrechen, aber an der Zapfanlage ist ein Schlauch geplatzt und ich bekomme es allein nicht hin."

"Herrgott, für was hat man Angestellte!? Unfähiges Pack, du solltest ..."

"Du solltest aufpassen was du sagst", knurrte Adam. Der Ton, den Aiden gegenüber Faith anschlug, passte ihm überhaupt nicht.

"Was ist das jetzt schon wieder? Sie ist nichts als ...", fuhr Aiden entnervt fort.

"Sie ist meine Freundin und du hier nicht willkommen." Adam stand auf und schob Faith zurück zur Treppe.

Er hörte noch Aidens Fluchen, während sie bereits hinunter gingen.

"Denk wenigstens einmal darüber nach", bat Aiden wesentlich ruhiger, als er am Treppenabsatz zu ihnen stieß.

Er nickte und widmete sich dann dem Problem mit der Zapfanlage, mehr als dankbar dafür, dass Faith ihn aus dieser Hölle geholt hatte.

## FAITH

Völlig abgekämpft und froh darüber, dass Adam sie eingeladen hatte zu bleiben, ging sie am Ende ihrer Schicht hinauf in seine Wohnung.

Der Abend war doch noch anstrengend geworden, das Chaos mit der Zapfanlage und die ansteigende Gästezahl hatten sie ganz schön ins Schwitzen gebracht.

"Ich brauche eine Dusche", stöhnte sie und zog sich den Pullover über den Kopf.

Adam folgte ihr wortlos, er schien schon den ganzen Abend über in Gedanken zu sein.

Erst stockte sie einen Moment lang, doch dann zog sie sich aus. Schließlich hatte er sie bereits mehr als einmal nackt gesehen.

Er tat es ihr gleich, stellte dann das Wasser in der Dusche an und prüfte die Temperatur.

Dann nickte er, schob sie unter die Dusche und gesellte sich zu ihr. Er nahm sie in den Arm. Immer noch schweigend, hielt er sie fest an seine Brust gepresst.

Als sie zu ihm aufsah, beugte er sich zu ihr und küsste sie sanft. Zärtlich, als wäre sie zerbrechlich.

*... oder er?*

Nein. Adam war stark. Körperlich und mental. Nichts brachte ihn so einfach aus dem Konzept.

Er war wie ein Fels in der Brandung, auf den sie sich jederzeit verlassen konnte.

*Du kannst dich auf niemanden verlassen!* Aber wenn es möglich wäre, dann auf ihn.

"Lauf nicht wieder weg, okay?", sagte er mit rauer Stimme.

"Ich bin doch hier."

"Ich bin mir nur nie sicher, wie lange", flüsterte er.

"Es tut mir leid. Ich weiß, es ist nicht einfach zu verstehen ..."

"Schsch, sag mir nur, dass du bei mir bleibst."

Ihre Augen begannen zu brennen. Der Schmerz, der in seinem Blick lag, war beinahe unerträglich. "Ich wünschte mir nichts sehnlicher."

Ein kleines Lächeln umspielte seine Lippen, dann küsste er sie erneut. Kurz. Viel zu kurz. Er drehte sie von sich weg und begann sie zu waschen. Langsame, sanfte Bewegungen, die zu gleichen Teilen ihre Müdigkeit förderten und sie erregten.

Er wusch ihren Körper, bis ihre ganze Haut brannte vor Verlangen.

Als sie es kaum noch ertrug, schob sie seine Hände beiseite und ließ ihm die gleiche Behandlung zuteil werden.

Das Gefühl seiner Muskeln unter ihren Fingern, die weiche Haut, die von Wasser und Seife ganz glitschig wurde ... sie musste hart schlucken und sich zusammenzureißen, um zu Ende zu bringen, was sie begonnen hatte.

Es dauerte nicht lang und er unterbrach sie. "Komm mit ins Bett", raunte er direkt in ihr Ohr.

Antworten schien unmöglich zu sein, so flach wie ihr Atem bereits ging, also nickte sie und ließ sich von ihm aus der Dusche führen.

Er legte sich auf den Rücken und zog sie auf sich. Seine warmen Hände schienen überall zugleich zu sein. Sanft, weich, einfühlsam.

Sie küsste ihn zärtlich, doch die Lust, die in ihnen tobte, ließ den Kuss schnell aggressiver werden.

Er legte seine Hände um ihren Kopf, hielt sie fest und ließ ihr keinen Millimeter Platz, um zurückzuweichen.

Es störte sie nicht. Da war kein beklemmendes Gefühl. In diesem Moment gab es nur Adam und die alles verzehrende Sehnsucht nach ihm.

Ihr Körper pochte und brannte, verlangte nach mehr. Sie wand sich auf ihm und genoss das Stöhnen, das sie ihm entlockte.

Er richtete sich auf und sein harter Schwanz drückte gegen ihren Venushügel.

"Ich brauche dich", raunte er, während seine Küsse eine Spur über ihre Wange zu ihrem Hals zogen.

Auch sie brauchte ihn. Viel mehr, als gut für sie war.

Langsam hob sie ihr Becken an und ließ sich dann Stück für Stück auf seinen Schwanz gleiten. Er dehnte sie und fühlte sich unglaublich gut in ihr an.

Keuchend legte sie den Kopf in den Nacken.

"Genau so, Baby", stöhnte er. Dann legte er seine Hände auf ihre Hüften und zog sie noch tiefer auf sich.

Sie schlang ihre Arme fester um seinen Hals und vergrub ihren Kopf in der Beuge zur Schulter. Seine Hände gaben ihr den Rhythmus vor, dem sie nur allzu gerne folgte.

Reibung und Hitze trieben sie immer weiter, zu immer schnelleren Bewegungen. Bei jedem Stoß kam er ihr entgegen. Sein Schambein rieb immer wieder aufreizend über ihr Klit.

Sie braucht mehr, wollte mehr von diesen Gefühlen, die einen herrlichen Strudel in ihr auslösten. Sein Griff wurde härter und seine Hände brannten auf ihrer Haut.

Jeder Teil ihres Körpers kribbelte, sehnte sich nach Erlösung. Das Zucken in ihrem Inneren kündigte die ersten Wellen ihres Orgasmus an.

Als er seine Arme fest um ihre Mitte schlang und sie mit aller Kraft auf sich presste, ließ sie los und kam laut stöhnend.

Sekunden später folgte er ihr fluchend und ergoss sich zuckend in ihr.

Seine Arme waren so fest um sie herum geschlossen, dass es beinahe schmerzhaft gewesen wäre, aber sie spürte nichts als endlose Befriedigung und Liebe.

Liebe zu einem Mann, die sie nicht empfinden sollte, die sich aber so unglaublich gut anfühlte.

Langsam löste er seinen Griff und schob sie, immer noch tief in ihr versenkt, ein wenig zurück. Er nahm ihr Gesicht in die Hände und küsste sie unendlich zärtlich.

"Ich liebe dich", flüsterte er und küsste sie erneut, ehe sie zu Wort kam. "Sag nichts", bat er und sah dabei sehr verletzlich aus.

"Ich will ... nein, ich muss." Sie drückte ihre Lippen auf seine und spürte sofort, wie er sich entspannte. "Ich liebe dich", sagte sie ebenso leise wie er.

Er schloss die Augen und atmete tief durch. Dann legte er sich zurück und zog sie mit sich. Auf seiner Brust kam sie zum Ruhen.

"Danke", sagte er schlicht und hielt sie nah an sich gedrückt.

# 12 Geständnisse

## FAITH

"Willst du darüber sprechen?", fragte sie leise, nachdem sie wieder zu Atem gekommen waren.

Er war wieder in diese grüblerische Stille verfallen.

Es behagte ihr nicht. Er schien so verletzlich, ganz anders als sonst.

So sehr sie es genoss, auf ihm zu liegen und die Wärme, die seine Worte in ihrem Inneren hinterlassen hatten, nachhallen zu lassen, so sicher war sie sich, dass ihn etwas bedrückte.

"Findest du nicht, diese 'War ich gut?' Fragen sind seltsam?", fragte er scherzhaft. Das Lachen rumpelte dabei in seiner Brust und beruhigte sie auf eigenartige Weise.

"Ich meinte Aiden", sagte sie, als er sich wieder beruhigt hatte.

"Er ist mein Bruder. Zwillinge."

"Ja, ich meine, was er gesagt hat, dass du so ... anders bist."

Besser konnte sie nicht in Worte fassen, was sie meinte. Die Stille war subtil, kaum zu erkennen, wenn man ihn nicht wirklich kannte.

"Anders?"

Wieder lachte er, doch es klang hohl.

"Wenn du nicht willst, ist es in Ordnung. Ich wollte es nur anbieten."

Er schwieg eine Weile, dann begann er in trägen Kreisen über ihren Rücken zu streicheln. Ob er damit sie oder sich selbst beruhigen wollte, war ihr nicht klar.

"Mein Dad hatte einen Herzinfarkt."

"Das tut mir leid, Adam. Willst du hinfahren? Ich kann die Bar für diese Zeit ..."

"Nein ... ja ... ich weiß es nicht. Er möchte, dass ich komme."

"Ihr versteht euch nicht?"

"Nein ... willst du wirklich die ganze Geschichte?"

"Ja", sagte sie und hoffte darauf, dass er es ihr wirklich erzählen wollte. Sie hatte das Gefühl, dass er sich das von der Seele reden musste.

"Es war schon immer schwierig. Meine Eltern ... sie sind ein wenig anders. Kühl, könnte man sagen. Immer sehr distanziert. Wir hatten nie ein warmes liebevolles Zuhause. Ich weiß, es ist schwer zu verstehen ..."

"Nein. Ich weiß genau was du meinst. Aristokraten. Egal was passiert, der äußere Schein darf nicht bröckeln."

Er sah sie fragend an, doch sie schmiegte sich nur wieder enger an ihn, wollte, dass er weiter sprach. Es sollte ihm wieder besser gehen.

Tief durchatmend fuhr er fort. "Unsere Großeltern waren das Einzige, was Aiden und ich jemals als Zuhause angesehen haben. Als sie starben, brach für mich eine Welt zusammen."

Beruhigend streichelte sie über seine Brust, er drückte sie noch enger an sich.

"Aiden und ich ... wir sind sehr verschieden mit der Situation umgegangen. Aiden hat versucht, oder besser, versucht noch immer, die Aufmerksamkeit unserer Eltern mit Leistung zu bekommen."

"Was meinst du damit?"

"Er macht das, was sie sich wünschen. Er hat Medizin studiert, einen hervorragenden Abschluss gemacht, eine ausgezeichnete Stelle bekommen. Aiden, der Perfekte, der Musterschüler. Daddys Liebling."

Ein wenig graute ihr davor, aber sie musste ihn einfach fragen. "Und du?"

## ADAM

Dieses ganze Geständnis zerrte schwer an seinen Nerven. Niemand kannte diese Geschichte. Er hatte sie immer für sich behalten. Aber irgendwie erschien es einfach richtig, sie Faith zu erzählen.

"Ich ... ich konnte es nicht. Es fühlte sich an, als würde ich mich selbst verkaufen. Nicht nur mich, sondern auch das Andenken an meinen Grandpa. Er war immer so stolz auf uns. Er hat uns nie als Zwillinge gesehen, sondern als Individuen. Er hat immer betont, wie wichtig es ist, dass jeder seinen eigenen Weg findet."

Der Gedanke an seine Großeltern schmerzte. Auch wenn es Ewigkeiten her war, er hatte den Verlust noch immer nicht verkraftet.

"Du bist deinen eigenen Weg gegangen. Sieh dir an, was du geschafft hast. Dieser Club ist großartig."

"Das hier ist allein Noel's Werk. Ohne ihn wäre ich niemals so weit gekommen." Auch die Erinnerungen an Noel taten weh.

Vielleicht noch ein wenig mehr, weil er sich vor seinem Tod nie mit ihm aussprechen konnte.

"Der Reihe nach. Deine Großeltern sind gestorben, Aiden wurden zu Everyones Darling und du?"

"Ich ... ich habe mich mit Händen und Füßen gegen die Einflüsse meiner Eltern gewehrt. Ich war viel unterwegs, draußen, in Clubs, in denen ich nicht sein sollte. Ich habe angefangen Gras zu rauchen und zu trinken. In dieser Zeit habe ich sehr viel mit meinen Eltern gestritten."

Faith schwieg immer noch aufmerksam. Dass sie so nah bei ihm war, machte es einfacher, loszulassen. Sie fühlte sich einfach perfekt an in seinen Armen, so als wäre sie genau für ihn gemacht.

*Nein, ich wurde für sie gemacht. Meine Seelenverwandte.*

"Im Frühjahr, als wir gerade 17 wurden, eskalierte der Streit. Die Kurzfassung ist, ich bin eine Enttäuschung auf ganzer Linie. Damit wäre ich noch zurecht gekommen, weil es der Wahrheit entsprach. Ich bin einfach nicht Aiden."

"Was war noch, wenn das nicht alles war?"

"Er hat angefangen, schlecht über meinen Grandpa zu reden, hat ihm die Schuld in die Schuhe geschoben, da sind bei mir die Sicherungen durchgeknallt. Ohne nachzudenken habe ich ausgeholt und ihm meine Faust ins Gesicht geschlagen. Er ist kein schwacher

Mann und dennoch ist er einige Schritte zurück getaumelt."

Er schwieg einen Moment, konnte den Schmerz von damals in seinem Herzen und seiner Hand beinahe immer noch spüren. Den Verrat, die Wut, den Hass in den Augen seines Vaters sah er sofort, wenn er sich erinnerte.

Er schloss die Augen, um sich die Szene, die er schon so oft zurück in seine Erinnerung gerufen hatte, noch deutlicher vor sich zu sehen.

"Mit dem ausgestreckten Finger hat er auf mich gezeigt und gesagt: 'Verschwinde aus meinem Haus, verschwinde aus meinem Leben. Du bist nicht mehr mein Sohn. Du bist kein Teil dieser Familie mehr!' Den Ausdruck auf seinem Gesicht werde ich nie vergessen. Es war ihm bitterernst."

Tief durchatmend fuhr er fort.

"Ich bin gegangen. Hab mich auf der Straße durchgeschlagen. Manchmal sinnbildlich, manchmal wortwörtlich. Wenn ich etwas brauchte, hab ich es gestohlen oder mit dem Geld bezahlt, das ich bei Gelegenheitsjobs als Schläger verdient habe. Nicht gerade rühmlich, was?"

Sein Ton war scherzhaft, weil er versuchte, die Vergangenheit wieder abzuschütteln.

"Du hattest keine andere Wahl", gab sie einfühlsam zurück.

"Doch, die hatte ich. Vielleicht wusste ich es nicht besser, aber Noel hat mir den anderen Weg gezeigt."

"Was hat er getan?"

"Er hat mich bei einem Kampf aufgelesen. Er hat mir angeboten, bei ihm zu trainieren. Die Gelegenheit wollte ich mir nicht entgehen lassen. Ich hatte zwar schon einiges dazu gelernt, aber es war bei Weitem nicht genug."

"Bist du zu ihm gegangen?"

"Ja, wir haben zusammen trainiert. Er war einmalig. Nach dem Training sagte er: 'Adam, du bist ein guter Junge. Ich will dich hier haben, aber ich habe Bedingungen.' Einfach so. Er kannte mich nicht, aber wollte mich bei sich haben."

Erst im Nachhinein wurde ihm so wirklich klar, dass es weniger Noels Angebot als seine Worte waren, die ihn zum Bleiben veranlasst hatten.

"Bedingungen?" Faith Frage riss ihn zurück in die Gegenwart.

"Er trainierte mit mir, gab mir einen Job und ein Zimmer über seinem Trainingscenter. Dafür gab es keine illegalen Sachen mehr. Am Anfang sind wir oft aneinander geraten. Ich hatte diese unkontrollierbare Wut in mir, wusste nicht damit umzugehen. Der einzige Weg, den ich kannte, war, demjenigen die Fresse zu polieren, der sie verursacht hatte", sagte er ruhig.

Er konnte sich noch allzu genau an Noels Gesicht erinnern, wenn er wieder einmal gegen die Regeln verstoßen hatte. Auch er war wütend gewesen, aber er hatte es niemals an Adam ausgelassen.

"Er verlangte mehr Training und mehr. Manchmal war ich so erschöpft, dass ich es kaum noch in mein Zimmer schaffte. Es tat gut, all die Energie abzubauen. Das Training war mein Katalysator."

"Was ist aus Noel geworden?", fragte Faith und streichelte sanft seine Schulter.

Die Frage verpasste ihm einen schmerzhaften Stich ins Herz. "Er ist gestorben. Ein Schlaganfall. Ich ... ich konnte nicht bei ihm sein."

Tief atmete er ihren Duft ein. Sauber, weiblich, nach Seife und Faith.

*Faith ... Glaube ... der Glaube an eine bessere Zeit und meine Hoffnung.*

"Wir hatten uns gestritten. Ich habe zwischendurch immer mal wieder an illegalen Kämpfen teilgenommen. Nicht um meine Wut loszuwerden oder mich ihm zu widersetzten. Einfach nur, weil ich das Geld brauchte. Ich habe gespart, für ein besseres Leben. Dieses Haus, der Club, es stand zum Verkauf und ich wollte ihn unbedingt."

Die lautstarken Worte zwischen Noel und ihm hallten in seinem Kopf wider. Nie zuvor hatten sie sich so gestritten.

"Er konnte es einfach nicht verstehen. Ich dachte, er gönnte es mir nicht, dass ich etwas aus mir machen möchte. Mehr, als nur in seinem Hinterzimmer zu wohnen und für ihn zu arbeiten. Wir haben uns angeschrien und zum ersten Mal dachte ich, dass er gleich auf mich losgehen würde."

"Ist er?"

"Nein. Auf einmal ist er ganz ruhig geworden, er hat mich angesehen und gesagt: 'Du hast mich auf ganzer Linie enttäuscht.' Er wusste nicht, dass es das Schlimmste war, was er hätte sagen können. Ich war kurz davor, ihn anzugreifen, aber ich hatte zu viel Respekt vor ihm. Also bin ich gegangen."

"Wohin?"

"Raus, zu dem Kampf, von dem er mich so dringend abbringen wollte. Danach haben wir meinen Sieg gefeiert, bis Liam zu mir kam und mich nach draußen gezogen hat. Er hat kein Wort gesagt, aber ein Blick in sein Gesicht hatte genügt, damit ich wusste, dass etwas überhaupt nicht stimmte. Er hat mir sein Handy gegeben und Slade hat mir über den Schlaganfall berichtet."

Seine Augen brannten und sein Magen schmerzte, wenn er an diese Nacht zurückdachte, die alles verändert hatte.

"Ich bin so schnell wie möglich ins Krankenhaus gefahren, aber es war zu spät. Noel war schon ganz kalt, als ich ... als ich meine Lippen auf seine Stirn drückte. Ich wollte sterben. Ich wollte statt ihm gehen. Aber da war keine Chance."

Sie schob sich ein Stück nach oben und küsste seine Wange. Es dauerte einen Moment, bis er verstand, dass sie die Träne wegküsste, die sich aus seinem Auge gestohlen hatte.

Er drückte ihren Kopf zurück an seinen Hals und stützte sein Kinn darauf ab. Die Geschichte schwelte schon zu lang in ihm und er wollte sie zu Ende erzählen.

"Damals habe ich mein Leben endgültig umgekrempelt. Keine Kämpfe mehr, harte Arbeit, Disziplin und Kontrolle. Ich bin zu einer Bank gegangen und mit Slades Unterstützung habe ich das fehlende Geld für den Club als Kredit bekommen."

"Das war eine gute Entscheidung."

"Ja, aber sie konnte nichts mehr gut machen. Noel hätte all das erleben sollen. Er hätte sehen müssen, dass es sich gelohnt hat, mir zu vertrauen."

"Er hat es gewusst."

"Woher willst du das wissen?"

"Er hätte dir nicht so viele Chancen gegeben, wenn er nicht felsenfest von dir überzeugt gewesen wäre."

Einen Moment lang dachte er nach. Natürlich hatte sie recht, aber er hätte es verdient, den Club mit eigenen Augen zu sehen.

"Den Namen *Club Central* habe ich für Noel ausgesucht. Er hat immer gesagt: 'Wir treffen uns im Central' und damit meinte er den großen Ring in der Mitte seines Clubs."

"Eine schöne Idee."

Er schwieg. Genoss einfach ihre Nähe und den Frieden, den sie ihm schenkte.

"Ich weiß, du willst es nicht hören", begann sie nach einiger Zeit zögernd. "Aber ich denke, du solltest zu deinem Vater gehen. Es ist nie gut, die Dinge nicht abzuschließen."

"Ich überlege es mir. Ich ... genug für heute. Lass uns einfach schlafen, okay?"

"Okay", gab sie zurück und gähnte kurz darauf.

Er küsste sie noch ein letztes Mal, zog die Decke über Faith und sich, ehe er sie eng an sich zog.

Sie passte perfekt in seine Arme, so als wäre er genau dafür gemacht, sie zu halten, während sie schlief.

Sie schmiegte sich eng an ihn. Ihr Körper wurde weicher und ihr Atem Zug um Zug langsamer, bis sie schließlich einschlief.

Er selbst war noch lange wach, obwohl er erschöpft war, von dem langen Tag, seiner Auseinandersetzung und den Neuigkeiten, die Aiden gebracht hatte.

Der Sex mit Faith hatte ihn satt und träge gemacht und doch kreisten seine Gedanken immer wieder um die Frage, was er als nächstes tun sollte.

Sollte er wirklich zu seinem Vater fahren?

Hatte es einen Sinn, mit ihm zu sprechen?

Aber Faith hatte recht. Wenn er es nicht tat, würde er eines Tages um die vergebene Chance trauern.

Vielleicht hatte sein Vater ja erkannt, dass er zwar nicht das tat, was er sich immer von ihm gewünscht hatte, dass er zwar nicht in das Muster seiner perfekten Familie passte, aber dennoch ein gutes Leben führte.

Vielleicht fand er ja einen Zugang zu seiner Familie. Er hoffte es.

Aber wenn nicht, hätte er immer noch Faith. Sie war zu einem der wichtigsten Bestandteile seines Lebens geworden.

# 13 Family

## ADAM

Vor dem Haus seiner Eltern angekommen, konnte er nicht mehr nachvollziehen, warum er sich von Faith hatte überzeugen lassen.

Schlimmer noch. Anstatt sich diesem Übel allein zu stellen, hatte er Faith überredet, mit ihm zu gehen.

Er wusste, wie seine Eltern sein konnten. Sie würden sich wie Hyänen auf Faith stürzen, weil sie nicht in ihre kleine perfekte Welt passte.

Er war kurz davor, sich Faith zu schnappen und auf schnellstem Weg zurück zum Auto zu rennen, als diese einfach die Hand ausstreckte und auf die Klingel drückte.

"Bist du verrückt?", zischte er und ging bereits eine Stufe nach unten, um die Flucht anzutreten.

"Adam, es wird nicht besser, wenn du davonläufst."

"Da bist du genau die Richtige, die das sagen sollte!", fluchte er und zog wieder an ihrer Hand.

Sie hatte den Mund bereits geöffnet, um ihm zu antworten, als Schritte hinter der massiven Holztür zu hören waren.

"Faith!"

Dann öffnete sich die Tür und seine Mutter erschien im Rahmen.

"Adam!"

Sie war schön, wie eh und je. Schön, aber kalt. Glatt, wie aus einem Hochglanzmagazin. Keineswegs eine echte Person, ganz zu schweigen von einer liebevollen Mutter.

Ihr Blick schweifte von ihm zu Faith und dann auf ihre ineinander verschränkten Finger.

Jetzt galt es, Schadensbegrenzung zu betreiben. Er musste Faith vor den Fängen seiner Mutter bewahren. Rein, mit seinem Vater sprechen, raus.

"Mutter", sagte er und stellte sich neben Faith. "Das ist Faith Stark, meine Freundin. Faith, Linda Matters, meine Mutter."

"Freut mich, Sie kennenzulernen, Mrs. Matters", sagte Faith freundlich und hielt ihr die Hand entgegen. Seine Mutter schüttelte sie kurz und wandte sich ohne ein weiteres Wort wieder an Adam.

"Du möchtest zu deinem Vater, nehme ich an." Auf sein Nicken hin bedeutete sie ihnen, herein zu kommen.

Im großen Wohnzimmer angekommen, nahmen sie auf dem Sofa Platz, während seine Mutter zu seinem Vater ging.

"Bitte nimm dir nichts zu Herzen, was die beiden sagen."

Lächelnd drehte sie sich zu ihm. "Keine Sorge. Ich kenne das nur zu genau."

Sie griff nach seiner Hand und drückte sie beruhigend. Er beugte sich zu ihr und küsste sie sanft auf die weichen Lippen.

Alles an Faith war weich und wunderschön. Ihre Lippen, ihre Haut und sogar das sanfte Lächeln, das sie auflegte, wenn sie ihn beruhigen wollte, wie in diesem Moment.

"Du kannst jetzt zu ihm", unterbrach seine Mutter die wunderschöne Stille zwischen ihnen.

Nickend stand er auf und wollte Faith mitziehen. "Dein Vater ist noch nicht fit genug für so viel Besuch. Er darf sich nicht aufregen."

Er presste die Zähne fest aufeinander.

Faith bei seiner Mutter zu lassen, war eine denkbar schlechte Idee. Sie würde Faith bei lebendigem Leib verspeisen.

Gerade als er protestieren wollte, sagte Faith: "Ist schon in Ordnung, ich warte hier auf dich."

Unsicher zuckte sein Blick zwischen Linda und Faith hin und her. "Wirklich", schob sie hinterher und löste ihre Hand aus seiner.

Zögerlich nickte er und folgte seiner Mutter. Das ungute Gefühl blieb.

## FAITH

"Darf ich Ihnen was zu trinken anbieten?", fragte seine Mutter, als sie zurück in den Raum kam.

"Nein, danke." Sie wollte nichts trinken, wollte einfach nur so schnell wie möglich wieder von hier verschwinden.

Dieses Haus, diese Möbel, diese Atmosphäre und vor allem diese Frau erinnerten Faith viel zu sehr an ihre eigene Familie.

Aufgesetzt, kalt und aalglatt.

Erinnerungen an ihre Kindheit und an Gespräche, die nie stattfinden sollten, rüttelten an fest verschlossenen Türen in ihrem Hinterkopf.

Sie wollte sie nicht zulassen, wollte nicht erneut durchleben, was ihre Eltern ihr angetan hatten.

Sogar den Blick, den Linda ihr in diesem Moment zuwarf, kannte sie nur allzu gut.

Es war diese besondere Mischung aus Ekel und Herablassung.

Ein einziger Blick genügte, um ihr zu sagen, dass sie in diesem Haus absolut nicht willkommen war. Aber er sagte noch mehr. Drückte Minderwertigkeit und Abscheu aus. All das, was Faith hinter sich zu lassen versuchte.

*Du bist nicht wegen dir hier. Sie müssen dich nicht mögen. Es reicht, wenn Adam es tut.*

Sie atmete tief durch und versuchte, die Geister ihrer Vergangenheit wieder in ihre Verließe zu sperren.

Mit einiger Mühe gelang es ihr.

Sie lächelte angespannt, als seine Mutter sich ihr gegenüber auf das Sofa setzte.

Nicht wie normale Menschen, die es sich in ihrem eigenen Zuhause bequem machten, sondern ganz vorn auf die Kante. Die Knie fest geschlossen und sittsam zur Seite geneigt, während sie ihre Hände im Schoß faltete.

Die Stille zwischen ihnen war drückend, doch so sehr sie sich bemühte, ihr fiel absolut kein Gesprächsthema ein, das sie mit Linda hätte anschneiden können.

# ADAM

"Hey Dad."

"Adam. Schön, dass du gekommen bist", antwortete sein Vater.

"Wie geht es dir?"

"Besser. Es ist schwer zu begreifen, dass man wirklich nicht ewig lebt und sich seiner Gesundheit nicht sicher sein kann." Er erzählte in knappen Zügen von den Vorkommnissen der vergangen Tage. Den Untersuchungen und Behandlungen.

Es schien den Mann, den Adam stets als eher gefühllos wahrgenommen hatte, schwer zu treffen. Aber irgendwie passte es zu seinem egozentrischen Selbst, beim Tod seiner eigenen Eltern nicht mit der Wimper zu zucken, aber jetzt im Selbstmitleid zu baden.

"Jetzt, wo ich dem Tod so knapp entkommen bin, ist mit klar geworden, wie viel in meinem Leben noch unerledigt geblieben ist. Dazu zählst auch du, Adam. Ich kann nicht mitansehen, was du aus deinem Leben machst. Wir müssen etwas ändern. Ich werde dir unter die Arme greifen. Ich bekomme das hin."

Adams Meinung schien dabei keine Rolle zu spielen. Wie immer. Er konnte sich nicht entscheiden, was er für den gebrechlich wirkenden Mann vor sich empfinden sollte.

Wut, Abscheu, vielleicht sogar Hass.

Was genau er sich von diesem Treffen erhofft hatte, wusste er nicht.

Vielleicht eine Aussöhnung? Dass er aber lediglich dazu herbestellt wurde, um sich erneut eine endlose Litanei seiner Verfehlungen anzuhören, hatte er nicht erwartet.

"Du hättest so viel aus deinem Leben machen können. Alles verpfuscht, nur weil du den grauenvollen Idealen deines Großvaters nachgejagt bist. Warum kannst du nicht ein bisschen mehr wie Aiden sein?"

Seit einer Viertelstunde leierte er die ewig gleiche Tirade und Adams Wut stieg von Minute zu Minute weiter an.

"Ich bin nicht Aiden und ich wollte es auch nie sein", presste er zwischen zusammengebissenen Zähnen hervor.

Der einzige Grund, warum er noch nicht zu schreien begonnen hatte war, dass er, so sehr er seinen Vater verabscheute, ihm keinen weiteren Herzinfarkt verpassen wollte.

"Überleg doch mal, was du alles aus deinem Leben machen könntest. Dieser Club ..."

"Nein. Ich bin auch nicht hier, um mit dir über mein Leben zu diskutieren." Es reichte. Er musste hier raus und zwar schnellstens.

"Warum dann?"

"Aiden sagte, du wolltest mich sehen."

"Ja, ich will dich auf dem richtigen Weg sehen. Ich will wissen, dass du das Richtige tust. Der Gedanke zu sterben und dich so zurückzulassen, ist unerträglich."

Manche Menschen änderten sich nie. Genau in diesem Moment gab er die Hoffnung auf, jemals wieder ein gutes Verhältnis zu seinen Eltern zu bekommen.

Wenn selbst der Tod ihn nicht ändern konnte, dann gar nichts.

Einen Moment dachte er darüber nach, ihn anzulügen, ihm zu sagen, dass er es sich überlegte.

Dann schüttelte er über sich selbst den Kopf. Das würde die Dinge nur noch schlimmer machen.

"Ich werde mein Leben nicht ändern. Es ist perfekt so wie es ist."

*Perfekt ... vor allem, seit Faith da ist.*

Faith - der Gedanke, dass sie allein bei seiner Mutter war, trieb ihn nur noch mehr zur Eile an.

"Adam! Das kann doch nicht dein Ernst sein!"

"Doch. Auf Wiedersehen, Vater", sagte er, obwohl er hoffte, dass es nicht so kommen würde.

"Adam!", rief dieser ihm hinterher, während er bereits das Zimmer verließ.

Faith saß da und musste sich einen Vortrag über den perfekten Aiden und Adams eigene Unzulänglichkeit anhören. Ihre Kiefer mahlten. Er sah ihr deutlich an, wie schwer es ihr fiel, höflich zu bleiben.

Umsonst. Adam erwartete das bei Weitem nicht von ihr.

"Faith, kommst du?"

Seine Mutter setzte ein strahlendes Lächeln auf, ehe sie sich elegant erhob und in seine Richtung kam. "Habt ihr euch gut unterhalten?"

"Ja, wir gehen jetzt." Er griff nach Faith Hand und zog sie hinter sich her, den Flur entlang zur Haustür.

"Adam, du hast deinen kranken Vater doch nicht etwa aufgeregt!", rief seine Mutter aus und stöckelte hinter ihnen her.

*Das war der Grund, warum er mich unbedingt jetzt sehen wollte! Manipulatives Pack!*

"Nein. Aber ich werde auch nicht tun, was ihr von mir erwartet."

"Ist es wegen ihr? Du könntest etwas Besseres haben. Adam, überleg doch mal. Du könntest ..."

"Hör auf! Sofort! Ich will weder dich noch meinen *Vater*", er sprach das Wort verächtlich aus, denn für ihn war er das nicht mehr, "jemals wiedersehen. Haltet euch verdammt nochmal aus meinem Leben raus!"

"Adam! Wie sprichst du denn mit mir!"

"Schluss! Ich will nichts mehr hören. Und Aiden braucht ihr auch nicht mehr zu mir zu schicken, ich werde mir diesen Schwachsinn kein weiteres Mal anhören!"

Faith lief die ganze Zeit stumm neben ihm her. Er öffnete die Beifahrertür zu seinem Wagen und half ihr hinein, dann ging er schnell um den Wagen herum und ließ sich hinters Lenkrad gleiten.

Seine Mutter rief ihnen noch hinterher, doch Adam blendete sie vollkommen aus. Auf eine ihrer tränenreichen Szenen hatte er absolut keine Lust.

Er ließ den Motor an und lenkte den Wagen schnell über die Auffahrt zur Straße.

"Puh ... das war ... interessant", sagte Faith zögernd.

"Es tut mir leid, ich hätte dich nicht hierher bringen sollen."

"Nein, nein, alles in Ordnung."

"Das stimmt nicht. Ich hätte wissen müssen, dass sich nichts geändert hat." Er wollte gar nicht darüber nachdenken, was Faith sich von seiner Mutter alles hatte anhören müssen.

"Du glaubst eben an das Gute im Menschen."

"Heute habe ich einen großen Teil dieses Glaubens verloren."

Faith lachte. "Wenn es dich beruhigt, meine Eltern sind schlimmer."

"Das kann ich kaum glauben."

"Wetten?"

"Um was?"

Lächelnd dachte sie nach. "Hmm ... wenn du verlierst, lädst du mich schick zum Essen ein."

Darauf konnte er getrost eingehen, einladen würde er sie so oder so. "Deal. Wenn du verlierst, strippst du für mich."

Ihr Lächeln verrutschte. "Da ich mir sicher bin, dass ich gewinne ... Deal."

Er streichelte beruhigend über ihr Bein. Selbst wenn er gewinnen würde, er würde sie zu nichts zwingen. "Das heißt also, ich lerne deine Eltern kennen."

"Mhm."

"Nach deiner Ankündigung weiß ich nicht, ob ich mich darauf freuen soll."

"Nein, solltest du nicht."

"Aber du willst sie wiedersehen?"

"Ja ... irgendwann muss ich mich ihnen stellen."

Was genau das Problem mit ihren Eltern war, wusste er nicht. Er wollte jetzt auch nicht weiter nachbohren. Alles, was er wollte, war, diesen Abend zu vergessen.

Alles in allem war es eine lehrreiche Lektion gewesen. An dieser Tür würde er nicht mehr klingeln.

Er lenkte den Wagen zurück in die Stadt. Es wurde Zeit, dass sie den Club für den Abend bereit machten. Es fühlte sich gut an, jemanden an seiner Seite zu haben, der ihm half. Nicht nur bei der Arbeit, sondern auch bei all den anderen Dingen in seinem Leben. Jemanden, mit dem er alles teilen konnte, vor dem er nichts verheimlichen musste.

Er hoffte stark, dass Faith sich ihm eines Tages genauso öffnen würde. Sie tat es bereits. Stück für Stück gab sie von sich preis und Adam wusste jeden Millimeter davon zu schätzen.

"Ich liebe dich", sagte er und hob ihre Hand an seinen Mund, um ihre Fingerknöchel zu küssen. Selbst dort war ihre Haut unglaublich weich.

Ihr Lächeln war zauberhaft, als er den Blick kurz von der Straße auf ihr Gesicht lenkte.

"Ich liebe dich auch."

# 14 Geburtstagsparty

**FAITH**

Sechs Wochen später hatte Adam sich wieder vollkommen von dem Besuch bei seinen Eltern erholt.

Nachdem Adam zum Training aufgebrochen war, ging sie nach Hause, um sich für Adams Geburtstagsparty zurecht zu machen.

Ein ausgiebiger Blick in ihren Kleiderschrank machte schnell klar, dass nichts, was sich darin befand, auch nur annähernd hübsch an ihr aussehen würde.

*Ist es nicht genau das, was du willst?*

Theoretisch ja ... aber es war Adams Geburtstag. Sie wollte ihm gefallen und sie würde schließlich den ganzen Abend bei ihm sein. Kein Problem also.

*Theoretisch!,* fauchte die Stimme in ihrem Innereren. Aber sie ignorierte sie. Sie wollte Adam vertrauen, wollte eine Frau sein, die zu ihm passte, die ihm gefiel. Er hatte ihr keinen Anlass geben, an ihm zu zweifeln.

*Das hat Paul auch nicht!*

Sie ignorierte die Stimme, genauso wie die aufkommende Übelkeit. Stattdessen schnappte sie sich eine Jacke und verließ ihre Wohnung.

*Ein Frisörbesuch würde auch nicht schaden,* dachte sie, während sie die kurze Strecke zur nächsten Einkaufspassage ging.

Sie fand einen kleinen Laden, dessen Auslage ihr gefiel, und ging hinein. Sie wurde schnell fündig.

Mit einer hellen Jeans in der kleinstmöglichen Größe ging sie in die Umkleidekabine. Sie zog die zu groß gewordene Hose aus und probierte die neue an.

Sie versuchte es zumindest, doch diese ging kaum über ihre Schenkel.

Nach einem erneuten Versuch gab sie es schließlich auf. Im Spiegel erkannte sie schnell, dass sie tatsächlich ein wenig zugelegt hatte. Das tägliche Essen mit Adam hatte ihre Figur von knochig zurück in eine schöne, schlanke Form gelenkt.

Noch einmal betrachtete sie sich eingehend, drehte und wendete sich sogar ein wenig.

Unsicher biss sie sich auf die Unterlippe, konnte dann aber doch nicht widerstehen und zog sich auch den Hoody aus.

Seit Wochen hatte sie sich nicht mehr im Spiegel betrachtet, konnte die Frau, die sie dort gesehen hatte, einfach nicht ausstehen.

Doch was sie jetzt sah, gefiel ihr umso besser. Mehr noch, sie fand sich schön. Zum ersten Mal seit ihrem *Unfall* fühlte sie sich gut dabei.

Sie zog sich ihre alte Hose über und ging zurück in den Verkaufsraum, um sich eine passende Hose zu suchen. Schnell entdeckte sie dabei auch noch einen schwarzen Oversize Pullover. Er war deutlich femininer als ihr Hoody und für diesen Anlass passender.

Anschließend ging sie zu einem Frisör, der ihre wild nachwachsenden Haare in Form brachte.

Alles was jetzt noch fehlte, war schöne, passende Unterwäsche, um sich rundum schön zu fühlen. Nach einigen Versuchen fand sie einen Laden, in dem es keine aufdringliche Verkäuferin gab, die ihr unbedingt beim Abmessen und Anprobieren helfen wollte.

Schlussendlich entschied sie sich für feine, schwarze Spitze, die auf ihrer blassen Haut sehr schön aussah.

Zumindest war das ihre Meinung. Dass sie auch Adam gut gefallen würde, konnte sie nur hoffen.

## ADAM

Wirklich Lust hatte er nicht, seine eigene Party zu geben. Ihm stand mehr der Sinn danach, mit Faith zu feiern. Allein. Sie, er, eine Flasche Champagner, ein gutes Essen und ein Bett.

Aber nun hatte er bereits alles besorgt und alle eingeladen, es führte kein Weg mehr daran vorbei.

Der Club war vorbereitet. Die Mitarbeiter für diesen Abend waren eingewiesen, alles war perfekt.

Nur Faith fehlte. Sie fehlte schon den ganzen Tag. Nach dem großartigen Sex am Morgen war er zum Training aufgebrochen. Faith hatte mit ihm die Wohnung verlassen und doch hatte er irgendwie darauf gehofft, dass sie da sein würde, wenn er zurück kam.

Fehlanzeige. Und auch heute Abend hatte sie sich wirklich Zeit gelassen.

Kaum hatte er den Gedanken beendet, spazierte sie durch die Tür. Sie sah umwerfend aus. Sie schenkte ihm ein breites Lächeln und kam zielstrebig auf ihn zu.

Ihre Haare waren in den letzten sechs Wochen wieder ein wenig gewachsen und sie hatte sie zu diesen frechen Stacheln frisiert, die er so gern mochte.

"Happy Birthday", flüsterte sie, nah an seinen Lippen. Dann küsste sie ihn zärtlich.

"Sag das nicht ... nicht so, sonst muss ich an heute Morgen denken, als du mich mit dem gleichen verführerischen Ton geweckt hast."

Er presste sie enger an sich, um ihr zu zeigen, wie sehr sie ihn anturnte. Seine Hände wanderten auf ihren Po, der von einer engen Jeans umspannt wurde.

Verwundert schob er sie ein Stück von sich. "Neue Hose?"

Sie zuckte mit den Schultern und wenn er sie nicht so gut gekannt hätte, wäre ihm die Unsicherheit entgangen.

"Besonderer Anlass", sagte sie lächelnd.

"Du siehst toll aus. Ich sollte dich wirklich gleich nach oben bringen und mir abholen, was du mir mit deinen Worten und dieser Hose versprichst."

Das nächste Lächeln erreichte umgehend ihre Augen, dann schmiegte sie sich an ihn.

"Bereit?"

"Jep", gab er lächelnd zurück und drückte sie wieder fester an sich, damit sie seine beginnende Erektion spüren konnte.

"Für deine Party meinte ich."

Seufzend nickte er und führte sie zu einem der Stehtische, an dem seine Freunde bereits warteten.

## FAITH

Die Stimmung war gut. Adams Gäste feierten ausgelassen und sie selbst hatte ebenso viel Spaß.

"Du solltest langsam deine Ansprache halten", sagte Slade, der genau wusste, wie wenig Lust Adam dazu hatte.

"Muss ich wohl ... ich kümmere mich vorher um den Sekt."

Sie folgte ihm zur Bar und schlüpfte vor ihm hinter den Tresen. "Ich mach das", sagte sie, nicht nur, um zu helfen, sondern auch, um die Getränke im Blick zu behalten.

"Danke, Babe." Nach einem kleinen Kuss ging er wieder zu seinen Freunden, während sie die Sektgläser auf großen Tabletts bereitstellte.

Die Ansprache selbst war mehr als dürftig. Viel mehr als: "Danke, dass ihr gekommen seid" und "Ich freue mich, mit euch zusammen zu feiern", gab er nichts von sich. Dann stießen alle auf seinen Geburtstag an.

Während Adam sich mit seinen Freunden unterhielt, betrachtete sie selbst die Partygäste. Es war schade, dass niemand aus Adams Familie hier war. Natürlich würde er das auch überhaupt nicht wollen. Sie verstand ihn.

Sie selbst hatte vor langer Zeit mit ihrer Familie gebrochen und dennoch fiel es ihr schwer zu sehen, dass nicht einmal Aiden an diesem Tag dabei war.

"Hier."

"Was?"

Verwirrt sah sie auf und entdeckte Liam, der ihr einen Drink entgegenstreckte.

"Etwas zu trinken, Schätzchen", sagte er breit grinsend. Ein Grinsen, bei dem es ihr kalt den Rücken hinunterlief.

"Nein, aber danke."

Er musterte sie prüfend, unter zusammen gezogenen Augenbrauen. "Soll ich dir was anderes holen?"

"Nein, nochmal danke, ich gehe selbst."

"Sei nicht albern, Faith."

*Sei nicht albern, Faith.* Seine Worte und sein Tonfall lösten eine Reihe von Flashback Bildern aus, die sie verzweifelt versuchte abzuschütteln.

*Nicht hier, nicht jetzt! Das ist Adams Geburtstag, verdammt!*

"Lass sie doch", sagte Slade lachend, legte ihr einen Arm um die Schultern und küsste sie auf die Schläfe.

Wann war er ihr so nahe gekommen? Die Wärme, die von seinem Körper ausging, war unangenehm. Sein Blick war glasig vom Alkohol.

So unauffällig wie möglich wand sie sich aus seinem Griff.

"Tja, bei Faith hast du keine Chancen, Slade", rief Adam lachend von der anderen Tischseite.

Seine Augen funkelten vergnügt. Auch er schien bereits mehr als genug getrunken zu haben. Langsam aber sicher schienen sie alle die Kontrolle zu verlieren.

Faith machte sich auf den Weg zur Bar, um ein paar Cola für alle zu holen.

Das Gedränge war bei Weitem nicht mehr so dicht wie noch vor wenigen Stunden. Viele der Gäste hatten sich bereits wieder verabschiedet. Ein Blick auf die Uhr, die über der Bar hing, zeigte ihr, dass es bereits auf den Morgen zu ging.

Für die Cola hatte keiner der Männer etwas übrig. Leider, denn sie tranken munter weiter, bis die letzten Gäste die Party verlassen hatten.

Das für den Abend eingestellte Personal räumte zusammen mit Faith die Überreste weg, ehe sie sich ebenfalls verabschiedeten.

Um auch seine Freunde nach Hause zu bekommen, dämpfte Faith die Musik und schaltete das Licht an.

"Ich bin noch top fit!", beschwerte sich Deacon, doch seine Zunge war bereits schwer.

"Sei kein Spielverderber!", sagte Slade lachend und exte den Rest seines Getränks.

*Sei kein Spielverderber ... komm schon, Süße, es wird dir gefallen.*

Hilfesuchend wandte sie sich an Adam. Er schien von allen noch am wenigsten betrunken zu sein. "Die Bar ist schon geputzt."

"Kein Problem, wir feiern oben weiter", gab dieser nur zurück und steuerte mit seinen Freunden bereits die Tür an.

Ehe sie protestieren konnte, legte er einen Arm um sie und zog sie mit sich.

"Wenn ihr noch feiern wollt, sollte ich lieber nach Hause gehen. Ich bin müde."

"Kommt überhaupt nicht infrage. Lange werden wir nicht mehr brauchen."

Ihre Gedanken rannten auf der Suche nach einer passenden Ausrede.

Sie wollte nicht. Alles in ihr schrie, so lang und so weit zu rennen, wie sie nur konnte. Eine direkte Konfrontation mit einem Haufen betrunkener Männer kam absolut nicht infrage.

"Nun komm schon, Babe. Wir wollen doch nur noch ein bisschen Spaß haben."

Ihr wurde schlecht. Das alles fühlte sich nach einem grauenhaften Déjà-vu an.

"Ich will nicht", presste sie hervor und versuchte, gegen die aufsteigende Panik anzuatmen.

"Es wird dir gefallen. Versprochen."

Auf ihren abweisenden Blick hin lächelte er nur. "Du kannst mir vertrauen."

Ein Kloß bildete sich in ihrem Hals. Nein, das konnte sie nicht. Niemandem. Nie wieder.

Mittlerweile waren sie oben angekommen. Adam schob sie zum Sofa und drückte sie darauf.

Slade ließ sich neben sie fallen und legte ihr einen Arm um die Schulter.

"Was ist los? Du bist so unentspannt."

Alle lachten. Außer Faith.

Adam kam mit einem Glas Wasser zurück aus der Küche und reichte es ihr lächelnd, während er sich neben sie setzte.

Sie zwang sich, zurück zu lächeln und sitzen zu bleiben. Nichts zu tun, als ihnen eine Weile lang zuzuhören.

Sie versuchte, ihre Atmung so gut es ging ruhig zu halten. Schweiß bildete sich auf ihrem Rücken und ihre Hände zitterten kaum merklich.

Immer wieder spürte sie Adams prüfenden Blick auf sich, als würde er versuchen, ihre Stimmung zu erfassen.

Adams Bier war leer, also nahm sie ihm die Flasche ab und stand auf. Das unberührte Glas Wasser stellte sie auf den Wohnzimmertisch.

"Ich kann mir selber eins holen. Bleib sitzen und entspann dich."

Nein, das würde sie ganz bestimmt nicht tun. Das war ihre Chance. Sie musste hier raus. Nach Hause, in ihre Wohnung. Allein.

"Kein Problem, ich brauche sowieso eine Cola, um wach zu bleiben", gab sie zurück und zwang ein Lächeln auf ihr Gesicht.

Sie stellte sich auf die Zehenspitzen und drückte ihm einen kleinen Kuss auf die Lippen. Dann drängte sie sich an ihm vorbei und ging so ruhig wie möglich um die Ecke, die sowohl zur Küche, als auch zum Treppenhaus führte. Leise stellte sie die Flasche am Boden ab und drückte die Türklinke in Zeitlupe nach unten, um kein Geräusch zu verursachen.

Gerade als sie durch die Tür schlüpfen wollte, hörte sie Adams zornige Stimme.

"Wo zum Teufel willst du jetzt wieder hin?"

## ADAM

Schon seit einiger Zeit benahm Faith sich äußerst seltsam. Ihr gezwungenes Lächeln hatte schließlich den Ausschlag gegeben, ihr zu folgen.

Zu Recht, wie sich zeigte.

"Ähm ... du hattest kein Cola mehr, ich wollte was von unten holen", stotterte Faith und kleisterte sich wieder dieses falsche Lächeln ins Gesicht.

Sie log ihn an.

Warum auch immer, aber es machte ihn noch wütender.

"Der Kühlschrank ist voll davon. Lüg mich nicht an!"

Ihr Blick zuckte panisch umher und er sah ihr an, dass sie fieberhaft nach einer weiteren Lüge suchte.

Er machte einen Schritt auf sie zu, wollte nach ihr greifen, doch sie wich sofort mit weit aufgerissenen Augen zurück.

"Du wirst nicht wieder davonlaufen. Wir klären das jetzt, ein für allemal!"

"Adam ... ich ... können wir das nicht morgen besprechen?" Sie kaute auf ihrer Unterlippe und ihr Blick zuckte immer wieder in Richtung Wohnzimmer.

"Die Jungs? Ist das dein Ernst? Du kennst sie!"

"Adam ..."

"Nein. Keinen Aufschub. Ich bin es leid, dauernd in Fettnäpfchen zu treten, von denen ich nicht einmal weiß, dass es sie gibt. Wir werden jetzt miteinander sprechen!"

"Morgen. Bitte." Ihre Augen schimmerten, als müsste sie Tränen zurückhalten. Er setzte sie nicht gern so unter Druck, doch wenn er sie jetzt gehen ließe, würde er sie nie wiedersehen.

"Nein." Er ließ sie keinen Moment aus den Augen, während er den Jungs zurief, dass die Party vorbei war und sie jetzt gehen mussten.

Sie brummten verstimmt, eindeutig noch nicht dazu bereit, für heute Schluss zu machen.

Trotzdem erschien Deacon einen Moment später im Eingangsbereich. Sein Blick ging von Adam zu Faith, die immer noch krampfhaft die Türklinke umklammerte, dann wieder zurück zu Adam. Fragend hoben sich seine Augenbrauen.

Vielleicht hätte er ihm eine Antwort gegeben, wenn er selbst eine gehabt hätte.

"Okay ... dann gute Nacht", sagte Deacon schließlich, klopfte ihm auf die Schulter und verschwand aus der Tür.

Faith drückte sich an die Wand und lächelte wieder dieses Lächeln, das ihn so wütend machte.

Der Rest der Bande verschwand nun ebenfalls, verabschiedete sich lachend und schien von der angespannten Situation nichts mitzubekommen.

Nachdem ihre Schritte verhallt waren, wandte er sich wieder an Faith. "Komm rein, wir müssen reden."

Das falsche Lächeln war noch immer da. "Okay, ich schließ nur schnell den Club ab."

*Von wegen!*

"Slade hat einen Schlüssel. Er hat bestimmt bereits abgeschlossen." Er deutete in die Wohnung. "Komm jetzt, keine weiteren Ausflüchte."

Endlich fiel das Lächeln von ihr ab. Zurück blieb ein unglaublich trauriger, vor allem aber verängstigter

Ausdruck. Dann kam sie zurück in die Wohnung und schloss die Tür.

Er berührte sie nicht, als sie an ihm vorbei in die Küche ging. Sie nahm sich eine Dose Cola und lehnte sich dann an die Arbeitsplatte. Auch wenn sie es aufgegeben hatte, ihn täuschen zu wollen, so sah sie immer noch aus, als wäre sie auf der Flucht.

"Lass uns ins Wohnzimmer gehen", sagte er mit sanfter Stimme.

Sie nickte und folgte ihm, entschied sich dann aber für den Sessel, anstatt es sich mit ihm auf dem Sofa gemütlich zu machen.

"Okay, dann mal los. Warum wolltest du abhauen?", fragte er mit sanfter Stimme.

Sie wollte erneut lügen, er sah es ihr an. Sie hob ihren Blick und sah ihm lange in die Augen, schien ihre Entscheidung abzuwägen.

Dann erschienen Tränen in ihren Augen. Bei ihrem Anblick zog sich sein Herz schmerzhaft zusammen.

"Faith ... was kann ich tun, um es dir leichter zu machen?"

Sie schüttelte den Kopf und ihre Unterlippe bebte.

"Ganz egal, was es ist. Ich werde es verstehen. Ich werde alles akzeptieren, weil ich dich liebe, Faith."

Sie nickte leicht und atmete tief durch. "Versprich es mir", bat sie mit leiser Stimme.

"Versprochen!"

# 15 Hässliche Vergangenheit

## FAITH

Tief durchatmend versuchte sie sich zu fassen. Adam hatte recht. Es hatte keinen Sinn, weiter vor ihrer Vergangenheit davonzulaufen. Und er hatte es ihr versprochen. Er würde sie nicht verurteilen, er würde sie weiterhin lieben.

*Und wenn nicht?*, flüsterte die kleine hässliche Stimme in ihr. Immerhin hatten sich sogar ihre Eltern von ihr abgewandt. Unsicher blickte sie zu Adam. Er saß ruhig da. Betont entspannt, doch sie sah den zuckenden Muskel an seiner Wange.

*Jetzt oder nie!*

Noch einmal atmete sie tief ein und ließ den Wortschwall los, der ihr seit über einem dreiviertel Jahr die Kehle blockierte.

"Okay ... ich weiß nicht genau wo ich anfangen soll", stotterte sie.

*Wohl doch kein Wortschwall?,* spottete die Stimme in ihr.

"Am besten erklärst du mir, warum du zum Teufel schon wieder abhauen wolltest." Er klang gereizt und sie verstand ihn. Sie zögerte alles nur unnötig heraus.

"Es ist nicht so leicht", flüsterte sie.

"Ja, entschuldige bitte. Versuch es, Faith. Bitte!" Er lehnte sich zurück und öffnete die Fäuste.

"Ich hatte einen Freund. Wir waren noch nicht allzu lange zusammen. Sechs Monate, vielleicht ein wenig länger."

Sie verzog das Gesicht. "Ich dachte damals, er passt zu mir, aber darum geht es nicht. Also wir waren zusammen aus. Etwas trinken, mit ein paar von seinen Freunden in einem Club. Wir alle hatten schon ein wenig zu viel getrunken. Aber wir hatten viel Spaß, den ganzen Abend über. Wir haben zusammen gelacht und getanzt. Paul und seine beiden Freunde konnten gut feiern. Ich habe ein wenig mit ihnen geflirtet, nichts Ernstes, nur so zum Spaß. Als ich mit einem der beiden von der Tanzfläche zurück zur Bar kam, hatte Paul schon längst die nächsten Drinks bestellt. Ich wollte nichts mehr, aber die drei überredeten mich."

Mit zitternden Händen griff sie nach ihrer Cola. Die Gedanken an diese Nacht wirbelten durch ihren Kopf.

"Paul zog mich an sich, dann legte sich eine Hand auf meinen Hintern. Ich brauchte einen Moment um zu verstehen, dass sie nicht Paul gehörte. Einer seiner Freunde hatte sich dicht hinter mich gestellt. Als ich mich erschrocken umwandte, lachte er nur und hob seine Hände ergeben. 'Alles in Ordnung, Schätzchen', sagte er und lachte dabei weiter. Da dachte ich mir nichts weiter. Wir waren schon so ziemlich die letzten Gäste, der Club schloss, also beschlossen wir, noch ein wenig zu uns zu gehen, um weiter zu feiern."

Sie holte tief Luft, als sie sich an den Heimweg erinnerte. Es war eine schöne Nacht gewesen. Lau und sternenklar.

"Seine Wohnung war nicht weit entfernt, also liefen wir zu viert lachend Arm in Arm dorthin. In seiner Wohnung angekommen, mixte Paul uns weitere Drinks, während ich mit seinen Freunden auf dem Sofa wartete. Peter legte seinen Arm um meine Schultern und zog mich an sich. Er reagierte auch nicht wirklich, als ich versuchte, ihn von mir zu schieben. Paul kam zurück, drückte sich zwischen uns aufs Sofa. Ich war sehr erleichtert. Langsam wurde Peter mir zu aufdringlich."

Niemals hätte sie erwartet, dass die größte Gefahr nicht von Peter ausging, sondern von dem Mann, in den sie ihr Vertrauen gesetzt hatte.

"Dann zog Paul mich auf seinen Schoß. Es war mir unangenehm, weil ich seine Erektion spürte und seine Freunde bei uns waren. Er begann meinen Hals zu küssen, während er zusammen mit seinen Freunden weiter lachte. Er streichelte mich und küsste mich, obwohl wir nicht allein waren. Irgendwann konnten auch Peter und Stefan ihre Hände nicht mehr bei sich lassen. Sie begannen meine Oberschenkel und Arme zu streicheln. Ich sagte ihnen, dass sie aufhören sollen."

Tränen traten in ihre Augen. Die Situation hatte sie gänzlich überfordert und noch heute beschleunigte sich ihr Herzschlag, nicht im positiven Sinne, wenn sie daran dachte, wie sich all die Hände auf ihr angefühlt hatten.

"Faith ..." Adams Stimme klang gequält, doch sie konnte ihn nicht ansehen.

Diese Geschichte musste sie sich von der Seele reden, auch wenn es bedeuten sollte, Adam für immer zu verlieren.

"'Stell dich nicht so an, Faith', hat Paul gesagt. 'Es passiert doch nichts.' Ich wollte es nicht, habe ihre

Hände weggeschoben, doch sie kamen sofort zurück. 'Komm schon, wir wollen doch alle nur ein bisschen Spaß haben.' Ich kann Peters Stimme noch immer hören. Er war ganz nah an meinem Ohr und ich spürte seinen feuchten Atem, während er mein Knie drückte. Ich habe ihm gesagt, dass ich das nicht möchte. Sie haben nur gelacht und weiter auf mich eingeredet und weiter gemacht. 'Es wird dir Spaß machen', hat Paul geflüstert. 'Es ist mal was anderes, Schätzchen.' Ich habe immer wieder gesagt, dass ich es nicht will. Doch Paul hat einfach weiter geredet, von ein bisschen frischen Wind in unsere Beziehung bringen und solchen Dingen. Wir waren doch noch gar nicht lang zusammen. Aber er hat einfach keine Ruhe gegeben. Ich versuchte die Hände von mir zu schieben, ihre Griffe wurden fester. Pauls Stimme wurde immer ärgerlicher und er sagte, ich solle mich nicht so anstellen. Es wäre doch nichts anderes. Es würde mir Spaß machen. Als Peter zwischen meine Beine griff, wurde ich nahezu hysterisch. Ich hatte das Gefühl, den vielen Händen nirgendwohin ausweichen zu können. Ich schrie, und schlug dann nach ihnen. Da endlich ließ er mich frei."

"Mein Gott, Faith!" Adam stand auf und kam zu ihr. Er wollte sie an sich ziehen, doch sie musste ihm erst alles erzählen. Was, wenn er sich dann vor ihr ekelte?

"Nein. Bitte, Adam."

Er nickte widerstrebend und ließ sich neben ihr auf das Sofa sinken.

"Ich hab ein bisschen Abstand zwischen mich und die anderen gebracht. Paul lächelte und Peter sagte, ich sei betrunken. Ich wollte ein Glas Wasser und Peter ging in die Küche. Paul wollte nochmal in Ruhe über alles reden. Ich setzte mich auf den Sessel und nickte, ein Glas Wasser würde uns allen gut tun, dachte ich mir, da wir alle bereits sehr viel getrunken hatten. Peter kam gleich zurück und hielt mir ein Glas Mineralwasser hin. Mein Mund klebte und war trocken vom Alkohol und dem Schreien. Ich stürzte das ganze Glas schnell hinunter. Paul setzte sich auf die Armlehne des Sessels und streichelte über meine Schulter. Ich war so unendlich müde der Abend hatte mich vollkommen geschafft. Vor allem die Auseinandersetzung mit Paul und seinen Freunden."

Tief holte sie Luft. "Peter setzte sich auf die andere Seite, legte seinen Arm um meine Schultern. Ich wollte ihm sagen, dass er weggehen sollte, aber meine Stimme klang in meinen eigenen Ohren verzerrt. Zu langsam und mit schwerer Zunge gesprochen. Peter brachte seinen Mund nah an mein Ohr. Ich wollte ausweichen, aber mein Körper wollte mir einfach nicht mehr gehorchen, als hätten der Alkohol und das Adrenalin alles aus mir herausgesaugt. Peter streichelte über mein Dekolletee, ich wollte es nicht, aber meine Arme kamen mir zu schwer vor. 'Jetzt wo du dich beruhigt hast, können wir es in Ruhe nochmal versuchen', hat Peter lachend gesagt. Mein Blick wurde unscharf, es fiel mir schwer, noch irgendetwas zu fixieren. Auf einmal war da nur noch Schwärze. Ich fühlte Hände auf meinem Körper, sie waren überall und Stimmen, deren Worte ich nicht verstanden habe."

Ihr wurde erst bewusst, wie stark sie zitterte, als Adam ihr die Cola aus der Hand nahm, an die sie sich krampfhaft geklammert hatte.

"Du weißt nicht, was weiter passiert ist?", fragte er dann.

Sie atmete tief durch, das Geständnis war ihr sehr schwergefallen.

"Nein, ich habe keine Ahnung." Dann schüttelte sie den Kopf. "Doch, ich habe eine Ahnung. Aber nur aus der Konstruktion meiner Gedanken. Wirklich mitbekommen habe ich nicht, was passiert ist. Vielleicht ist es besser so ..."

"Was ist das Nächste, an das du dich erinnerst?", fragte er sehr sanft.

Sie schloss die Augen und versuchte das Zittern in ihrer Stimme zu verbergen. "Ich bin aufgewacht, am nächsten Morgen. Mein Kopf hatte gedröhnt. Ich musste mich beinahe übergeben und war vollkommen orientierungslos. Ich drehte mich zur Seite und öffnete die Augen einen winzigen Schlitz. Das Licht stach wie Blitze in meine Schädeldecke. Aber ich erkannte, dass jemand neben mir lag. Ich streckte meine Hand nach ihm aus, fühlte seine nackte Haut unter meinen Fingern. Eine kurze Bestandsaufnahme meines Körpers, sagte mir, dass auch ich nackt war. Nackt und wund. Alles an mir schmerzte. Meine Kopfhaut, meine Hände, mein Mund, mein Kiefer."

Sie machte eine kleine Pause und schloss ihre Augen.

*Alles! Jetzt!*

"Ich meine wirklich alles, Adam. Mein Po schmerzte, ebenso meine Vagina." Sie räusperte sich, als sie sein gequältes Stöhnen hörte.

"Eine schreckliche Vorahnung machte sich in mir breit. Ich versuchte, alles zu ignorieren, die Augen vor dem zu verschließen, was mein Körper mir sagen wollte. Paul lag vor mir, ich spürte seinen vertrauten Körper und doch fühlte es sich alles so falsch an. Ich versuchte es zu ignorieren, wollte es nicht wissen. Wollte bitte einfach nicht wissen, was er gemacht hatte. Plötzlich spürte ich eine Hand auf meiner Hüfte, aber sie kam aus der falschen Richtung. Hinter mir. Langsam drehte ich den Kopf, Peters schlafendes Gesicht war direkt vor mir und neben ihm lag auch Stefan, er begann in diesem Moment zu schnarchen, als wollte er darauf aufmerksam machen, dass auch er dabei gewesen war."

Sie schauderte, als sie an die schlafenden Gesichter dachte, die so unheimlich ruhig ausgesehen hatten.

"Ganz vorsichtig stand ich auf, wollte keinen von ihnen wecken. Ich stürzte aus dem Zimmer und stellte mich unter die Dusche. Ich spürte wie ihre Ergüsse aus mir herausliefen. Es war so ekelhaft. Ich ekelte mich vor mir selbst. Drehte das Wasser heißer, um ihre ekligen Hände und alles andere von mir zu schrubben."

Adam streichelte sanft über ihre Hand, doch sie konnte die Berührung einfach nicht ertragen. Sie zog die Beine an ihren Oberkörper und umschlang sie mit ihren Armen. Als die ersten dunklen Flecken sich auf ihrer Hose abzeichneten, bemerkte sie, dass sie weinte. Stumme Tränen, genau wie an diesem furchtbaren Morgen.

"Es hörte nicht auf. Die Bilder meiner Fantasie drehten sich immer weiter in meinem Kopf, spannen immer ekelhaftere Szenarien."

"Du … du musst das nicht tun, Faith … es tut mir so unendlich leid. Ich will dich nicht weiter leiden sehen."

Adam klang gequält, als wäre er es, der in dieser Erinnerung versunken war.

"Doch. Ich muss. Du musst alles erfahren."

Sie schloss die Augen und legte den Kopf in den Nacken. "Irgendwann wurde das Wasser kalt und ich bemerkte, dass ich zitterte. Ich habe mich abgetrocknet und bin in einen von Pauls großen Bademänteln zurück in das Schlafzimmer. Ich hörte ihre Stimmen aus dem Wohnzimmer. Sie lachten."

Faith schluckte hart. "Sie waren gut gelaunt und lachten, verstehst du, Adam?", fragte sie schluchzend.

Er nahm ihre Hand. Sie wollte sie ihm entziehen, aber Adam hielt sie fest. Sanft streichelte sein Daumen über ihren Handrücken.

Als sie ihren Blick zu ihm wandern ließ, sah sie, dass er konzentriert ihre Hand anstarrte.

Konnte er sie nicht mehr ansehen? Ekelte er sich vor ihr? Dabei kannte er doch noch nicht einmal die ganze Wahrheit.

*Mach schon, Faith! Es wird jetzt nicht mehr besser!*

Mit letzter Kraft dachte sie zurück an die schrecklichste Nacht in ihrem Leben.

"Ich habe mir einen Jogginganzug von Paul angezogen, da ich meine Sachen nirgendwo finden konnte. Dann bin ich ins Wohnzimmer gegangen. Sie haben mich fröhlich begrüßt, als wäre nichts gewesen. Je freundlicher sie waren, desto hysterischer bin ich geworden. Paul kam zu mir und hielt mich an den Schultern. Ich habe ihn angeschrien, dass er mich in

Ruhe lassen soll, da hat er begonnen, mich zu schütteln. Unser Streit wurde immer lauter und handgreiflicher. Schlussendlich hat er mir eine Ohrfeige gegeben."

Adams Hand krampfte sich um ihre. Sein Blick schnellte zu ihr und in seinen Augen stand endlose, hilflose Wut.

"Er hat ... er hat gesagt, dass ich mich im Nachhinein jetzt nicht herausreden sollte, dass ich es doch gewollt habe."

Adam fluchte, doch Faith wollte es zu Ende bringen. "Er hat gesagt, dass er Beweise hat und dass sie schließlich zu dritt sind, die das bezeugen könnten."

"Du hast dich doch davon hoffentlich nicht einschüchtern lassen!", fuhr Adam auf.

"Nein, ja ... ich hab es in ihren Augen gesehen, Adam. Sie waren sich in dieser Situation so sicher." Sie schüttelte den Kopf. Es wäre sinnlos gewesen. Sie wäre nie gegen die drei angekommen.

"Du hast sie nicht angezeigt?", fragte er fassungslos.

"Ich wollte es."

Adam nahm ihr Kinn zwischen Daumen und Zeigefinger. Er zwang ihren Blick in seinen.

"Sag mir, dass du diese verdammten Schweine angezeigt hast!"

"Ich ... nein, Adam, ich habe es nicht getan", gab sie leise zu und wandte den Blick ab.

Sein Stöhnen klang gequält. "Warum?"

"Ich konnte doch nichts beweisen."

"Deine Aussage und dein Körper wären genug gewesen."

"Nein. Wäre es nicht."

Adam schüttelte heftig den Kopf. "Warum hat dich niemand dazu gezwungen, zur Polizei zu gehen?"

Faith sah ihn forschend an. Er war außer sich vor Wut. Sein Körper zitterte vor Anspannung.

"Da war niemand." Ihre Stimme war leise. Der Gedanke an die Reaktion ihrer Familie schmerzte noch heute.

"Da war niemand? Was ist mit deiner Familie, deinen Freunden. Wo war Lilly?"

"Lilly war zu der Zeit im Ausland für eine Kampagne."

"Beantworte nicht nur einen Teil, Faith! Ich will die ganze Wahrheit!"

"Warum?"

Ihre Augen brannten. Warum konnte er nicht aufhören? Ihm alles zu erzählen, hatte ihr sämtliche Kraft geraubt. Sie wusste noch nicht einmal, wie sie jetzt noch nach Hause kommen sollte. Adam würde sie jetzt, nachdem er alles wusste, bestimmt nicht mehr bei sich haben wollen.

"Warum?", fragte er mit zusammengezogenen Augenbrauen. Adam schüttelte den Kopf und nahm ihr Gesicht in beide Hände. "Weil es mir wichtig ist. Weil ich wissen will, wer für dich da war. Weil ich verstehen muss, warum du diese verdammten Wichser nicht angezeigt hast!"

Sie spürte, wie weitere Tränen aus ihren Augenwinkeln quollen. "Warum?", flüsterte sie.

"Weil ich dich liebe, Faith! Alles an und in dir ist mir wichtig. Ich will dich lieben, dich beschützen und jedem dieser Arschlöcher das Leben zur Hölle machen!"

"Du liebst mich?"

Sein Gesicht wurde weich und ein kleines Lächeln umspielte seine Mundwinkel. "Natürlich liebe ich dich."

"Trotz dem Unfall?"

Adam runzelte verärgert die Stirn. "Das war kein Unfall, Faith. Es war eine Vergewaltigung. Sie haben dich unter Drogen gesetzt und ..." Er brach ab und biss heftig die Zähne zusammen. Ein Muskel an seiner Wange zuckte. Dann zog er die Augenbrauen zusammen und musterte sie eindringlich.

"Warum sagst du Unfall?", fragte er.

"Ich ... sie ..."

"Wer *sie,* Faith?"

"Meine Eltern ..."

"Was?"

Seine Finger verkrampften sich um ihr Gesicht.

Bei der Erinnerung an das demütigende Gespräch mit ihren Eltern stieg ein Schluchzer in ihrer Kehle auf.

Adam zog sie in seine Arme und bat sie, ihm alles zu erzählen.

Sie tat es, leise und stockend. Die Art und Weise, wie ihre Eltern die Vergewaltigung heruntergespielt hatten, schmerzte sie noch immer extrem.

Nach der Ohrfeige, die Paul ihr verpasst hatte, flüchtete sie aus seiner Wohnung.

Aus einem Impuls heraus ging sie als erstes zu ihrem Arzt.

Die Untersuchung und die Fragen waren eine weitere Demütigung gewesen.

Danach wollte sie nicht allein sein, brauchte jemanden, dem sie sich anvertrauen konnte. Die Scham trieb sie zurück zu ihren Eltern, obwohl sie es hätte besser wissen müssen.

Von einer liebevollen Familie waren sie weit entfernt. Es ging immer nur darum, perfekt zu sein. Liebe und Anerkennung bekam sie nur, wenn sie dem Idealbild ihrer Eltern folgte.

Wenn sie heute darüber nachdachte, war das auch einer der Gründe gewesen, warum sie sich überhaupt mit Paul eingelassen hatte.

Er war der jüngste Sohn einer befreundeten Familie gewesen. Er stellte alles dar, was ihre Eltern gut geheißen hatten.

Tränenüberströmt hatte die Angestellte ihrer Eltern sie in das große Wohnzimmer geführt. Ihre Mutter hatte ihr steif den Rücken getätschelt und ihr ein Taschentuch gegeben.

Während sie ihren Eltern erzählte, was vorgefallen war, stand in ihren Augen nichts als Abscheu.

Faith hatte sich verstanden und besser gefühlt, bis sie herausfand, dass sie es war, der die Abscheu in ihrem Blick galt und nicht Paul und seinen Freunden.

Adam drückte sie noch fester an sich.

"Was haben sie gesagt?" Seine Stimme klang scharf wie ein Peitschenknall in der Stille des Raumes.

"Dass ich mich beruhigen soll. Dass es bestimmt nur ein Missverständnis war und ich mich nicht zu wundern bräuchte, wenn ich mich betrinke und aufführe wie eine Hure", schluchzte sie. Die Worte ihres Vaters brannten noch immer wie Säure in ihren Eingeweiden.

"Das kann doch verdammt nochmal nicht sein Ernst sein!" Adam war außer sich.

"Doch ... ich habe versucht, ihnen zu erklären, dass ich das nicht wollte, aber sie haben mir nicht zugehört."

Die scharfen Worte ihres Vaters und der Ekel in den Blicken der beiden würden sie für den Rest ihres Lebens verfolgen.

"Sie haben gesagt, dass Paul so etwas nie tun würde. Er sei ein Mann von Wert und ich sollte glücklich sein, dass er sich mit mir abgab."

"Sag mir, dass du das nicht glaubst, Faith! Sag mir, dass du weißt, was sie dir angetan haben und dass dich keine Schuld an all dem trifft!"

"Ich weiß es. Jetzt. Aber es hat lange gedauert." Der Gedanke an die schreckliche Zeit danach schnürte ihr noch immer die Kehle zu.

Sie hatte sich vor sich selbst geekelt, ihren Körper gehasst und schließlich sogar ihr Leben.

Wochenlang hatte sie sich in ihrer Wohnung eingesperrt, hatte mit niemandem gesprochen, kaum noch gegessen und sich nur noch damit beschäftigt, den Fehler zu finden, den sie in dieser Nacht begangen hatte.

"Was hat sich verändert?", fragte er leise und strich beruhigend über ihren Rücken. Erst jetzt bemerkte sie, wie stark sie zitterte.

"Lilly kam zurück. Sie hat mich dazu überredet, eine Therapie zu machen. Lilly hat mich zurück ins Leben gebracht. Aber du warst es, der mir einen Grund gab, das Leben wieder schön zu finden, Adam."

Sie hob den Kopf, um ihm in die Augen sehen zu können. Seine Augen glänzten und er blinzelte, als wollte er versuchen, die Tränen zu vertreiben.

"Ich liebe dich, Adam. Und ich danke dir. Ich habe dich nicht verdient, aber du bist das Beste, das mir jemals passiert ist."

"Ich liebe dich. Und du hast mich verdient. Mehr als mich, aber ich werde jeden verdammten Tag dafür kämpfen, genug für dich zu werden."

Er presste seine Lippen auf ihre Stirn. Sie fühlte das Beben, das durch seinen Körper ging.

"Küss mich", flüsterte sie. Sie wollte mehr neue, gute Erinnerungen schaffen.

Sanft schob er ihren Kopf in den Nacken und legte seine Lippen auf ihre. Zärtlich, sanft, weich und warm. Die Gefühle, die er in ihr auslöste, waren durch nichts zu toppen.

Niemals hatte sie sich so bedingungslos geliebt und geschätzt gefühlt. Sogar jetzt, da er von ihrer Vergangenheit wusste, liebte er sie.

In diesem Moment brauchte sie ihn mehr denn je. Mehr als nur seine Küsse. Sie brauchte ihn ganz, wollte ihn fühlen. Musste seinen Körper an ihrem spüren.

Langsam löste sie sich von ihm. Er ließ sie nur unwillig los und in seinem Gesicht zeichnete sich der Widerwillen deutlich ab.

"Komm", sagte sie leise und streckte ihm ihre Hand entgegen.

Sie konnte deutlich sehen, wie verwirrt er war, doch er legte seine Hand in ihre und folgte ihr ins Schlafzimmer.

Am Bett angekommen, zog sie sich langsam aus. Stück für Stück streifte sie ihm seine Kleidung ab, streichelte die Haut, die sie entblößte, liebkoste sie mit ihren Händen und Lippen.

Adam tat es ihr gleich. Seine großen, rauen Hände fuhren über ihre Haut, hinterließen Gänsehaut und schickten sanfte Wellen der Erregung durch ihren Körper.

Er kniete sich vor sie und küsste ihren Bauch, ehe er ihre Hose öffnete und langsam über ihre Schenkel nach unten schob.

"Du bist so schön", raunte er, dann half er ihr aus ihren Schuhen und der Jeans.

Sanft streichelte sie durch seine Haare und zog seinen Kopf in den Nacken, um ihn anzusehen.

"Du gibst mir das Gefühl, dass es die Wahrheit ist", flüsterte sie.

Ihre Augen brannten, als sie die Liebe in seinen Augen sah.

"Es ist noch zu wenig, aber mir fehlen die Worte, um zu beschreiben, wie unglaublich perfekt du bist. Allen voran dein Herz."

Sie zog ihn zu sich nach oben und küsste ihn. Erst zärtlich und voller Liebe, dann drängender. Seinen Körper an ihrem zu fühlen, beflügelte sie.

Sie legte sich aufs Bett und streckte die Arme nach ihm aus. Automatisch legte er sich neben sie, doch sie wollte ihn auf sich, wollte nicht, dass die Vergangenheit zwischen ihnen stand, wollte nicht, dass dieser scheinbare Kontrollverlust ihnen diese Intimität zerstören konnte.

Er zögert, als sie ihn auf sich ziehen wollte. "Bist du dir sicher?"

"Ja. Ich will dich. Ganz. Alles an dir. Keine Grenzen."

Er nickte ernst und sie sah die Entschlossenheit in seinem Blick. Dann rollte er sich auf sie, stützte sich über ihr ab und küsste sie wieder.

Seine Zunge war weich und nass. Forderte sie heraus und beruhigte sie gleichermaßen, während er seinen Schwanz immer wieder an ihrer Spalte rieb.

Ihre Erregung steigerte sich weiter, ließ sie wimmern.

Fordernd streckte sie ihm ihr Becken entgegen, wollte ihn endlich in sich spüren, doch er hatte noch kein Erbarmen.

Jedes Mal, wenn sein breiter Schaft über ihre Klit glitt, zuckte ihr Inneres vor Vergnügen und sie spürte, wie sie immer feuchter wurde.

Auch ihm fiel es nicht leicht, doch er hielt sich weiter zurück, quälte sie mit seinen trägen Bewegungen. Sein keuchender Atmen an ihrem Ohr war zu viel für sie. Sie brauchte ihn. Sofort. Konnte keine Sekunde länger aushalten, ohne ihn in sich zu spüren.

"Adam, bitte!", flehte sie und schlang ihre Beine um seine Hüften, um ihn näher zu sich zu ziehen.

Er keuchte noch einmal, dann griff er zwischen sie und drückte die Spitze seines Schwanzes in sie.

Langsam glitt er tiefer und stöhnte dabei lang und kehlig auf. "Mein Gott, Babe. Du bringst mich um."

Sie wimmerte, als er sich zurück zog und drückte den Rücken stöhnend durch, als er sich wieder tief in ihr vergrub. Er dehnte sie und füllte sie aus. Jedes Mal, wenn er erneut in sie stieß, zog sich ihr Unterleib fester zusammen.

Sein Körper hüllte sie ein. Seine Haut, die über ihre glitt, war genauso erregend wie sein Schwanz, der immer wieder in sie stieß.

Seine Hände vergruben sich in ihren Haaren, hielten ihren Kopf fest für seine leidenschaftlichen Küsse. Seine gleichmäßigen, rhythmischen Bewegungen trieben sie in rasender Geschwindigkeit auf ihren Höhepunkt zu.

Sie spürte, wie seine Muskeln sich anspannten, während er in sie stieß, und sich wieder lockerten, wenn er sich bis zur Spitze aus ihr zurückzog, nur um sofort wieder in sie zu stoßen.

Dann löste er sich von ihren Lippen. Sein Blick war trüb und seine Bewegungen änderten sich nicht.

"Komm für mich, Babe", raunte er und knabberte an ihrer Unterlippe. Viel fehlte nicht mehr, sie spürte bereits die ersten Zuckungen in ihrem Inneren.

Sie leckte über seine Oberlippe und stöhnte, als seine Hand fest nach ihrer Hüfte griff. "Ich brauche mehr", keuchte sie.

Auch seine andere Hand legte sich an ihre Hüfte, während er sich ein klein wenig aufrichtete.

Er zog ihr Becken nach oben, stieß schneller und härter in sie.

"Oh Gott ...", stöhnte er und beschleunigte noch mal das Tempo seiner Stöße.

Er warf seinen Kopf in den Nacken, schrie laut auf und presste sich beinahe schmerzhaft fest an sie, während er zuckend in ihr zum Höhepunkt kam.

Seine Hände auf sich, seinen zuckenden Schwanz in sich, sein Anblick und sein Stöhnen reichten aus, um auch sie über die Schwelle zu ihrem Orgasmus zu tragen.

Sie bäumte sich auf, umklammerte ihn und genoss das Zittern, das durch ihren gesamten Körper lief.

Keuchend ließ Adam sich neben sie sinken und zog sie sofort an seine Brust.

Sein Atem ging genauso abgehackt wie ihrer und auch sein Herz schien im gleichen, viel zu schnellen Rhythmus zu schlagen.

Ihre Hand lag auf seiner schweißnassen Brust. Sie liebte das heftige Heben und Senken. Den schnellen Atem.

Aber vor allem liebte sie das kräftige Schlagen ihrer Herzen, das das Gefühl von Lebendigkeit noch verstärkte.

"Ich liebe dich", raunte sie, nicht fähig, lauter zu sprechen.

"Mehr als alles andere", gab er zurück und küsste sie auf den Scheitel.

Irgendwann beruhigten sich ihre Körper und sie fielen gemeinsam in einen ruhigen, tiefen Schlaf.

# 16 Familie

## ADAM

Faith' Enthüllungen schwirrten noch immer durch seinen Kopf, als er am nächsten Morgen aufwachte.

Er liebte sie und für ihn stand fest, dass sie für immer bei ihm bleiben musste.

Ein Leben ohne Faith konnte er sich einfach nicht mehr vorstellen.

Jetzt, da er wusste, was passiert war, konnte er Situationen, die ihr Angst machten, auch einfach vermeiden. Er würde ihr nie wieder einen Grund geben, vor ihm davonzulaufen.

Dass der Abend mit seinen Freunden für sie ein furchtbares Déjà-vu gewesen sein musste, war ihm jetzt klar. Mit der Zeit würde sie auch seinen Freunden vertrauen können. Niemals würden Slade, Deacon, Liam oder ein anderer seiner Freunde so etwas tun.

Faith musste lernen, mit ihm zu sprechen, ihm noch mehr zu vertrauen und ihm ihre Ängste mitzuteilen. Wenn sie das schaffen würde und mit der Vergangenheit endgültig abschließen konnte, dann würde ihrem Glück nichts mehr im Wege stehen.

"An was denkst du?" Faith leise Frage riss ihn aus seinen Gedanken. Ihre Finger streichelten federleicht über seine Brust.

Er wollte schon *nichts* sagen, doch dann fiel ihm ein, dass er gerade darüber nachgedacht hatte, dass sie offen zueinander sein mussten.

"Über uns."

Sie versteifte sich und ihre Finger hielten sofort inne. "Hast du ... bereust du es? Hast du ... es dir anders überlegt?"

"Was? Nein!" Er zog sie fest an sich. "Nein, Baby. Ich habe darüber nachgedacht, wie wir Situationen wie gestern in Zukunft vermeiden können."

Sie entspannte sich sofort. "Und, bist du zu einem Ergebnis gekommen?", fragte sie mit neckender Stimme, aber er wusste, dass die lockere Art nur aufgesetzt war. Faith hatte Angst, dass er sie verlassen könnte. Als ob er das jemals wollen würde!

"Du musst mir sagen, wenn dir was nicht passt ... wenn dir etwas Angst macht, Faith", sagte er sanft und legte seine freie Hand über ihre. "Ich will nicht, dass dich irgendetwas ängstigt und ich werde versuchen, solche Situationen zu vermeiden. Aber immer wird es mir nicht gelingen."

"Mhm ...", murmelte sie und vergrub ihr Gesicht an seiner Brust.

"Versprich es mir, Faith. Versprich mir, dass du immer zu mir kommst und aufhörst, vor mir davonzulaufen."

"Es ist nicht so leicht für mich ..."

"Ich weiß. Aber es ist wichtig. Du willst doch auch, dass es mit uns klappt, oder?"

"Natürlich!"

"Dann versprich es mir!"

"Ich verspreche, es zu versuchen ... manchmal holt mich die Vergangenheit einfach schneller ein, als mein Kopf reagieren kann", gab sie sehr leise zurück, immer noch, ohne ihn anzusehen.

"Ich weiß. Das ist der nächste Punkt. Du musst mit diesem Thema endgültig abschließen."

"Es wird niemals ein Endgültig geben, Adam." Ihre Stimme klang jetzt härter. "Ich habe eine Therapie gemacht. Ich komme Stück für Stück zurück ins Leben, aber das geht nun mal alles nicht so schnell!"

"Ja, aber ich finde es wichtig, die Dinge mit deinen Eltern klarzustellen und vor allem, dass du diese Schweine anzeigst!"

"Das ist doch schon viel zu spät ..."

"Nein. Für beides nicht! Du warst doch damals beim Arzt, oder?"

"Ja", murmelte sie. Es war nicht zu übersehen, wie schwer ihr dieses Thema fiel.

"Dann hat er alle Befunde. Er kann es belegen."

"Ich war endlos lang Duschen, Adam. Ich war bewusstlos, also waren da nicht allzu viele Verletzungen wie bei einem Kampf auf meinem Körper. Es ist aussichtslos."

"Hat der Arzt dir das gesagt?"

Sie schwieg und wich seinem Blick aus. "Faith?"

"Nein."

"Nein was?"

"Ich war nicht mehr da, okay? Ich bin nicht mehr hingegangen!", knurrte sie, sichtlich verärgert.

"Dann holen wir das nach."

Sie richtete sich auf, wehrte sich gegen seinen Griff. Erst hielt er sie noch fest, wollte dieses Thema endgültig aus der Welt schaffen, doch als sie immer heftiger an ihrem Arm riss, ließ er sie gehen, um sie nicht zu verletzen.

Mit wütenden Bewegungen streifte sie sich sein T-Shirt über.

*Immerhin meins. Das heißt dann wohl, dass sie nicht vor hat sofort zu verschwinden.*

"Ich will das alles nicht. Ich will einfach nur vergessen und von vorne anfangen", sagte sie gequält. Ihre Arme hatte sie um sich selbst geschlungen und ihr Gesichtsausdruck zeigte deutlich, wie sehr sie die Erinnerungen schmerzten.

"Du kannst nur vergessen, worunter du einen Schlussstrich gemacht hast, Babe", sagte er sanft.

Er stand ebenfalls auf und zog sich eine Jogginghose über. Dann ging er zu ihr und zog sie in seine Arme.

"Versuch nicht, alles auf einmal auf den Kopf zu stellen, Adam. Das ist mir zu viel", gab sie leise zurück und schmiegte sich fest an ihn.

Er küsste sie auf ihren Scheitel.

"Schwere Gespräche vor dem ersten Kaffee, findest du nicht?", fragte er und führte sie in die Küche.

"Ja ... schwere Gespräche, egal ob mit oder ohne Kaffee", seufzte sie.

Er setzte den Kaffee auf und goss schweigend zwei Tassen ein, als dieser fertig war. Dann setzte er sich zu ihr an den kleinen Tisch. "Okay ... kleine Schritte?", fragte er und griff nach ihrer Hand.

Sofort verschränkte sie ihre Finger mit seinen. "Ja, bitte."

"Warum hast du es nie mit deinen Eltern geklärt? Warum hast du es nie richtig gestellt?"

"Sie sind schwierig. Ich wollte mein Leben lang alles immer nur richtig machen. Ihnen gefallen, verstehst du?"

Er nickte. Er verstand das sehr gut, denn genau das war es, was Aiden tat. "Aber dieses Mal haben sie eine Grenze überschritten, Babe. In dieser Situation hätten sie zu dir halten müssen!"

Sie nickte traurig. Die Enttäuschung, die sie empfand, war nicht zu übersehen.

"Ich wollte immer nur, dass sie mich akzeptieren und lieben. Ihre Reaktion hat mir gezeigt, wie wenig ihnen an mir liegt, wenn ich nicht in ihr vollkommenes Weltbild passe."

"Denkst du nicht auch, es ist wichtig, einen Schlussstrich zu ziehen?"

"Ich kann sie nicht einfach vergessen, Adam." Ihre Stimme klang gequält.

"Das musst du nicht. Warum versuchst du nicht noch einmal mit ihnen zu sprechen? Ihnen noch eine Chance zu geben, das Richtige zu tun?" Ihm gefiel der Gedanke nicht, sie zu diesen Rabeneltern gehen zu lassen. Die Gefahr, dass sie alte Wunden erneut aufreißen würden, war einfach zu groß.

Und doch musste es sein. Sie musste sich entweder mit ihnen aussprechen oder sich endgültig von ihnen trennen.

Die falschen Anschuldigungen lasteten schwer auf ihr. Sie musste diese Gedanken los werden, bevor sie sie von innen heraus auffressen würden. Nur so würde sie einen Weg in eine richtige Zukunft finden.

Sie seufzte. "Du hast recht. Ich muss mit ihnen sprechen. Adam ... würdest du mich begleiten?"

"Natürlich." Er lächelte und hob ihre Hand an seine Lippen. Sanft küsste er ihren Handrücken. "Ich gehe mit dir bis ans Ende der Welt. Vergiss das nicht, Babe."

Sie lächelte und beugte sich über den Tisch. Fest presste sie ihre Lippen auf seine. "Danke dir. Für alles, Adam. Ohne dich würde ich das nicht schaffen."

"Jederzeit."

Noch am Vormittag hatte Faith sich mit ihren Eltern verabredet. Sie würden zum Nachmittagskaffee zu ihnen fahren.

Während Faith telefonierte, rief er selbst bei Slade an und meldete sich für das Training ab.

"Was war gestern Abend los?", fragte er und seine Stimme machte deutlich, dass er nicht eher ruhen würde, bis Adam ihm Antworten gab.

"Wir haben das geklärt. Kommt nicht wieder vor",

versuchte er trotzdem, das Thema herunterzuspielen.

"Das reicht mir nicht, Adam! Ich weiß, dass mit Faith was nicht stimmt, aber diese Nummer gestern war zu heftig!"

"Ich werde mit dir nicht über ihre Vergangenheit sprechen. Es sind ihre Geheimnisse und sie wird sie preisgeben, wenn sie dazu bereit ist, Slade", wehrte Adam ab.

"Das verstehe ich. Ich will auch keine Details. Sag mir nur, dass du ihr helfen wirst."

"Was denkst du von mir?", knurrte Adam.

"Beruhige dich! Ich will doch nur, dass diese Geschichte, was auch immer es ist, nicht zwischen uns gerät. Ich will unsere Freundschaft nicht aufs Spiel setzen!"

Adam atmete tief durch. "Das wird nicht passieren. Ich weiß Bescheid und ich denke, wir werden das hin bekommen."

"Wenn ich irgendwie helfen kann, sag es mir!"

"Mach ich. Danke, Slade! Für's Erste, wäre es gut, wenn ihr ... ein wenig weniger kumpelhaft zu ihr wärt. Bedrängt sie nicht so, sie ist nicht wie wir oder Tessa oder eines der anderen Mädchen. Sie braucht mehr Freiraum."

"Freiraum?"

"Verdammt, Slade! Ihr sollt sie einfach nicht so viel antatschen. Weniger anzügliches Gerede und so.

Das ist im Moment alles. Einfach ein bisschen mehr wie normale Freunde sein!"

Slade lachte. "Normale Freunde? Sind wir etwa nicht normal?" Doch dann wurde er wieder ernst. "Ich spreche mit den anderen. Ich hab so eine Ahnung, auf was du anspielst und es gefällt mir nicht."

"Mir noch weniger. Glaub mir."

"Ich kümmere mich darum, okay?"

"Danke."

"Kein Ding, und jetzt kümmere du dich um deine Frau."

Lächelnd legte er auf. Es war schön zu wissen, dass man sich auf seine Freunde bedingungslos verlassen konnte.

## FAITH

Ihre Hände waren schweißnass, als sie neben Adam vor der Tür ihrer Eltern stand.

"Das ist eine schlechte Idee", murmelte sie und knetete weiter ihre Finger.

Ihr Magen war flau, seit sie in Adams Auto gestiegen war. Sie würden niemals akzeptieren, was sie ihnen zu sagen hatte. Vor allem würden sie aber Adam niemals akzeptieren. Der Gedanke versetzte ihr einen Stich. Sie liebte ihn und trotz allem, was ihre Eltern ihr angetan hatten, liebte Faith auch sie.

Ihr Blick wanderte erneut zu Adam. Er hatte sich nicht verstellt. Er trug wie immer enganliegende Jeans und ein schwarzes Tanktop, dass über seine Muskeln und Tätowierungen nur wenig Platz für Fantasie ließ. Er sah zum Anbeißen aus. Ihre Eltern würden das aber ganz und gar nicht so sehen. Adam streichelte ihr gerade beruhigend über den Rücken, als sich die Tür öffnete.

"Miss Stark, Sie werden bereits erwartet", sagte die Angestellte und hielt ihnen die Tür auf. "Wie darf ich Sie ankündigen, Mr. ..."

"Mr. Matters", antwortete Adam und führte Faith, eine Hand auf ihrem unteren Rücken, in die Empfangshalle.

"Hier entlang, bitte." Sie folgten der Frau hinüber ins Wohnzimmer, in dem ihre Eltern bereits warteten.

Ihre Blicke, die über Adam schweiften, waren erst musternd, dann sofort ablehnend. Faith hatte es nicht anders erwartet und betete nur, dass sie ihre spitzen Zungen im Zaum halten würden.

"Miss Stark und Mr. Matters", sagte die Angestellte, ehe sie den Raum hastig verließ.

"Faith."

Mit einem kurzen Nicken wurde sie von ihren Eltern begrüßt. Die völlige Ignoranz Adam gegenüber stieß ihr sauer auf.

"Mr. und Mrs. Stark, ich freue mich, sie kennenzulernen", sagte Adam, ohne auf ihre Unhöflichkeiten einzugehen.

Widerwillig grüßten ihre Eltern Adam. Sie nahmen auf dem gegenüberliegenden Sofa Platz.

In dem dreiviertel Jahr, seit Faith zum letzten Mal hier gewesen war, hatte sich nichts verändert. Genau genommen hatte sich im Haus ihrer Eltern nichts verändert, solange Faith zurückdenken konnte.

Es waren immer dieselben antiken Möbel. Immer noch die orientalischen Teppiche und die schweren samtenen Vorhänge.

Ihre Eltern handelten den üblichen unverfänglichen Small-Talk über das Wetter und die Wirtschaft schnell ab. Sie waren bereits in den letzten Zügen ihrer üblichen Themen, als der Tee serviert wurde.

"Und wie kommt es, dass du uns besuchst, Faith?", fragte ihre Mutter. Die Missbilligung über ihr langes Fehlen war deutlich zu hören.

"Ja, und noch dazu in ... *Begleitung.*" Betonung und Blick ihres Vaters auf Adam war nicht zu missverstehen. Er konnte Adam nicht leiden. Er passte nicht in sein perfektes Weltbild. Genauso wenig wie sie selbst. Allein die Tatsache, dass sie in Jeans und Hoody hier aufschlug, anstatt in einem hübschen Kleid, stieß beiden übel auf.

"Ich muss mit euch sprechen."

Mühsam versuchte sie sich zu sammeln. Die Worte, die sie sich die Fahrt über zurecht gelegt hatte, waren verschwunden. Sobald sie in Gegenwart ihrer Eltern war, wurde sie wieder unsicher. Wurde wieder zu dem kleinen Mädchen, das verzweifelt geliebt werden wollte.

Adam nahm ihre Hand, als würde er spüren, wie aufgewühlt sie war. Ihren Eltern würde das nicht gefallen. Öffentliche Zurschaustellung von Zuneigung jeglicher Art war für sie schon immer indiskutabel gewesen.

*Reiß dich zusammen!,* ermahnte sie sich selbst. Sie war hier, um reinen Tisch zu machen und sie würde es durchziehen! Adam hatte recht. Sie musste mit der Vergangenheit abschließen.

"Wir warten."

Ihre Mutter wurde ungeduldig. Ihr war deutlich anzumerken, dass sie noch mindestens einen weiteren Termin hatte. Geduld war noch nie ihre Stärke gewesen.

Vor allem war aber schon immer alles andere wichtiger gewesen als ihre eigene Tochter.

Sie atmete noch einmal tief durch. "Ich möchte mit euch über die Nacht sprechen, in der Paul und seine Freunde mich ..." Das Wort Vergewaltigung blieb ihr im Hals stecken.

"Darüber haben wir bereits hinreichend gesprochen. Könntest du es bitte endlich ruhen lassen? Es wühlt deine Mutter zu sehr auf." Die Stimme ihres Vaters war fest.

*Es wühlt deine Mutter zu sehr auf.* Aber was war mit ihr? Ging es denn hier nicht um sie?

Wut keimte in ihr auf. Natürlich ging es nicht um sie. Es ging niemals um sie, sondern immer nur um ihre Eltern und was andere über sie denken würden.

"Nein, ich kann es nicht ruhen lassen. Für mich ist es einfach noch nicht abgeschlossen und ich muss darüber sprechen."

"Faith, sei doch vernünftig. Du hast einen Fehler begangen, jetzt musst du mit den Konsequenzen leben."

Ihr wurde schlecht. Sie hatte einen Fehler begangen?

In den Worten ihres Vaters klang es, als hätte sie sich für die falschen Schuhe bei einer Bergtour entschieden.

Aber es war nicht ihr Fehler! Ihre Therapeutin, Lilly und Adam hatten es ihr immer wieder versichert!

Ihr Blick ging zu Adam. Er hatte sich merklich versteift und fixierte ihren Vater mit kaltem Blick.

"Es ist ganz bestimmt nicht ihr Fehler, wenn sie vergewaltigt wurde", zischte er kalt.

"Ich glaube nicht, dass das Sie irgendetwas angeht,

Mr. Matters. Ich weiß nicht, was meine Tochter damit bezweckt, Sie hierher zu bringen. Wahrscheinlich nur eine weitere Rebellion, genauso wie diese grauenhafte Kleidung, diese Haare und dieser absolut unnötige Umzug!"

Ihr Magen krampfte sich zusammen. Es war eine Sache, wenn ihre Eltern sie beleidigten, das taten sie immer, aber sie sollten Adam mit Respekt behandeln.

Ehe sie antworten konnte, redete Adam weiter. "Es geht mich sehr wohl was an. Faith ist meine Partnerin. Ich liebe sie und ich werde nicht dulden, dass Sie die Schuld für diese grausame Tat auf sie abwälzen!"

"Es gibt keine grausame Tat! Ein Missverständnis, ein Unfall, das ist alles!"

Sie würden es nicht verstehen. Sie *wollten* es nicht verstehen. Es war absolut sinnlos.

Alles was ihr dieses Gespräch brachte, war noch mehr Wut. Sie fühlte sich von ihren eigenen Eltern verraten, mehr noch als an dem Morgen nach der Vergewaltigung.

Damals hatte sie ihnen fast geglaubt, hatte den Fehler bei sich selbst gesucht.

Heute war alles anders. Dank Adam war alles anders.

Er verstand sie und hielt zu ihr. Er liebte sie, ohne dass sie eine Leistung erbringen musste.

Ein Muskel an seiner Wange zuckte, so sehr biss er

die Zähne aufeinander. Er wollte gerade antworten, doch er sollte nicht ihren Kampf austragen.

Sie musste mit all dem allein fertig werden. Seine Anwesenheit gab ihr die Kraft auszusprechen, was ihr schon so lange auf der Seele brannte.

"Wisst ihr was? Es ist mir egal, was ihr denkt! Es ist mir verdammt nochmal egal, ob ihr mir glaubt!" Die Wörter sprudelten aus ihr heraus. Noch nie in ihrem gesamten Leben hatte sie so scharf mit ihren Eltern gesprochen.

"Dein Ton, junge Dame!", mahnte ihr Vater streng. Die Hände über der Weste seines Dreiteilers gefaltet, sah er sie genauso an, als wäre sie ein kleines Kind, das er maßregeln musste.

Sie hasste diesen Ausdruck auf seinem Gesicht. Die Art, wie er ihr zu verstehen gab, dass sie nicht ganz bei Verstand sei und sich ungebührlich verhielt.

Kurz davor, wieder in alte Verhaltensmuster zurückzufallen und ihnen alles recht machen zu wollen, fiel ihr Blick auf Adams Hand, der ihre sanft drückte. Er war da. Er hielt zu ihr, bestätigte ihr, dass er sie liebte.

Sie atmete einmal tief durch und sah ihrem Vater in die Augen.

"Ihr hasst mich. Das, was aus mir geworden ist, weil ich nicht mehr euren Ansprüchen genüge ..."

"Völliger Quatsch ..."

Sie ließ ihn nicht ausreden, sondern sprach einfach weiter, auch wenn ihre jahrelange Erziehung etwas ganz anderes von ihr forderte.

"Aber es ist mir egal. Ich habe mich damit abgefunden. Es gibt Menschen in meinem neuen Leben, die mich lieben. Denen etwas an mir liegt. Ich habe gelernt, dass es mich nicht weiter bringt, mich nach einer Zuneigung zu sehnen, die ich niemals bekommen werde. Ich bin nicht mehr die Faith, die ihr von früher kennt. Ich bin nicht mehr das kleine brave Mädchen, das ihr unterdrücken könnt und zu dem machen, was ihr euch vorstellt."

"Faith, du redest völligen Unsinn", sagte ihr Mutter und knetete nervös das Stofftaschentuch in ihrer Hand.

"Nein. Du verstehst mich nicht. Schon lange nicht mehr. Aber ich nehme es euch nicht übel. Ihr glaubt diese Lüge, in der ihr lebt. Ihr glaubt daran, dass ein Leben wirklich so oberflächlich sein muss. Aber das stimmt nicht." Faith redete sich in Rage. All die Dinge, die schon so lange auf ihrer Seele brannten, sprudelten über ihre Lippen.

"Du bist immer noch verwirrt, Liebes", setzte ihre Mutter erneut an.

"Nein. Ihr lügt euch immer noch was vor! Es war kein verdammter Unfall, sondern eine Vergewaltigung. Ich habe so viele Tage, Wochen,

Monate geweint. Meine Seele trägt unendlich tiefe Narben, aber ihr wolltet es einfach nicht sehen, weil es nicht in euer perfektes Leben passt." Sie hatte es ausgesprochen. Ihr Kopf schwirrte und ihr Körper zitterte. Die Wahrheit zu sagen, fiel ihr verdammt schwer.

Adams streichelnder Daumen auf ihrem Handrücken beruhigte sie. Mühsam bekam sie ihre aufgeregte Atmung wieder in den Griff.

"Alles, was ich mir von euch gewünscht habe, war Verständnis und Liebe. Alles, was ich bekommen habe, war Verleugnung. Bis zu dem Tag, an dem Adam in mein Leben trat. Meine Seele starb bei dieser Vergewaltigung, doch Adam hat mir das Licht am Ende des Tunnels gezeigt. Durch ihn fand ich die Kraft, mich meinem neuen Leben zu stellen. Nur dank ihm stehe ich heute hier, kann wieder in den Spiegel blicken, ohne Ekel. Heute sehe ich nur noch mein neues Ich. Die neue Faith, die wieder Lust auf das Leben hat."

"Das war doch alles nur eine Frage der Zeit!", fuhr ihr Vater dazwischen.

Sein Kopf wurde langsam rot und zeigte seine steigende Verärgerung, während ihre Mutter immer weiter aus der Fassung geriet.

Sie musste das hier beenden, bevor die Situation

eskalierte. "Nein. Ihr habt das Ausmaß nie verstanden. Ich war gebrochen. Ich hatte Panikattacken und höllische Angst vor jedem Fremden, vor jedem Blick. Panik, Wut, Angst, Ekel, Selbsthass. Mein Leben war nur noch eine einzige Horrorfahrt. Aber das ist jetzt vorbei. Ich muss mit meinem alten Leben abschließen. Wenn ihr irgendwann dazu bereit seid, die Vergangenheit so anzunehmen, wie sie wirklich ist, würde ich mich gern nochmal mit euch treffen. Bis es soweit ist, sollten wir besser keinen Kontakt haben."

Ihre Mutter schluchzte auf. "Aber Faith. Beruhige dich doch! Du bist ja völlig überdreht!"

"Ich muss mich nicht beruhigen. Im Gegenteil. Alles, was mein Leben so schwer macht, muss ich loswerden."

"Das wird auch nichts ändern. Du musst dich einfach damit abfinden, dass du Fehler gemacht hast."

Die Diskussion drehte sich im Kreis. Es hatte einfach keinen Sinn. "Nein. Ich muss mit der Vergangenheit abschließen. Ich weiß, dass ihr es nicht gutheißen werdet, aber ich werde Paul und seine Freunde anzeigen, um ..."

"Das wirst du nicht tun! Er ist ein guter Mann, mit einer guten Familie und einer guten Stellung! Du wirst ihn nicht in deinen Dreck mit hinein ziehen!", rief ihr Vater wütend.

Dass ihr Vater Paul mehr glaubte als ihr selbst,

schmerzte unglaublich. Was hatte sie getan, dass er alle Schuld ihr in die Schuhe schieben wollte?

Der Knoten in ihrem Magen wurde größer und ihre Augen brannten.

Abrupt stand Adam auf. "Wir gehen."

Er zog Faith hoch und legte ihr einen Arm um die Taille. Erneut fixierte er ihren Vater mit kaltem Blick.

"Mir war nicht klar, dass es noch eine Steigerung zu meinen eigenen furchtbaren Eltern gibt, bis ich Sie gesehen habe. Was auch immer Sie sagen, Faith wird dieses Verbrechen zur Anzeige bringen."

Dann zog er sie zum Ausgang. Sie fühlte sich unglaublich schwach. Der Verrat brannte in ihren Adern, schlimmer, als sie es für möglich gehalten hätte.

Sie hörte die aufgeregte Stimme ihrer Mutter, verstand ihre Worte aber nicht. Zu laut rauschte das Blut in ihren Ohren.

"Schsch", murmelte Adam und küsste sie auf die Wange. Einmal, zweimal, ein drittes Mal. Erst da erkannte sie, dass sie weinte und er ihre Tränen wegküsste.

"Es tut weh", flüsterte sie, während sie in den Wagen stieg.

"Es tut mir so leid. Ich hätte dich niemals dazu überreden sollen."

Er presste seine Lippen auf ihre Stirn und schloss

dann die Beifahrertür.

Schnellen Schrittes ging er um den Wagen herum und stieg ebenfalls ein.

Faith starrte blicklos nach vorn, während er den Wagen über die Auffahrt zurück auf die Straße lenkte. Ihre Hände zitterten noch immer und ihr Herz raste.

"Ich werde nicht zulassen, dass sie noch einmal so mit dir reden", sagte er bitter.

"Du kannst nichts dafür, Adam."

"Wir fahren nach Hause. Ich lasse dir eine Badewanne ein und du entspannst dich erst einmal ein bisschen." Seine Stimme war betont sanft, aber sie konnte die unterdrückte Wut hören.

"Nein. Lass uns irgendwo anders hinfahren."

"Wohin?"

"Egal. Ich will raus. Ich will leben." Energisch wischte sie die Tränen von ihren Wangen. Sie würde sich nicht alles von ihren Eltern zerstören lassen. Sie brauchte sie nicht. Sie hatte Adam. Er war so viel besser als alles, was sie bisher in ihrem Leben kennengelernt hatte.

"Was immer du willst, Babe."

"Dich. Ich brauche nur dich. Halt an."

"Hier? ... das ist keine gute Idee, Faith."

"Bitte. Ich brauche dich. Ich will mich lebendig fühlen."

"Warte noch kurz, ich habe auf der Herfahrt einen

Feldweg gesehen, der in einen Wald führt, wenige Meilen von hier."

Sie nickte und klammerte sich mit einer Hand an seinen Unterarm. Sie musste ihn fühlen, musste sich seiner sicher sein, wissen, dass er da war.

Ihre Gedanken kreisten in Höchstgeschwindigkeit. Sie dachte an die Vergangenheit, an ihre Eltern, den Verrat und die Zukunft. Was sollte sie als Nächstes tun? Sollte sie Paul wirklich anzeigen und einen endgültigen Bruch mit ihren Eltern riskieren? Oder diesen ganzen Lebensabschnitt einfach ad acta legen und nur noch nach vorne sehen?

Ehe sie auch nur in die Nähe einer Entscheidung kam, bremste Adam den Wagen ab. Sie hörte das leise Klicken des Blinkers, während er in den Feldweg einbog.

Sofort wanderten ihre Gedanken zurück zu ihm. Erregung summte durch ihre Adern und jedes Holpern des Wagen zuckte durch ihren Unterleib.

Sie konnte den Waldrand bereits sehen. Sehnsüchtig streichelte sie über Adams Oberschenkel. Er spannte sich unter ihrer Berührung an. Harte feste Muskeln, unter gebräunter Haut und dem Stoff seiner Jeans.

Der Wagen wurde langsamer und stoppte schließlich.

"Bist du sicher ...", setzte Adam an, doch sie ließ

ihn nicht ausreden.

Sie brauchte ihn. Jetzt. Musste spüren, wie sehr er sie begehrte, und auch, dass er sie liebte.

Schnell löste sie den Sicherheitsgurt und lehnte sich zu ihm. Sie presste ihre Lippen auf seine. Warm, weich und so vertraut, dass sich die feinen Härchen an ihrem Körper aufrichteten.

Seine Hände griffen sofort nach ihren Hüften, während er ihren Kuss mit der gleichen Leidenschaft erwiderte. Er stöhnte leise, als ihre Hand von seinem Oberschenkel zu seinem Schwanz glitt.

Er griff unter den Sitz und schob ihn ruckartig zurück. Eine Hand um ihre Taille gelegt, zog er sie auf sich. Seine Zunge spielte intensiver mit ihrer. Seine Hände streichelten sie unablässig.

Die Erregung, die kurz zuvor durch ihre Adern brannte, fühlte sich jetzt an wie Lava, die ihren Körper immer heißer werden ließ. Sie zog ihm das Shirt über den Kopf, musste seine Haut unter ihren Fingern spüren.

"Das ist verrückt, Baby. Das ist dir klar, oder?", raunte er an ihren Lippen, während er bereits ihre Hose öffnete.

"Verrückt, aber genau das Richtige." Sie rutschte zurück auf ihren Sitz und zog sich Schuhe und Hose aus.

Adam schob seine ebenfalls bis über die Knie nach

unten. Sein Schwanz war bereits steif und lag schwer auf seinem angespannten Bauch.

"Komm her", raunte er und griff nach ihren Oberarmen, um sie wieder auf sich zu ziehen.

Faith folgte ihm bereitwillig. Die Knie rechts und links von seinen Hüften, ließ sie sich auf ihm nieder.

Adam legte eine Hand auf ihre Hüfte, mit der anderen hielt er seinen Schwanz aufrecht. Er fühlte sich heiß und hart an, während sie sich langsam auf ihn sinken ließ.

Stöhnend ließ sie den Kopf in den Nacken fallen, genoss den leichten Dehnungsschmerz und seine nackte Haut unter ihren Finger.

Auch Adam stöhnte. Er legte seine andere Hand auf ihre Hüfte und drückte sie langsam tiefer. Immer wieder erhob sie sich ein Stück, um ihn danach noch weiter in sich aufzunehmen.

Als er sie voll ausfüllte, hielt sie schwer atmend inne. Adam hatte den Kopf in den Nacken gelegt und keuchte durch seine leicht geöffneten Lippen.

Er sah atemberaubend aus. Stark, männlich, angespannt und völlig versunken in ihrem gemeinsamen Liebesakt.

Sie beugte sich nach vorn und küsste seine leicht mit Schweiß bedeckte Brust. "Ich liebe dich", raunte sie und ließ ihr Becken langsam kreisen.

Er stöhnte, legte seine Arme um sie und begann

immer schneller in sie zu stoßen. Jede Bewegung war hart und leidenschaftlich. Immer wieder rieb ihre Klit über sein Schambein und trieb ihre Erregung noch weiter an.

Sein Atem kam stoßweise direkt an ihrem Ohr. "Gott, Baby ... so heiß ..."

Ihr Herz raste bereits, als seine Hände sich fest in ihren Hintern krallten. Noch einmal wurden seine Bewegungen schneller, seine Stöße härter.

Das Geräusch ihrer aufeinander klatschenden Haut stieß sie schließlich über die Klippe zu ihrem Orgasmus.

Sie bäumte sich in seinem Griff auf und warf laut stöhnend den Kopf in den Nacken.

"Ja ... mein Gott", keuchte er, als ihre Muskeln sich fest um seinem Schwanz verkrampften. Dann folgte er ihr und ergoss sich laut fluchend in ihr.

Kraftlos sackte sie auf ihm zusammen. Ihre Wange ruhte über seinem Herzen. Sie lauschte dem schnellen Schlagen, während sich ihre Atemzüge nur langsam beruhigten.

"Ich liebe dich", flüsterte er Minuten später.

"Mehr als du dir vorstellen kannst", gab sie zurück und kuschelte sich noch enger an ihn.

# 17 Was nun?

## ADAM

Faith schlief noch, als Adam am nächsten Tag zum Training ging. Er hoffte, dass sie noch da sein würde, wenn er zurückkam.

Noch nie in seinem Leben war er so ungern trainieren gegangen. Er wollte sie nicht allein lassen. Auch wenn er das Gefühl hatte, einen riesigen Schritt weiter zu sein, hatte er immer noch ein kleines bisschen Angst, dass sie vor ihm davon lief.

Sie war am Abend im Club gut drauf gewesen. Lockerer und entspannter, als er sie bislang kannte. Es war auch viel einfacher gewesen, zu verstehen, was in ihr vorging, wenn sie sich versteifte, oder auf einmal die Barseite mit ihm tauschen wollte. Es gab keine Fragen oder ungute Gefühle mehr, sondern einfach nur das Wissen, was sie umtrieb und wie er ihr helfen konnte.

"Aha. Auch mal wieder da?", fragte Slade spöttisch.

"Ich habe einen einzigen Tag gefehlt!"

"Einen Tag, eine Woche, ein Jahr. Es macht keinen Unterschied! Ich habe dich schrecklich vermisst!", gab er lachend zurück.

"Schluss jetzt, ihr Turteltauben! Wir wollten trainieren!", ging Liam lachend dazwischen.

Gemeinsam gingen sie zum Ring. Slade und Liam begannen, während er sich die Hände bandagierte.

Deacon ließ sich neben ihn auf die Bank fallen. "Alles klar bei euch?"

"Jep." Auch ihm gegenüber wollte er lieber nicht ins Detail gehen.

"Okay. Du kannst zu mir kommen, wenn du reden willst."

"Danke." Adam klopfte ihm auf die Schulter. Er wusste, dass es Deacon nicht leicht fallen würde, über das Thema Vergewaltigung zu sprechen. Melia, Deacons Schwester, hatte es nicht überwunden und sich schließlich selbst das Leben genommen. Adam war fest davon überzeugt, dass Deacon sich noch immer die Schuld an ihrem Tod gab.

Es war nicht seine Schuld.

Niemand hatte gesehen, dass sie hinter der fröhlichen Fassade noch immer litt.

Slades Fluchen riss ihn aus seinen Gedanken. Liam musste ihn übel in die Seite getroffen haben, so heftig wie er nach Atem rang.

"Wollen wir?", fragte Deacon und stand auf.

"Gern." Ein wenig von der Anspannung in seinem Körper abzubauen, war genau das Richtige.

## FAITH

Es war sehr still in der Wohnung, als sie aufwachte. Zu still. Adams Atem neben ihr fehlte.

Es war komisch, wie schnell sie sich an ihn gewöhnt hatte, und wie sehr sie ihn vermisste, wenn er nicht da war.

Sie liebte ihn. Und er liebte sie. Dieses Wissen war Balsam für ihre Seele.

Es war nicht leicht ihm zu vertrauen, aber mit jeder Minute, die sie gemeinsam verbrachten, mit jeder Hürde, die sie meisterten, wurde es ein Stück weit leichter.

Sie streckte sich und lächelte mit geschlossenen Augen.

Ja, sie konnte ihm vertrauen. Wenn er bei ihr war, ging alles leichter.

Sie hätte nicht gedacht, dass es ihr so viel besser gehen würde, nachdem er alles über sie wusste. Doch das tat es. Er verstand sie, half ihr und unterstützte sie.

Er war da und er gehörte ihr.

"Dir scheint es gut zu gehen." Die Belustigung in Adams sanfter Stimme war nicht zu überhören.

"Ja, aber mir würde es noch besser gehen, wenn du zurück ins Bett kommen würdest.

Er lachte. "Ich würde gern, Babe. Aber ich muss erst unter die Dusche, ich komme vom Training."

Sie öffnete ihre Augen einen Spalt breit. Er sah zum Anbeißen aus. Seine Augen funkelten belustigt und das enge Muscle-Shirt klebte wie eine zweite Haut an ihm.

"Okay. Dann komm, wenn du mit dem Duschen fertig bist", sagte sie und genoss das Aufblitzen von Lust in seinem Blick.

"Zu wenig Zeit, Babe. Ich schaffe es niemals rechtzeitig in die Bar, wenn ich zu dir ins Bett komme."

Verwirrt runzelte sie die Stirn. "Wie spät ist es denn?"

"Fast zwei Uhr."

"Was?" Ruckartig setzte sie sich auf.

Er lachte laut und volltönend. "Mach dir keinen Stress. Dein Chef versteht es, wenn du zu spät kommst."

Sie entspannte sich ein wenig und grinste. Eigentlich musste sie nicht nach Hause.

Sie hatte alles, was sie brauchte, bei Adam. "So, tut er das?"

"Ja ... du wirst die Fehlzeiten eben abarbeiten müssen", sagte er und grinste dabei vielsagend. Langsam kam er auf sie zu und ließ sie dabei nicht aus den Augen.

Sie seufzte gespielt. "Diese Bürde werde ich wohl auf mich nehmen müssen."

"Mhm ..." Seine Augen waren dunkel, als er sich über das Bett beugte. "Gib mir einen Kuss als Vorschuss", brummte er. Die Antwort wartete er nicht ab, sondern nahm sich einfach, was er wollte.

Dann löste er sich von ihr und eilte ins Bad.

"Warum rennst du weg?", rief sie ihm lachend hinterher.

"Weil du mich sonst nur zu dir ins Bett zerrst!" Auch er lachte, dann hörte sie nur noch das Rauschen des Wassers.

Langsam stand sie auf und ging in die Küche. Ein Kaffee und etwas zu essen war genau das, was sie jetzt brauchte.

Bei dem Gedanken lächelte sie. Es war lange her, seit sie zuletzt gleich nach dem Aufstehen Appetit gehabt hatte.

# ADAM

Faith aß ein Sandwich, als er in die Küche kam. Irgendwie machte es ihn glücklich, sie so entspannt und zufrieden zu sehen.

"Bekomme ich auch eins?"

"Fängt dieses Frau-mach-Essen-Ding jetzt schon an? Ich dachte, das kommt erst nach den Flitterwochen", gab sie lachend zurück.

"Dafür müsstest du mich erstmal heiraten!"

Faith' Lachen erstarb. Sie sah ihn mit großen Augen an.

"Nur die Ruhe, Babe. Noch zerre ich dich nicht vor den Altar", sagte er und zwinkerte ihr zu. Dann wandte er sich schnell den Zutaten für das Sandwich zu.

Der Gedanke sie zu heiraten, gefiel ihm viel zu gut und er war sich sicher, dass sie es in seinem Gesicht sehen würde.

Er zuckte zusammen, als sie sich plötzlich an seinen Rücken schmiegte. "Irgendwann hört sich das sehr gut an", sagte sie leise und streichelte seinen Bauch.

Ihm wurde warm ums Herz. Er drehte sich in ihren Armen und nahm ihr Gesicht in seine Hände. Vorsichtig musterte er sie. "Ja, finde ich auch." Dann küsste er sie sanft.

Lange wollte er sich nicht von ihr lösen, zu süß schmeckte sie. Als sein Magen knurrte, ließ er sie aber schließlich doch los.

Seufzend schlenderte sie zurück zu ihrem Stuhl. Ihre nackten Beine sahen unheimlich sexy aus. Lang und schlank. Nicht mehr ganz so mager, wie noch vor wenigen Monaten. Kein Mann würde ihr jemals widerstehen können.

Beim Gedanke an ihren Ex verpuffte seine gute Laune.

Er überlegte einen Moment, ob er diese friedliche Ruhe wirklich stören wollte, entschied sich aber dann, dass dieses Thema zu wichtig war, um es noch länger aufzuschieben.

"Hast du dich entschieden, was du jetzt machen willst?", fragte er vorsichtig.

Stirnrunzelnd sah sie ihn an.

"Wegen der Anzeige." Bewusst lenkte er seine Aufmerksamkeit auf sein Sandwich. Er wollte sie nicht zu sehr bedrängen.

"Ich denke ... ich werde es versuchen. Ich rufe später bei dem Arzt an, der mich damals untersucht hat."

Erleichtert atmete er auf. "Ich finde das sehr gut, Babe."

"Ich weiß. Aber ich will mich erst einmal informieren, dann sehen wir weiter, okay?"

"Klar. Mach es doch jetzt, dann gehe ich danach ins Büro, den Papierkram erledigen."

Sie schüttelte den Kopf. "Nein, ich mach es, wenn du unten bist."

"Faith ..."

"Nein, Adam. Ich will allein mit ihm telefonieren." Sie klang entschlossen. Es gefiel ihm nicht. Er wollte bei ihr sein, sie unterstützen. Aber ihrem Ton zufolge, würde sie in diesem Punkt nicht nachgeben.

"Okay. Ich bin unten, wenn du mich brauchst."

"Danke. Es ist schön zu wissen, dass es jemanden gibt, der für mich da ist."

Er beugte sich zu ihr und küsste sie leicht. "Ich werde immer für dich da sein."

Dann nahm er sein Sandwich und ging in sein Büro. Sie sollte lieber gleich anrufen, bevor sie es sich anders überlegte.

## FAITH

Die darauf folgenden Tage waren psychisch die Hölle. Die Gespräche mit ihrem Arzt, ihrer Therapeutin und dem Anwalt setzten ihr mehr zu, als sie jemals gedacht hätte.

Die Abende, in denen sie im Club arbeitete, waren eine Erleichterung. Ihre Gedanken stoppten dann endlich für einen Moment.

Sie konnte sich voll und ganz auf die Gäste und ihre Arbeit konzentrieren, ohne sich mit den vielen Wenn und Aber beschäftigen zu müssen.

Auch Adams Freunde waren an den vergangenen Abenden immer wieder vorbei gekommen.

Erst war es ihr unangenehm gewesen, doch mit der Zeit wurde es immer leichter. Sie sprachen sie nicht darauf an und verhielten sich annähernd normal.

Ein wenig vorsichtiger vielleicht, aber Adam hatte ihr versichert, ihr Geheimnis nicht verraten zu haben.

"Bis später, Babe", sagte Adam und küsste sie liebevoll auf die Lippen.

"Viel Spaß beim Training. Ich bin erst abends zurück." Sie rubbelte mit dem Handtuch durch ihre Haare, die von der morgendlichen Dusche noch ganz nass waren.

Adam antwortete nicht. Als sie wieder aufsah, bemerkte sie, wie er sie mit gerunzelter Stirn anschaute.

"Was ist los?"

"Warum gehst du?"

Sie lachte. "Ich muss meine Wäsche machen, Sachen packen. Solche Dinge eben."

Er grummelte irgendetwas Unverständliches und küsste sie nochmal. "Beeil dich. Ich hab mich irgendwie schon dran gewöhnt, dass du hier bist, wenn ich zurückkomme."

"Ich auch." Eigentlich viel zu schnell, aber es war einfach schön, ihn um sich zu haben.

Sie zog sich an und ging dann nach Draußen. Lächelnd entschied sie sich, zu Fuß zu gehen. Es war ein wunderschöner Tag. Strahlend blauer Himmel, angenehm warm und sehr wenig Menschen, die sich auf dem Bürgersteig drängelten.

Der Weg zu ihrer Wohnung ging viel zu schnell vorüber. Gern hätte sie noch mehr Zeit an der frischen Luft verbracht.

Sie nahm sich vor, den lästigen Haushalt schnell zu erledigen. Dann konnte sie Adam vielleicht dazu überreden, noch eine Stunde mit ihr in den Park zu gehen.

Der Gedanke an Adam ließ sie lächeln. Lange Zeit hatte sie nicht damit gerechnet, wieder so glücklich sein zu können.

Sie ging durch die offenstehende Tür des Gebäudes, in dem ihre Wohnung lag, und entschied sich für die Treppe statt dem Aufzug. Während sie auf die Wäsche warten musste, würde sie einen Kuchen für Adam backen. Sie war sich sicher, dass ihm das gefallen würde.

Ihr Lächeln wurde breiter und sie überwand die letzten Stufen zu ihrem Flur beschwingt von dem Gedanken, den Mann an ihrer Seite glücklich zu machen.

Im Gehen suchte sie bereits ihren Schlüssel heraus, um so schnell wie möglich fertig zu werden.

"Du scheinst ja ziemlich glücklich zu sein." Die schneidende, wohlbekannte Stimme ließ sie aufblicken.

Paul.

Ihr Lächeln verblasste sofort und sie machte automatisch einen Schritt zurück.

Sie war so in Gedanken versunken gewesen, dass ihr gar nicht aufgefallen war, dass er direkt neben ihrer Tür an der Wand lehnte.

Sein grauer maßgefertigter Anzug saß wie immer perfekt. Das Jackett war offen und seine Hände steckten scheinbar lässig in den Hosentaschen.

Aber er war alles andere als locker. Schultern und Beine waren angespannt und seine Miene verkniffen. Die braunen Augen waren zu Schlitzen verengt und die Lippen zusammengepresst.

"Willst du mich nicht herein bitten?", fragte er und griff grob nach ihrem Oberarm.

Der Schock ihn zu sehen lähmte sie. Kein Laut kam über ihre Lippen. Er nahm ihr den Schlüssel aus der Hand und öffnete die Tür, ohne dass sie die geringste Gegenwehr leisten konnte. Er schob sie in die Wohnung und schubste sie heftig zum Bett.

Angst ließ ihr Herz rasen. Was hatte er vor? Was wollte er von ihr?

An den Schultern presste er sie nach unten. Sein Blick war hart und unnachgiebig.

"Waaass willst duuu von miiir?", stotterte sie und versuchte aufzustehen. Sie musste hier raus.

Schmerzhaft griff er nach ihrem Kinn.

"Du wirst mir jetzt gut zuhören! Du kleine Schlampe wirst mein Leben nicht versauen, hast du das verstanden? Niemand hat dich vergewaltigt. Es gibt keinen Grund für eine Anzeige!"

Seine Finger verstärkten den Druck auf ihr Kinn. Nur langsam drangen seine Worte zu ihr durch, so überwältigt war sie von seinem Auftreten.

Wut stieg unter ihrer Angst auf. Er war hier, um sie einzuschüchtern.

Er wollte ihr Angst machen, damit sie ihn in Ruhe ließ. Niemals!

Sie würde sich nicht noch einmal von diesem Arschloch lähmen lassen! "Doch. Genau das war es!", fauchte sie und riss ihr Kinn los.

Hart griff er in ihr kurzes Haar. "Pass mal gut auf! Ich werde dir, deinem tollen neuen Freund und deiner Familie das Leben zur Hölle machen. Halt deine vorlaute Klappe. Keiner wird dir glauben. Du bist nur eines von Millionen verlogenen Miststücken. Hast du mich verstanden?"

Er schubste sie zurück und ließ ihre Haare los. Schnell sprang sie vom Bett auf.

"Du bist verrückt geworden!", zischte sie. "Natürlich wird man mir glauben, weil es die Wahrheit ist!"

Die Ohrfeige kam so schnell, dass sie nicht ausweichen konnte. Der Schlag war hart. Sie verlor das Gleichgewicht und knallte mit voller Wucht gegen die Kante des Kleiderschrankes. Ihr wurde schwarz vor Augen und sie musste sich auf die Knie sinken lassen, um nicht umzufallen.

Tränen brannten in ihren Augen. Der Schmerz, der durch ihren Kopf schoss, war kaum auszuhalten.

Ekelhaft sanft griff Paul erneut unter ihr Kinn und zwang ihren Blick in seinen. Hoch aufgerichtet stand er vor ihr und blickte sie an, als wäre sie ein ungezogenes Mädchen, das er gemaßregelt hatte.

"Das ist meine letzte Warnung, Faith. Du willst nicht wissen, wie schlimm es werden kann." Dann wischte er seine Finger an ihrer Schulter ab. Blutspurten blieben auf dem weißen T-Shirt zurück. Ihr Blut. Sie bemerkte, wie es von ihrer Augenbraue über ihre Wange lief.

Paul drehte sich um und lief entspannt zurück zur Tür. Er schien fest davon überzeugt, dass sie tun würde, was er sagte. Das sollte sie auch. Paul war gefährlicher, als sie jemals gedacht hatte.

Das Klicken, mit dem die Tür ins Schloss fiel, ließ sie zusammen zucken.

Es dauerte eine ganze Zeit, bis sich Atmung und Herzschlag wieder soweit beruhigt hatten, dass sie sich traute aufzustehen. Vorsichtig ging sie Schritt für Schritt in ihr Badezimmer. Ihr Kopf dröhnte und ihre Knie fühlten sich weich und zittrig an.

Der Spiegel bestätigte ihre Befürchtungen. Ihre Augenbraue war vom Aufprall am Schrank leicht aufgeplatzt. Vorsichtig wusch sie das Blut ab und hoffte, dass es nicht allzu schlimm sein würde. Die Menge Blut war nicht ausschlaggebend. Kopfwunden bluteten immer viel stärker.

Und tatsächlich war der Cut nur sehr klein, dafür schwoll ihr Auge bereits stark an. Sie musste länger am Boden gekniet sein, als sie gedacht hatte.

Sie fühlte sich hilflos, allein und verloren. Sie brauchte Adam. Seine starken Arme würden ihr Trost spenden und er wusste bestimmt, was sie als Nächstes tun sollte.

Die Entschlossenheit in Pauls Blick hatte ihr Angst gemacht. Sie hatte Angst um ihre Familie, aber vor allem um Adam.

Sie klebte ein Pflaster auf die Wunde, die schon nicht mehr allzu stark blutete, und ging langsam zurück ins Wohnzimmer.

Als sie ihre Handtasche vom Boden aufhob, wurde ihr schwindlig. Nur mühsam schaffte sie es danach zu greifen.

Mit unsicheren Schritten verließ sie erst die Wohnung, dann das Haus.

Ihr Herz raste noch immer viel zu schnell, als sie die Straße entlang zum Club lief. Ihr Blick verschwamm immer wieder und das Dröhnen in ihrem Kopf war kaum auszuhalten.

Im Augenwinkel bemerkte sie das Auto, das neben ihr hielt, doch der plötzliche Schwindel machte es ihr unmöglich, sich danach umzusehen.

Stöhnend lehnte sie sich an die Hauswand. Die Angst packte sie erneut, als ihr der Gedanke kam, dass Paul ihr erneut auflauern konnte.

Sie schrie auf, als eine Hand nach ihrem Oberarm griff.

"Faith? Faith! Oh Gott, was ist passiert?"

Nur mühsam konnte sie den Blick auf den Mann fokussieren.

Deacon.

Vor Erleichterung kamen ihr die Tränen. "Danke", flüsterte sie, auch wenn ihr nicht klar war, wofür genau sie sich bedankte.

Dass es nicht Paul war? Dass jemand Bekanntes da war, der ihr helfen würde? Dass es Deacon war, der sie bestimmt zu Adam bringen würde?

Ein Schluchzen stieg in ihr auf. Deacons Anwesenheit versprach einen Ausweg in dieser grauenvollen Situation.

"Komm, steig ein. Ich fahr dich zum Arzt. Was um Himmelswillen ist überhaupt passiert?" Er klang sehr besorgt, während er sie vorsichtig zu seinem Wagen schob.

"Ich will zu Adam", flüsterte sie zwischen zwei Schluchzern.

"Ich sag ihm Bescheid. Aber du siehst furchtbar aus. Du musst zum Arzt!"

Nachdem sie sich auf die Beifahrerseite gesetzt hatte, schloss er die Tür und ging um den Wagen herum. Das Telefon hatte er bereits am Ohr, als er ebenfalls einstieg.

"Mach schon, Mann, mach schon!", murmelte er und ließ den Wagen an.

"Adam? Endlich, Mann! Ich hab grad Faith auf der Straße aufgelesen. Sie sieht furchtbar aus. Ich fahr sie zu Simon. Kannst du kommen?"

Eine kurze Pause entstand, dann sprach Deacon weiter. "Ich weiß es nicht. Sie steht unter Schock. Komm einfach zum Doc, dann sprechen wir weiter!"

Er legte auf und lenkte das Auto zurück auf die Straße. "Ich fahr dich zu einem befreundeten Arzt von uns. Adam kommt sofort, okay?"

"Danke." Dann schloss sie die Augen und wünschte sich, dass all das nur ein schlechter Traum gewesen war.

## ADAM

Viel zu schnell raste Adam in Simons Praxis. Deacon hatte sich wirklich besorgt angehört. Die Ungewissheit trieb ihn in den Wahnsinn.

Deacons Wagen stand bereits vor dem Haus. Adam stellte seinen eigenen daneben und sprang aus dem Auto.

Zwei Stufen auf einmal nehmend, sprintete er in den zweiten Stock und riss die Tür zur Praxis auf. Mit schnellen Schritten war er am Empfang und stütze beide Hände auf dem Tresen ab. "Faith Stark. Wo ist sie?", fuhr er die Sprechstundenhilfe an. Sein Ton war zu hart, aber die Sorge um Faith fraß ihn auf.

"Das kann ich Ihnen nicht sagen, Mr ..."

Zu seiner Rechten riss Deacon die Tür auf, ehe die Frau den Satz beenden konnte. "Wir sind hier, Adam."

Sofort wandte er sich um und lief zur Tür. "Was ist passiert? Wo ist sie?"

Deacon trat zur Seite und ließ ihn hinein. Faith saß mit dem Rücken zu ihm und Simon trug gerade irgendetwas mit einem Wattestäbchen auf ihr Gesicht auf.

"Faith? Mein Gott, was ist passiert?"

"Alles nicht so schlimm, Adam", beruhigte Simon ihn, doch Faith Anblick zog ihm den Boden unter den Füßen weg.

Ihr Gesicht war geschwollen, ihr Auge wurde langsam blau und ihre Augen waren glasig.

"Adam", flüsterte sie und hob ihm zögerlich die Arme entgegen. Sofort zog er sie an sich und drückte sie, als wollte er sie in sich hinein pressen.

"Gott, Baby, was ist passiert?"

"Paul", flüsterte sie.

Glühend heiße Wut stieg in ihm auf.

Stockend erzählte sie, was in ihrer Wohnung geschehen war. Sie zitterte vor Angst.

Er wollte diesen Mistkerl umbringen. Gerade schien alles besser zu werden, da tauchte das Arschloch schon wieder auf.

"Ich habe Fotos gemacht und alles soweit dokumentiert. Ihr solltet das auf jeden Fall auch zur Anzeige bringen", sagte Simon, nachdem Faith geendet hatte.

"Darauf kannst du dich verlassen", knurrte Adam und streichelte beruhigend über Faith Rücken.

Sie schmiegte sich fest an ihn. Er hätte sich darüber gefreut, wie sehr sie ihm mittlerweile vertraute, wenn die Umstände nicht so beschissen gewesen wären.

"Ich habe die kleine Platzwunde versorgt. Es sollte keine Probleme machen. Wenn dir schlecht wird, musst du ins Krankenhaus, Faith. Mit einer Gehirnerschütterung ist nicht zu spaßen!"

Simons Ton war ernst.

"Mache ich. Danke", gab sie leise zurück.

Adam bedankte sich ebenfalls bei seinem alten Freund. Simon hatte ihm und seinen Freunden nach ihren Kämpfen schon etliche Platzwunden genäht. Er selbst kam immer mal wieder zum Trainieren in Slades Club.

Früher war er häufiger dort gewesen, doch seit er seine Frau Samira kennen gelernt hatte, kam er nur noch selten.

Früher hatte sich Adam darüber geärgert. Heute konnte er es gut verstehen. Die Zeit mit Faith war ihm kostbar und jede Minute, die er getrennt von ihr sein musste, zerriss ihn innerlich.

Sie verabschiedeten sich und gingen zu dritt zurück zum Parkplatz.

"Danke, Deacon." Er klopfte seinem Freund auf die Schulter.

"Es gibt nichts zu danken", gab dieser ernst zurück.

Sein Blick war ebenfalls voller Sorge, als er auf Faith fiel, die sich gerade in Adams Wagen setzte. "Ich rufe Slade an. Wir schmeißen heute Abend den Club, damit du dich um Faith kümmern kannst."

Adam drückte ihn kurz an sich. "Danke." Ihm war durchaus bewusst, dass er die besten Freunde hatte, die man sich wünschen konnte.

## FAITH

Die Fahrt zum Club verlief schweigend. Der Schock saß noch immer zu tief und sie war froh, dass Adam einfach nur da war.

In seiner Wohnung angekommen, legten sie sich gemeinsam ins Bett. Adam zog sie vorsichtig an sich. Seine Arme waren um sie geschlungen, gaben ihr das herrliche Gefühl von Sicherheit, das sie seit Stunden vermisste.

"Du wirst ihn dafür bezahlten lassen, oder?", fragte er nach einiger Zeit leise.

"Ja, ich denke schon. Aber ich habe Angst, Adam."

"Brauchst du nicht, Babe. Ich bin da, ich werde auf dich aufpassen."

"Meinst du nicht, dass er immer einen Weg finden wird? Ich meine, er hat ja nicht nur mich bedroht, sondern auch meine Familie und dich."

Der Gedanke, dass er Adam etwas antun würde, schnürte ihr die Kehle zu.

"Dazu wird er keine Gelegenheit haben. Sobald du ihn angezeigt hast, steht er im Rampenlicht. Er kann sich nichts mehr erlauben."

Adam hörte sich überzeugt an, aber Faith war sich nicht so sicher. Paul hatte an diesen Tag sein wahres Gesicht gezeigt.

Grausam, kalt und entschlossen. Er würde keine Ruhe geben.

"Versprich mir, dass du dich nicht von ihm einschüchtern lässt!", forderte Adam mit strenger Stimme.

"Nein, ich habe nicht vor, ihn so davonkommen zu lassen", gab sie leise zurück.

"Das ist gut, Baby." Adam küsste sie sanft auf die Stirn. "Schlaf jetzt, ich will dich einfach nur ein bisschen halten und wissen, dass du in Sicherheit bist."

"Wir müssen langsam in den Club", sagte sie, auch wenn es ihr schier unmöglich schien, heute Abend zu arbeiten.

"Nein, mach dir keine Gedanken. Deacon und Slade kümmern sich heute um alles. Nur du bist jetzt wichtig. Ich will, dass du dich erholst, okay?"

"Ja. Gern. Danke."

"Schlaf jetzt. Morgen rufen wir deinen Anwalt an und bringen ihn auf den neuesten Stand."

Ihr graute vor dem Gespräch. Wieder und wieder zu erzählen, was passiert war, behagte ihr nicht. Paul nahm wieder zunehmend Raum in ihrem Leben ein, wo sie ihn doch endgültig loswerden wollte.

Aber Adam hatte recht. Sie musste Paul in seine Schranken weißen. Der Angriff heute hatte ihr mehr als deutlich gezeigt, wie gefährlich er war.

"Gute Nacht", flüsterte sie und schloss die Augen.

"Schlaf gut, Babe. Ich bin bei dir", gab Adam ruhig zurück. Das sanfte Streicheln seiner Hand begleitete sie langsam in den Schlaf.

## **ADAM**

Faith schlief unruhig. Immer wieder zitterte und zuckte sie, drehte sich von links nach rechts.

Er murmelte beruhigende Worte und streichelte über ihren Rücken, bis sie endlich zur Ruhe fand.

Er würde dieses Arschloch dafür bezahlen lassen, was er seinem Mädchen angetan hatte. Nicht nur heute, sondern auch in den vergangenen Monaten. Er schwor sich, dafür zu sorgen, dass Faith wieder Ruhe vor ihm hatte. Und wenn sie all das endlich geklärt hatten, würde er sie bitten, seine Frau zu werden.

In Faith hatte er seine große Liebe gefunden und er würde sie um nichts in der Welt wieder hergeben.

Als sie endlich tief und fest zu schlafen schien, konnte auch er sich entspannen und sank in einen tiefen traumlosen Schlaf.

# 18 Niemals zu Ende

## FAITH

Adam weckte sie mit einer Tasse Kaffee in der Hand. Sie spürte seine Anwesenheit, hörte seine sanften Worte und roch den Kaffee, noch bevor sie ihre Augen öffnete.

"Komm schon, Siebenschläfer, schlag deine hübschen Augen für mich auf, Babe", murmelte er sanft und küsste sie auf die Stirn.

Wer konnte da schon widerstehen?

"Guten Morgen", sagte sie mit vom Schlaf rauer Stimme.

"Guten Morgen", gab er lächelnd zurück.

"Musst du schon los?"

Er runzelte die Stirn. "Nein, ich gehe heut nicht, aber Simon meinte, ich soll dich wecken und fragen, wie es dir geht."

Die Erinnerung an den letzten Tag kam schlagartig zurück. Gequält verzog sie das Gesicht. "Okay soweit. Mach dir keine Sorgen."

Sie richtete sich auf und lehnte sich an das Kopfteil des Bettes.

"Bist du dir sicher? Du siehst nicht ganz so gut aus."

Ironisch lachte sie auf. "Danke. Immer schön, Komplimente zu bekommen."

"Du weißt, was ich meine."

"Ja. Es wird schon, Adam. Ich bin froh, wenn ich das Telefonat mit dem Anwalt und den Besuch auf dem Polizeirevier hinter mir habe."

Simon hatte ihr gesagt, dass sie auf jeden Fall Anzeige erstatten musste.

"Okay. Lass uns erstmal frühstücken, dann rufen wir bei deinem Anwalt an."

Faith nickte und stand dann auf. Ihr Kopf dröhnte noch immer und die Schwellung pochte. Aber sie war entschlossen, Paul zur Rechenschaft zu ziehen. Er würde nicht länger mit seinen Verbrechen durchkommen.

## ADAM

Sie sah wirklich beschissen aus. Aber sie kämpfte und das sah er als wirklich gutes Zeichen. Sie war so entschlossen, Paul zur Strecke zu bringen, dass er sich keine Sorgen mehr machte, sie könne niemals mit der Vergangenheit abschließen.

Nach dem Frühstück und einer kurzen Dusche rief sie schließlich ihren Anwalt an.

"Faith Stark, guten Morgen. Ich möchte bitte mit Mr Snider sprechen", sagte sie. Ihre Stimme war ruhig, aber ihr Körper sagte ihm deutlich, wie unwohl sie sich fühlte.

Es dauerte einen Moment und Adam nahm an, dass sie zu ihrem Anwalt durchgestellt wurde.

"Guten Morgen, Mr Snider. Faith Stark." Wieder entstand eine kurze Pause. "Paul Terolen hat mich gestern angegriffen und bedroht ..."

Sie unterbrach sich mitten im Satz. Alle Farbe wich aus ihrem Gesicht und ihre Hand umklammerte den Hörer.

"Das können Sie nicht ernst meinen", stotterte sie schließlich und sah Adam mit weit aufgerissenen Augen an.

Er verstand nicht, was vor sich ging. Am liebsten hätte er ihr den Hörer aus der Hand gerissen, um die

Antworten zu bekommen, die ihm in diesem Moment fehlten.

"Ja ... nein ... ich verstehe. Auf Wiederhören." Faith legte auf und starrte den Apparat an.

"Was? Was ist los, Faith?", drängte Adam.

Sie schluckte hart. "Er ... er hat gesagt, ich soll es gut sein lassen. Es wäre aussichtslos und dass er mich nicht weiter vertreten kann."

"Er hat was?"

"Er hat gesagt, dass es sinnlos sei und ich keine Chancen hätte."

"Das ist eine Lüge, Faith!" Adam war außer sich. Was zum Teufel ging hier vor?

"Es ist egal. Er hat gesagt, dass niemand diesen Fall übernehmen würde. Ich glaube, Paul steckt dahinter."

Ganz sicher! Was auch immer dieses Arschloch gegen den Anwalt in der Hand hatte, es reichte aus, um ihn und seine Kollegen mundtot zu machen.

"Damit kommt er nicht durch!"

"Hast du mir nicht zugehört? Es ist vorbei, Adam. Paul hat wieder einmal gewonnen!"

Tränen standen in ihren Augen. Tränen, für die dieses Arschloch von Exfreund bezahlen würde.

"Nein. Wir fangen gerade erst an. Aiden ist mir noch einiges schuldig und das hier wird er als erstes für uns klären!"

Grimmig zog er Faith an sich.

Es war erst vorbei, wenn Paul Terolen für alles bezahlte, was er Faith angetan hatte.

Adam würde ihn nicht so einfach davonkommen lassen!

"Meinst du wirklich, Aiden wird uns helfen?", fragte Faith und sah ihn unsicher an. Das Telefonat mit ihrem Anwalt und der Schock über den weitreichenden Einfluss ihres Exfreundes Paul hatten sie noch immer fest im Griff.

"Natürlich. Ich hab noch einiges gut bei ihm und er weiß es auch."

Adam hatte mehr als einmal den Kopf für seinen Bruder hinhalten müssen. Unter anderem hatte er die Schuld auf sich genommen, als Aiden eine Anzeige wegen Körperverletzung bevorstand. Seine Eltern hätten es nicht akzeptieren können und auch Aidens Laufbahn als Mediziner wäre nach einer Verurteilung gestorben gewesen.

Also hatte Adam auf der Party damals behauptet, er wäre es gewesen. Auch wenn seine Familie ihn nie verstanden hatte, er hatte sie immer geliebt. Allen voran Aiden.

Ihr Verhältnis war im Laufe der Jahre immer schwieriger geworden.

Aiden hatte vergessen, wie oft Adam ihm aus der Scheiße geholfen hatte.

Jetzt war der Zeitpunkt gekommen, an dem Aiden für ihn würde einstehen müssen.

Adam wusste, dass er es tun würde. Ganz egal, wie unterschiedlich ihre Leben und Meinungen nun waren.

"Er sah nicht gerade so aus, als würde er irgendetwas für dich tun ... geschweige denn für mich."

"Mach dir keine Gedanken, Faith. Vertrau mir einfach. Wenn es hart auf hart kommt, wird er da sein."

Ihr Nicken war unsicher, aber sie würde es schon noch merken.

Er griff nach dem Telefon und suchte im Adressbuch nach Aidens Nummer, dann drückte er auf Wählen.

Es dauerte eine ganze Weile, dann hob Aiden endlich ab.

"Aiden Matters."

"Hey Aiden, Adam hier."

Die Stille, die darauf folgte, war bedrückend. Viele ungesprochene Worte und offene Themen hingen zwischen ihnen.

"Adam, hallo", sagte er schließlich. "Es ... hör mal, es tut mir leid, was zu Hause passiert ist. Ich wusste nicht, was er vorhatte."

"Woher weißt du davon?"

"Ich habe es mir zusammengereimt. Mutter und Vater aufgebracht, die gleiche Leier wie immer ... viel konnte sonst nicht passiert sein. Also wie gesagt, es tut mir leid." Aiden klang aufrichtig.

"Es ist in Ordnung, Aiden. Eigentlich hätte ich nichts anderes erwarten dürfen. Aber das ist nicht der Grund, warum ich anrufe."

"Nein?"

"Nein. Ich brauche deine Hilfe."

Wieder herrschte kurz Stille. "Wobei?", fragte Aiden dann vorsichtig.

"Ich brauche einen Anwalt. Für meine Freundin."

"Sag mir bitte, dass deine Freundin nicht Faith Stark heißt."

Adam schwieg einen Moment. Aiden hatte sich verdammt ernst angehört. "Doch."

"Verdammt, Adam!" Aidens Ton schockierte ihn. Adam versuchte aber, sich nichts anmerken zu lassen, um Faith nicht noch mehr zu verunsichern.

"Ich brauche deine Hilfe, Aiden. Ich würde dich nicht fragen, wenn es nicht so wäre", sagte Adam ruhig.

"Hör zu. Du musst dir verdammt sicher sein, dass du das durchziehen willst. Dieser Teralon ist eine große Nummer mit vielen Verbindungen, die er wirklich alle hat spielen lassen. Die Warnung, diesen Fall anzunehmen, hat sich wie ein Lauffeuer über

Nacht verbreitet. Ich war gestern mit Lucas beim Essen, als die Nachricht ihn erreichte."

Lucas, Aidens bester Freund und ein hervorragender Anwalt, war Adams große Hoffnung gewesen. Wenn ihn jemand umstimmen konnte, dann Aiden.

"Ich bin mir sicher."

"Okay, ich sehe, was ich machen kann und versuche ihn dazu zu bringen. Wir treffen uns erstmal bei Slade im Center und besprechen alles in Ruhe. Ich rate euch, die Füße so lang wie möglich still zu halten. Wir schlagen erst zu, wenn wir uns zu hundert Prozent sicher sind, dass es klappt und wir alle Informationen zusammen haben."

"Gut. Wann?"

"Übermorgen Vormittag. Bis dahin sollte ich alles mit Lucas geklärt haben. Wann gehst du normalerweise zum Training?"

"Gegen elf Uhr."

"Gut. Dann treffen wir uns dort. Informierst du Slade, dass er uns auch rein lässt?"

"Natürlich. Danke, Aiden."

"Dank mir erst, wenn wir das geschafft haben."

"Ich vertraue auf dich."

"So wie ich mich immer auf dich verlassen konnte. Ich werde mein Bestes geben, aber ich kann nichts versprechen. Ich weiß einfach nicht, wie weit Pauls

Einfluss oder der seiner Eltern reicht."

"Ich verstehe. Dann bis übermorgen."

Sie verabschiedeten sich, dann wandte Adam sich Faith zu. "Er ist dabei."

"Aber?", fragte sie und musterte ihn eindringlich.

"Nichts aber. Wir treffen uns übermorgen."

"Sag mir die Wahrheit, Adam. Ich muss alles wissen, wenn ich das durchziehen soll." Sie klang sehr ernst.

Adam seufzte. "Es wird nicht einfach. Dein Ex hat wohl einen Haufen Verbindungen. Aber mit Aiden und Lucas an unserer Seite werden wir es schaffen, okay?"

"Er hat dich gewarnt, oder?"

"Er hat mich *ermahnt* vorsichtig zu sein. Das ist alles."

"Vielleicht sollten wir es einfach ruhen lassen. Ich meine, seine Warnung war ziemlich deutlich ..."

"Nein. Kommt überhaupt nicht infrage! Dieses Schwein muss lernen, dass er nicht mit allem durchkommt!"

"Ich weiß nicht, Adam ... ist es das alles wert?", fragte Faith mit unsicherem Gesichtsausdruck.

"Ja. Zweifle nicht daran!" Er ging zu ihr und nahm ihr Gesicht in seine Hände. Ihre Augen waren glasig und ihre Unterlippe zitterte kaum merklich. "Es ist verdammt wichtig, Faith. Er wird immer so weiter machen, wenn ihn niemand in seine Schranken weist!" Er versuchte sanft und doch bestimmt zu reden.

"Ich hab ein schlechtes Gefühl bei der Sache, Adam. Du hättest ihn sehen sollen ... dieser Wahnsinn in seinem Blick. Er ist wirklich zu allem bereit."

"Dann wird er in Aiden, Lucas und mir seine Meister finden." Er küsste sie sanft und streichelte mit den Daumen über ihre Wangen.

"Wir müssen vorsichtig sein ..."

"Werden wir, Babe, werden wir. Mach dir keine Sorgen, okay?"

Sie lächelte schief. "Ich werde es versuchen."

"Gut. Dann lass uns jetzt zur Polizei fahren und die Anzeige machen."

Nervös kaute sie auf ihrer Unterlippe und nickte dann.

## FAITH

Je näher sie dem Polizeipräsidium kamen, desto unruhiger wurde Faith.

Pauls Drohungen klangen ihr noch deutlich in den Ohren. Aber Adam war davon überzeugt, dass es das Richtige war.

Die letzten Schritte musste Adam sie beinahe ziehen.

Sie wollte das alles nicht, hatte ein schlechtes Gefühl dabei und die Befürchtung, damit alles nur noch schlimmer zu machen.

"Es ist das einzig Richtige, Faith!" Adam legte ihr eine Hand auf den Rücken und schob sie weiter vorwärts. Er war stark. Für sie. Sie sollte sich eine Scheibe von seinem Mut abschneiden, anstatt weiter so unendlich weich zu sein und vor jeder Gegenwehr zu fliehen.

"Du hast Recht. Ich muss dem ein Ende setzen!" Neu motiviert betrat sie das Polizeipräsidium, nur um augenblicklich wieder umdrehen zu wollen.

Doch Adam war hinter ihr, schnitt ihr den Fluchtweg ab und gab ihr gleichzeitig endlos viel Kraft.

Die Aussage, die Untersuchungen und die scheinbar endlosen Fragen waren demütigend.

Zeitweise kam sich Faith selbst vor, als wäre sie eine Verbrecherin.

Anklagepunkt: Zeitverschwendung.

Sie war mehr als froh, als all die Schikanen endlich hinter ihr lagen und sie mit einem mehr als aufgebrachten Adam das Gebäude verlassen konnte.

"Ein klein wenig mehr Verständnis und Mitgefühl hätte ich schon erwartet", murmelte er sarkastisch. Er griff ihre Hand und zog sie die Straße entlang.

"Jetzt haben wir es hinter uns, alles halb so wild", versuchte Faith ihn zu beruhigen. "Wo willst du überhaupt hin?"

"Kurz zu Slade, ich muss mit ihm über Aiden und Lucas sprechen, und dann zurück in den Club."

Faith folgte ihm, immer noch nicht sicher, ob das alles wirklich eine gute Idee war.

## ADAM

Slade war zwar alles andere als begeistert, als Adam ihm von Aidens Besuch erzählte, schlussendlich stimmte er aber doch zu, weil auch er wollte, dass Faith Hilfe bekam.

Zwei Tage später stand Adam bereits beim Empfang und wartete auf seinen Bruder. Er konnte es kaum erwarten, dass es endlich losging und sie Paul das Handwerk legen konnte.

"Adam." Er blickte auf, als er Aidens Stimme hörte.

"Hallo Aiden. Lucas." Er nickte dem ernst drein blickenden Mann zu.

"Danke, dass du uns hilfst", begrüßte Adam Lucas und schüttelte seine Hand.

"Heute ist Payback. Aber glaub mir, Adam, das ist keine Kleinigkeit. Aiden hat mir alles erzählt, wir können sofort loslegen. Je schneller wir diese

Geschichte durchziehen, desto besser sind unsere Chancen."

"Ich habe es verstanden … nur nicht das Warum", antwortete Adam.

"Lass uns irgendwo unter sechs Augen reden", gab Lucas zurück.

"Wir können ins hintere Büro, mit Slade ist alles klar."

Lucas nickte und zusammen legten sie die kurze Strecke zurück.

"Also, was ist so besonders an diesem Typen?", fragte Adam und setzte sich auf einen der Stühle am Schreibtisch.

Das Büro war klein und leer. Nur wenige Möbelstücke standen darin. Slade nutzte es nur, wenn er einen Praktikanten hatte.

"Wie Aiden dir schon am Telefon gesagt hat, hat er weitreichende Beziehungen. Ich habe noch nicht herausgefunden, was genau es ist, aber er scheint so gut wie jeden aus der Oberschicht irgendwie unter Druck setzen zu können. Aidens Detektive sind dran, aber es wird nicht einfach, etwas herauszufinden oder ihm nachzuweisen."

"Aber es sollte kein Problem sein, ihn hinter Gitter zu bekommen, oder?"

"Ganz so einfach gestaltet es sich nicht. Es ist schon eine Weile her und er hatte mehr als genug Zeit, alle Beweise verschwinden zu lassen und die Leute, die ihm gefährlich werden konnten, unter Druck zu setzen. Aber wir sind dran und sammeln alle nötigen Informationen."

"Dann ist es ja gut, dass wir dieses Mal sofort zur Polizei gegangen sind."

Aidens Miene verhärtete sich. "Was hast du getan?"

"Wir waren bei der Polizei, um die Anzeige wegen Körperverletzung aufzugeben."

Lucas fluchte unterdrückt und wandte sich mit in die Hüften gestützten Fäusten ab.

Stöhnend schlug Aiden sich die Hand vor die Augen. "Sag, dass du das nicht getan hast."

"Doch." Adam wurde zunehmend ärgerlicher. Er verstand die beiden nicht. Er wollte, dass die Dinge endlich ins Rollen kamen, und sein Bruder tat nichts anderes, als irgendwo heimlich im Dreck zu wühlen. Wollte er ihnen vielleicht gar nicht helfen? Hatte Paul auch ihn unter Druck gesetzt und Aiden versuchte nur, Zeit zu schinden?

"Was zum Teufel ist an *Halt die Füße still* so schwer zu verstehen?", fluchte Aiden ungehalten. Dann stand er auf und begann, im Raum auf und ab zu gehen.

"Wo liegt dein Problem, verdammt?" Auch Adam sprang jetzt vom Stuhl auf.

Sein Körper war angespannt und er war mehr als bereit, Aiden zu verdeutlichen, wie weit er für Faith gehen würde.

"Wir müssen alles zusammengetragen haben, bevor wir zuschlagen können. Mit einer Aktion wie dieser könntest du schlafende Hunde geweckt haben. Ich habe absolut kein gutes Gefühl dabei." Lucas klang gereizt.

"Die Hunde sind bereits wach, Lucas! Du hast nicht gesehen, wie Faith aussieht. Er hat sie wirklich übel verprügelt. Soll sie das einfach auf sich sitzen lassen?", schrie Adam, am Ende mit seiner Geduld.

"Natürlich nicht, aber ihr hättet einfach noch ein bisschen warten sollen! Ab jetzt keine Alleingänge mehr, Adam, sonst können wir euch nicht helfen, verstanden?" Aiden klang erschöpft und ließ sich kurz darauf kraftlos in den Besucherstuhl fallen.

"Das ist wirklich eine große Nummer, oder?", fragte Adam ruhiger und setzte sich ebenfalls wieder.

"Du ahnst nicht, wie groß. Wir wühlen im Moment eine ganze Menge Dreck auf. Das geht wirklich bis ganz nach oben. Wir haben Zeugen gefunden, die bestätigen, dass sogar Polizisten und Richter von seinen Erpressungen betroffen sind. Uns fehlt nur noch der Schlüssel. Das Wie, verstehst du?"

Adam nickte. "Erzähl mir alles, was ihr bereits habt."

Es würde ihm helfen, genügend Vertrauen in Aiden zu legen, um ihm Faith anzuvertrauen.

Über eine Stunde später endete Aidens Bericht.

"Dann seid ihr also kurz davor?", fragte Adam.

"Ja, viel fehlt uns nicht mehr. Sobald ich alles, was ich brauche, zusammen habe, melde ich mich bei dir. Dann muss alles schnell gehen, wir dürfen ihm keine Chance lassen, wieder alles unter den Teppich zu kehren."

"Okay. Keine Alleingänge mehr, ich melde mich bei dir, sobald sich an der Paul-Front wieder etwas tut", versprach Adam.

"Ich befürchte, dass wird schneller kommen, als du denkst … die Anzeige wird er nicht auf sich sitzen lassen", sagte Aiden.

"Ich hoffe wirklich, du irrst dich", sagte Adam, doch das Kribbeln in seinem Nacken gab Aiden Recht. Paul würde sich nicht von Faith anzeigen lassen. Es passte einfach nicht in seinen Plan, also würde er alle Hebel in Bewegung setzen, um seine Weste rein zu halten.

"Ich auch. Ich muss los, wir hören uns, Adam."

"Danke, Aiden."

Überraschenderweise nahm Aiden nicht die ihm dargebotene Hand, sondern umarmte Adam fest und kurz.

Vielleicht war dieses Verbrechen sogar der Schlüssel für ihre Beziehung.

Insgeheim hoffte Adam, dass sein Verhältnis zu Aiden wieder so wurde wie früher.

"Adam." Lucas nickte ihm zum Abschied zu. Adam tat es ihm gleich.

Nachdem er sich von Slade verabschiedet hatte, machte er sich auf den Weg in den Club.

Faith würde bereits auf ihn warten. Die Neuigkeiten, die er mitbrachte, waren nicht schlecht, dennoch graute ihm davor, Faith noch mehr Angst einzujagen.

Egal wie er es anstellte, immer wenn das Gespräch auf Paul kam, schien sie zu erstarren.

Verständlich, aber kaum zu ertragen.

# 19 Warnung

## FAITH

Zwei Wochen waren vergangen, seit sie Paul angezeigt hatte.

Lucas hatte ihren Fall übernommen und Adam versprach ihr, dass er es schaffen würde, ihm das Handwerk zu legen.

Hand in Hand gingen Faith und Adam die Straße zu Adams Club entlang.

Der freie Nachmittag, den sie zusammen in der Stadt verbracht hatten, war besser gewesen, als Faith es sich jemals hätte vorstellen können.

Vor allem unter den momentanen Umständen und dem grauenvollen Vormittag, den sie auf dem Polizeipräsidium verbracht hatten.

Sie konnte Pauls böse Blicke einfach nicht vergessen. Ihm genau bei der NYPD über den Weg zu laufen, war wirklich das Letzte, was sie sich gewünscht hatte.

Leider musste er genau an diesem Tag zur Polizei, um seine Aussage wegen ihrer Anzeige zur Körperverletzung abzugeben, als sie ebenfalls dort war.

Hätten Blicke töten können, wäre sie noch auf dem Flur umgefallen.

Da weder das geschehen war, noch sich ein schwarzes Loch unter ihr aufgetan hatte, blieb ihr nichts anderes übrig, als sich an Adams Arm zu klammern und möglichst unauffällig an ihm vorbei zu huschen.

Dass das alles erst wenige Stunden her sein sollte, war kaum vorstellbar.

Nach der Begegnung wollte sie nur noch nach Hause, aber Adam hatte darauf bestanden, dass sie raus gingen und sich ein wenig ablenkten.

Zuerst waren sie ein wenig spazieren gegangen Anschließend hatten sie gemeinsam in einem süßen, kleinen italienischen Restaurant gegessen.

Adam hatte sein Bestes gegen, um Faith auf andere

Gedanken zu bringen. Es fiel ihr nicht leicht, aber Stück für Stück konnte sie Paul, seine bösen Blicke und die Vergangenheit wieder ruhen lassen.

"Schon wieder in Gedanken?", fragte Adam sanft und stieß sie leicht mit der Schulter an.

"Im positiven Sinne", gab sie lächelnd zurück und lehnte ihren Kopf gegen seinen Oberarm.

"Was ist es, das dieses süße Lächeln auf dein Gesicht zaubert?"

"Du." Genau so war es. Allein der Gedanke an ihn reichte aus, um ihre Stimmung um einhundert Prozent zu verbessern.

"Ich? Was habe ich denn getan?"

"Du bist da, du bist du, das reicht schon."

Adam blieb stehen und zog sie an seine Brust, um zu ihm aufzusehen, musste sie ihren Kopf in den Nacken legen. Er lächelte sanft zu ihr hinab. "Es freut mich, wenn ich dich glücklich machen kann."

Dann legte er seine Lippen sanft auf ihre. Genüsslich strichen sie übereinander. Warm, weich und einladend war sein Kuss.

"Mehr als das, du machst mein Leben besser, Adam", flüsterte sie an seinen Lippen.

Seine Arme schlossen sich fester um ihre Mitte. "Ich liebe dich."

"Siehst du, besser kann es für mich nicht mehr laufen. Ich liebe dich auch."

Er küsste sie erneut. Leidenschaftlicher und besitzergreifender als zuvor.

Als sie sich wieder von einander lösten, atmeten sie beide schwerer. "Lass uns nach Hause gehen, bevor ich dich an die nächste Hauswand drücken muss."

"Nichts lieber als das", gab sie grinsend zurück. Schnell gingen sie los. Es waren noch über zwei Kilometer und Faith konnte es kaum noch erwarten, Adam endlich für sich allein zu haben.

"Was meinst du, wollen wir …" Adams Stimme ging in den Sirenen eines Feuerwehrautos unter.

Nachdem die drei Fahrzeuge an ihnen vorbeigerauscht waren, hakte Faith nach. "Wollen wir was?" Doch Adam antwortete nicht.

Als sie zu ihm nach oben sah, bemerkte sie, dass er konzentriert die Augenbrauen zusammengezogen hatte.

"Was ist?"

Da er nicht antwortete, sah sie in die Richtung, in die sein Blick ging.

Rauch war zu sehen. Viel schwarzer Rauch. Wahrscheinlich der Brand, zu dem die Feuerwehrfahrzeuge gefahren sind.

"Adam?"

"Komm", murmelte er und zog sie schneller die Straße entlang.

"Was ist los, Adam?", fragte sie beunruhigt durch sein seltsames Verhalten.

"Ich weiß es nicht, aber ich habe kein gutes Gefühl." Adam ging so schnell, in so großen Schritten, dass sie Mühe hatte, überhaupt mit ihm mitzuhalten.

Nach kurzer Zeit sah sie nicht nur den Rauch, sie konnte den beißenden Gestank auch riechen. Auch die Geräusche der Löscheinheiten wurden immer lauter. Stimmen, die wild durcheinander riefen, weitere Sirenen von Polizei oder Krankenwagen schallten durch die Luft.

"Verdammte Scheiße", murmelte er und zog heftiger an ihrer Hand.

Eine üble Vorahnung stieg in ihr auf. Ihr Magen verkrampfte sich und sie musste sich zwingen, ihre Gedanken auszusprechen.

"Adam … der Rauch kommt aus Richtung des Clubs."

"Ja", presste er zwischen zusammengebissenen Zähnen hervor. Immer weiter trieb er sie zur Eile an.

"Vielleicht ist es eines der Nachbargebäude."

"Hoffentlich." Dann bogen sie um die nächste Ecke und wurden bei dem Anblick, der sich ihnen bot, ihrer letzten Hoffnung beraubt.

"Scheiße." Adam blieb abrupt stehen und taumelte dann unwillkürlich einen Schritt zurück.

Faith krallte sich mit aller Kraft an seinem Arm fest. Der Club, das gesamte Gebäude inklusive der Wohnung und des Büros, waren komplett ausgebrannt. Lediglich das Ziegelgerüst des Mauerwerks stand noch mehr oder weniger. Immer wieder gaben Brocken der Wände unter dem Druck des Löschstrahls nach.

Die Fenster waren aufgrund der Hitze zersplittert und die Rahmen ebenso dem Feuer erlegen wie die komplette Einrichtung.

Schwarzer Rauch stieg von den Überresten auf. Immer wieder entzündeten sich kleine Brandherde und die Feuerwehrmänner hatten alle Hände voll zu tun, diese sofort wieder zu löschen.

Das hektische Treiben der Beamten verstörte Faith ebenso wie der Anblick des Gebäudes.

Plötzlich setzte Adam sich in Bewegung. Er steuerte geradewegs auf die Polizisten zu, ohne sich um die Absperrung zu kümmern, die den Gefahrenbereich umlief.

"Sie dürfen hier nicht durch!", rief einer der Feuerwehrmänner und schob seinen Gesichtsschutz über die Stirn nach oben. "Hey! Bleiben Sie stehen!"

Adam ignorierte ihn und zog Faith weiter vorwärts.

Ein Officer löste sich von der Menge und kam ihnen entgegen.

"Bitte bleiben Sie hinter der Absperrung!", rief er.

"Ich bin Adam Matters. Das war mein Club. Was ist passiert?"

"Oh, okay, dann kommen Sie bitte hier entlang."

Sie wurden zu einem Polizeiwagen geführt, der etwas abseits stand. Adam und Faith setzten sich auf die Rückbank des Kleinbusses, während der Officer sich ihnen gegenüber niederließ.

Faith Konzentration wandte sich aber sofort wieder den Löscharbeiten zu. Es kam ihr fern vor, unreal, als würde sie einen Film im Fernsehen sehen und nicht, wie Adams gesamte Existenz zerstört wurde.

Nur am Rande bekam sie mit, wie der Officer Adam erzählte, was sie bereits wussten.

Es war Brandstiftung. Die Feuerwehr konnte zwar ohne die Spurensicherung keine definitive Aussage machen, aber so schnell, wie sich der Brand ausgebreitet hatte, musste eine große Menge Brandbeschleuniger im Spiel gewesen sein. Das Gebäude ging in Minuten komplett in Flammen auf.

Außerdem konnten die Polizisten bereits Aussagen von Nachbarn aufnehmen, die mehrere maskierte Männer bei der Flucht vom Gebäude in einem dunklen SUV beobachtet hatten.

Der Polizist stellte Adam viele Fragen, die dieser mit ruhiger Stimme beantwortete.

So ruhig, dass Faith sich fragte, wie er das hin

bekam, was in ihm vor ging und warum zum Teufel er nicht ebenso wie sie ganz kurz vor einem totalen Nervenzusammenbruch war.

Sie bemerkte erst, wie stark sie zitterte, als Adam sie fest an sich presste.

"Das war es erst einmal, Mr. Matters. Bitte kommen sie morgen ins Präsidium, damit wir Ihre und Miss Starks Aussage aufnehmen können."

"Danke."

Nachdem der rundliche Mann den Wagen verlassen hatte, küsste Adam sie auf die Stirn.

Die Ruhe und Zärtlichkeit, mit der er sie behandelte, obwohl sie beide genau wussten, dass das alles allein ihre Schuld war, gaben ihr den Rest. Der erste Schluchzer brach aus ihr hervor und schüttelte ihren Körper.

"Oh Gott, Adam! Es tut mir so leid!", stieß sie schluchzend hervor.

"Schsch, ganz ruhig, Babe. Es ist nicht deine Schuld."

"Natürlich ist es das! Es ist allein meine Schuld. Wenn ich Paul einfach in Ruhe gelassen hätte, wäre all das niemals passiert!"

Adam presste sie fester an sich. "Das darfst du nicht denken, hörst du? Du bist nicht für seine Entscheidungen verantwortlich und er wird dafür bezahlen!"

Sie war ganz und gar nicht seiner Meinung. Sie hatte Adam in dieses schwarze Loch gezogen. Ohne sie hätte er noch immer sein perfektes Leben.

Im Moment fühlte sie sich aber nicht dazu in der Lage, mit ihm zu diskutieren.

"Was sollen wir jetzt nur tun?", flüsterte sie und weinte weiter an seiner Schulter.

"Wir rufen uns jetzt erst einmal ein Taxi und fahren zu dir. Dann telefoniere ich mit Aiden", gab er ruhig zurück.

"Du hast keine Sachen, keine Kleidung, nichts."

"Das ist nicht schlimm. Es ist egal, Faith, mach dir keine Gedanken. Das sind alles nur materielle Dinge, die sich problemlos ersetzen lassen."

Seine Stimme klang ruhig, abgeklärt und verständnisvoll. Was sie nur noch verzweifelter werden ließ, anstatt sie zu beruhigen. Er sollte toben, schreien und ihr die Schuld geben für alles, was er verloren hatte.

Stattdessen hielt er sie einfach fest und plante die nächsten Schritte, als sei nichts geschehen, als würde sein Leben nicht in Schutt und Asche liegen. Im wahrsten Sinne der Worte.

Während Faith noch weinte, bestellte Adam bereits das Taxi mit seinem Handy. Wortlos half er ihr aus dem Wagen und legte ihr dann einen Arm um die Schultern.

Das Taxi traf ein und Faith stieg mit einem letzten Blick auf die Trümmer von Adams Leben in das Fahrzeug. Nachdem Adam dem Fahrer ihre Adresse gegeben hatte, schwiegen sie beide.

Dann klingelte Adams Handy. Faith drückte sich noch näher an ihn, als sie hörte, wie er Aiden begrüßte.

## ADAM

"Ich wollte dich gerade anrufen", sagte Adam und küsste Faith auf die Stirn.

Gerne hätte er das Telefonat mit seinem Bruder ohne sie geführt. Sie war bereits verstört genug und er wollte sie nicht noch weiter mit den dreckigen Details dieses Kampfes belasten.

"Das kann ich mir vorstellen. Ich gehe davon aus, du warst schon zuhause", antwortete Aiden und klang dabei angespannt.

"Ja, wir sind jetzt auf dem Weg zu Faith. Woher weißt du davon?"

"Lucas hat einen anonymen Anruf bekommen."

Unwillkürlich spannte Adam sich an. "Um was ging es?"

"Genau genommen war es nur ein einziger Satz."

"Sag schon, Aiden, ich habe keine Geduld dafür!", blaffte Adam, dessen Nervenkostüm an einem seidenen Faden hin. Es tat ihm sofort leid, als er bemerkte, wie Faith an seiner Seite zusammenzuckte.

Bewusst versuchte er, seinen Körper zu entspannen, war sich aber sicher, dass ihm das mehr schlecht als recht gelang.

"Er sagte: 'Das ist meine letzte Warnung!' Und er klang verdammt ernst, Adam. Bist du dir sicher, dass du das durchziehen willst?"

"Mehr denn je. Jemand muss diesem Abschaum die Stirn bieten!"

"Okay. Wann geht ihr ins Präsidium für die Aussage?"

"Gleich morgen Vormittag."

"Gut, wir werden auch da sein und die Warnung, oder besser gesagt Drohung, zu Protokoll zu geben. Versuch bis dahin, nicht in Schwierigkeiten zu kommen."

"Es ist nicht gerade so, als würde ich das planen", knurrte Adam.

"Ich weiß, ich weiß, entschuldige. Pass einfach auf euch auf!", sagte Aiden und klang dabei genauso erschöpft, wie Adam sich fühlte.

"Mach ich. Bis morgen."

Das Taxi hielt und Adam bezahlte die Fahrt, dann gingen sie nach oben.

"Ich war noch nie hier", sagte Adam und inspiziert langsam den Raum, der hinter der Tür auftauchte.

"Tja, dank mir ist das hier wohl erstmal dein Zuhause", sagte Faith geknickt.

Er wollte nicht, dass sie sich Vorwürfe machte. Sie war das Opfer in dieser ganzen grausamen Geschichte.

"Dann muss ich mich wohl bei dir bedanken", sagte er lächelnd und zog sie in seine Arme, um sie aufzumuntern.

"Adam, ich meine es ernst. Es tut mir alles so unendlich leid. Wenn ich Paul nicht ..."

"Hör auf. Sofort! Du hast alles richtig gemacht."

Seufzend lehnte sie ihre Stirn an seine Brust. "Mach doch die Augen auf, Adam. Paul ist gefährlich. Wir können nicht so tun, als wäre nichts geschehen."

"Nein, genau das können wir nicht. Wo soll das enden, wenn er sogar mit einer Vergewaltigung und Brandstiftung durchkommt? Jemand muss ihn für all seine Taten zur Rechenschaft ziehen!"

"Es ist zu gefährlich. Er wird nicht aufgeben." Er konnte die Verzweiflung in ihrer Stimme deutlich hören.

"Nein, das wird er nicht, aber er wird verlieren. Diesen Kampf kann er nicht gewinnen! Die Beweise sind zu erdrückend."

Faith machte sich von ihm los und ging zu einem der Fenster. Mit vor der Brust verschränkten Armen starrte sie nach draußen.

Er konnte ihr den inneren Kampf deutlich ansehen.

"Ich bitte dich, Adam. Wir müssen das sein lassen. Ich habe Angst. Wer weiß, was Paul als nächstes plant?"

Langsam ging er zu ihr und schmiegte sich von hinten an sie. Sie wirkte so zart und zerbrechlich, dass es ihm leidtat, sie in all das mit hinein zu ziehen.

"Vertrau mir, Faith. Ich weiß, was ich tue. Aiden weiß, was er tut. Wir können es schaffen, du darfst jetzt nur nicht aufgeben", sagte er leise und eindringlich.

"Ich habe wirklich Angst, Adam." Ihr Flüstern zerriss ihm das Herz.

"Ich werde auf dich aufpassen. Wir sind nicht allein, da sind viele Menschen, die hinter uns stehen."

"Was, wenn wir auch sie mit ins Verderben ziehen, wie ich dich mit hinein gezogen habe?"

"Du hast mich nirgends hineingezogen. Im Gegenteil. Ich dränge dich zu alldem! Mit jeder weiteren Aktion, die Paul startet, zieht er die Schlinge um seinen Hals enger. Er ist so sehr davon überzeugt, dass ihm nichts passieren kann, dass er unvorsichtig wird." Adam atmete tief ein und presste sie noch ein klein wenig enger an sich.

"Was kommt als nächstes?"

"Wir sind nur noch wenige Zentimeter davon entfernt, ihn endgültig zu Fall zu bringen. Willst du genau jetzt aufgeben? Jetzt, wo wir alles verloren haben und er immer noch gerade steht?"

"Nein", gestand sie leise.

"Dann vertrau mir, Faith. Lass Aiden, Lucas und mich diesen Drecksack zur Strecke bringen!"

"Ich vertraue dir." Langsam entspannte sie sich in seinen Armen. Sie ließ ihre Hände sinken und legte sie auf seine, die vor ihrem Bauch verschränkt lagen.

"Voll und ganz?", fragte er.

"Ja."

Dann küsste er sie in den Nacken, atmete tief ihren unvergleichlichen Duft ein. "Danke, Babe."

"Ich will nur nicht, dass dir etwas passiert." Sie drehte sich in seinen Armen und sah ihn mit tränennassen Augen an.

"Wird es nicht, ich verspreche es dir." Er senkte seine Lippen auf ihre, küsste sie, um den Kummer in ihrem Blick zu vertreiben.

Faith erwiderte den Kuss sofort, ließ sich aber nur langsam von dem Knistern zwischen ihnen davon tragen. Ihre Berührungen waren verzweifelt, Ausdruck ihrer Angst und ihrer Leidenschaft zu gleichen Teilen. Sie klammerte sich an ihn, der Griff ihrer kleinen Hände an seinen Schultern war beinahe schmerzhaft. Auch Adam presste sie enger an sich, wollte sie fühlen und ihr die Sicherheit geben, die sie sich so sehr wünschte.

"Bitte", keuchte sie und schlang ein Bein um seine Hüfte. Adams Hände wanderten automatisch zu ihrem Hintern. Dann hob er sie an und trug sie den letzten Schritt zum Fensterbrett.

Faith zerrte an seinem T-Shirt, während er sich an den Knöpfen ihrer Jeans zu schaffen machte. Ihre Ungeduld ließ ihn lächeln, denn ihm ging es nicht anders.

Zwischen heißen, leidenschaftlichen und feuchten Küssen streifte er erst ihr das Shirt ab, dann sich selbst. Ehe er sie wieder an sich zog, befreite er sie von ihrem BH. Er musste sie jetzt Haut an Haut fühlen. Berühren, was er beinahe verloren hätte.

Allein der Gedanke daran, dass sie hätten im Haus sein können, während der Brand gelegt wurde, drehte ihm den Magen um.

Faith öffnete seine Hose und griff sofort nach seinem bereits mehr als nur harten Schwanz. Die Berührung ihrer zarten Finger ließ ihn laut aufstöhnen.

"Fuck ... Faith, willst du mich umbringen?", keuchte er und entzog sich ihrer Hand. Er wollte in ihr sein, ihre heiße, nasse Enge um sich spüren, während er ein ums andere Mal tief in sie stieß.

"Ich brauche dich", flehte sie, streifte sich die Schuhe von den Füßen und schlüpfte anschließend aus Jeans und Slip.

Adam hob sie wieder auf die Fensterbank und ihre schmalen Schenkel schlossen sich sofort um seine Hüften.

Sie presste ihn eng an sich. Er konnte die Nässe zwischen ihren Schamlippen bereits spüren und sich kaum noch zurück halten, sofort in sie zu stoßen.

Er schob eine Hand zwischen ihre Körper und streichelte ihre empfindlichste Stelle, bis sie ihre Fingernägel wimmernd in seinem Nacken vergrub.

Ihr Keuchen turnte ihn immer weiter an. Ihr Kopf lag an der Fensterscheibe hinter ihr, die Augen hatte sie geschlossen und ihr Atem kam stoßweiße durch die leicht geöffneten Lippen.

"Mein Gott, Baby, du siehst so unglaublich gut aus", raunte er, beugte sich nach vorne und küsste ihren entblößten Hals.

Ihre Hüften bewegten sich rhythmisch und immer mehr Feuchtigkeit benetzte seine Finger.

"Ich will … ich muss …"

Er war zu keinem klaren Satz mehr fähig, konnte nur noch daran denken, sich so schnell und tief wie möglich in ihr zu vergraben.

Ungeduldig packte er seinen Schwanz und brachte ihn an ihrer Öffnung in Position.

Dann ließ er sich gehen, stieß hart in sie und genoss ihren Aufschrei, der beinahe in seinem lauten Stöhnen unterging.

Bis zur Hälfte schob er sich in sie, zog sich zurück, nur um sofort wieder zuzustoßen und sich bis zur Wurzel in ihrer heißen Enge zu vergraben.

"Ja … Babe, genau so", raunte er, als sie ihm bei jedem Stoß hart entgegen kam.

Seine Hände verkrallten sich in ihren Hüften, zogen sie genauso fest an sich, wie er in sie stieß. Immer schneller und härter wurden seine Bewegungen. Er ließ sich gehen, nahm sie mit einer Verzweiflung, die er bis dahin nicht kannte.

Faith stand ihm in nichts nach. Sie krallte sich an ihm fest und stöhnte laut ihre Lust und schließlich ihren Orgasmus hinaus.

Ihre Muskeln zogen sich fest um ihn zusammen. Der Druck und ihr Stöhnen rissen ihn mit über die Schwelle zu seinem Orgasmus.

Laut schrie er ihren Namen und presste sich mit aller Kraft in sie. Dann fiel er keuchend gegen Faith. Die Hitze ihres Körpers und seines Atems ließ die Fensterscheibe in ihrem Rücken beschlagen.

Es dauerte lange, bis Adam sich soweit erholt hatte, dass er Faith anheben und zum Bett tragen konnte.

Vorsichtig ließ er sie auf das Bett sinken und legte sich dann neben sie. Er zog sie an sich, bettete ihren Kopf auf seiner Brust und lauschte ihrem gleichmäßigen Atem.

Ihr Körper entspannte sich immer mehr, bis sie schließlich in einen ruhigen Schlaf fiel.

Eine ganze Zeit lang betrachtete er sie beim Schlafen. Sie war das Beste, das ihm jemals passiert war, und er würde nicht zulassen, dass Paul sie weiterhin terrorisierte.

Mit diesem Versprechen an sich selbst schlief auch er schließlich ein.

# 20 Kein Ende in Sicht

## FAITH

Über eine Woche war vergangen, seit sie auf dem Polizeipräsidium gewesen waren, um ihre Aussage zur Brandstiftung zu machen.

Der Alltag und das Zusammenleben mit Adam gestalteten sich wesentlich einfacher, als Faith es sich jemals hätte vorstellen können. Adam passte sich perfekt in ihren Alltag ein, und das obwohl sie beide mehr oder weniger 24 Stunden am Tag aufeinander hingen, da sie beide ohne den Club keinen Job mehr hatten, dem sie nachgehen konnten.

Die einzige Zeit, in der Faith für sich allein war, spielte sich in den wenigen Stunden hab, in denen Adam zum Training ging.

Anfangs hatte er noch versucht, sie zu überreden, mit ihm zu kommen. Wenn es nach ihm ging, müsste sie kämpfen lernen, um sich selbst verteidigen zu können.

Zweimal hatte sie es versucht und dabei drei Dinge festgestellt:

1. Sie hatte absolut überhaupt kein Talent für irgendeine Art von Kampfsport.
2. Adam hatte noch weniger Geduld als Lehrer, als sie Talent hatte.
3. Eigentlich wollte er nur nicht, dass sie allein zuhause war, solange Paul frei herum lief.

Spätestens beim dritten Punkt hatte Faith entschieden, dass sie auf gar keinen Fall mehr mit Adam trainieren gehen würde.

Sie hatte ein neues Leben. Selbstbestimmt und nicht abhängig von Paul oder ihrer Vergangenheit. Solange sie sich ängstlich hinter Adam versteckte, würde sie niemals frei sein können.

Natürlich war das alles leichter gesagt als getan, aber sie wollte es versuchen und würde es auch schaffen. Stück für Stück.

"Ich bin zurück!", rief Adam und kurz darauf fiel die Wohnungstür ins Schloss.

"Du bist zu früh!" Faith verdrehte die Augen.

"Willst du mich etwa loswerden?"

"Nein, aber du weißt genauso gut wie ich, dass du nur deshalb früher mit dem Training aufgehört hast, weil du wusstest, dass ich gleich noch einkaufen gehen wollte."

Adam setzte seinen besten Welpenblick auf.

"Das zieht nicht, Adam", sagte Faith streng, konnte ihm aber absolut nicht böse sein.

"Sieh es positiv, du musst die Einkaufstaschen nicht tragen", sagte er, grinste frech und küsste sie auf die Stirn, ehe er im Bad verschwand.

Seufzend setzte Faith sich wieder an ihren Einkaufszettel. Adam würde ja so oder so tun, was er wollte. Sie konnte sich also gleich ihrem Schicksal fügen.

Sie hatte kaum die Milch auf ihre Liste geschrieben, da wurde sie schon wieder unterbrochen. Diesmal vom Klingeln ihres Telefons.

Ohne aufs Display zu sehen, ging sie ran. Für gewöhnlich rief sowieso immer nur Lilly bei ihr an. "Hallo?"

"Faith?"

"Vater?"

"Ja, warum meldest du dich nicht vernünftig?"

Sie biss sich auf die Lippe, um keinen ärgerlichen Kommentar von sich zu geben.

"Entschuldige bitte. Wie kann ich dir helfen?"

"Wir müssen uns unterhalten."

Ihr Magen zog sich zusammen. "Tun wir das nicht gerade?"

"Stell dich nicht dümmer als du bist, Faith. Es geht um diese lächerlichen Anzeigen. Du musst sofort damit aufhören!" Ihr Vater klang ungewöhnlich gestresst.

"Ich kann nicht einfach damit aufhören, Vater. Das ist wichtig. Er kann mit all diesen Dingen nicht durchkommen."

Sie versuchte sich Adams Worte in Erinnerung zu rufen, um sich gegen die anstehende Diskussion zu wappnen.

Genau in diesem Moment trat Adam aus dem Bad. Er hatte lediglich ein Handtuch um die Hüfte geschlungen und rubbelte sich mit einem zweiten die kurzen Haare trocken. Das Spiel der Muskeln an seinem Oberarm und auf seiner Brust zog sie ganz in seinen Bann.

"Durchkommen! Du provozierst ihn nur weiter, Faith! Wie viele Opfer willst du noch riskieren?", fragte ihr Vater aufbrausend.

Faith zog die Augenbrauen zusammen. Was meinte er mit Opfer?

Adam legte den Kopf fragend zur Seite. "Ich provoziere ihn nicht, Vater. Ich versuche lediglich zu erreichen, dass ihm Gerechtigkeit widerfährt."

Adams Gesicht verfinsterte sich schlagartig. Mit großen Schritten kam er zu ihr und nahm ihr das Telefon aus der Hand.

Er stellte das Gerät auf Lautsprecher und sagte dann mit fast schon aggressiver Stimme: "Sie werden ihr nicht wieder irgendwelche Lügengeschichten einreden! Was auch immer Paul gegen Sie in der Hand hat, lösen Sie Ihre Probleme selbst!"

Faith hörte deutlich, wie ihr Vater nach Luft schnappte. "Wie kommen Sie denn auf solche Behauptungen!"

"Erzählen Sie mir keinen Blödsinn! Ich habe Beweise, dass Paul immer wieder Kontakt zu Ihnen aufnimmt. Und ich weiß, dass dieses Arschloch ein paar ganz große Dinger laufen hat, um euch alle klein zu halten!"

"Das ist …" Ihr Vater wurde unterbrochen und es raschelte, dann wurde auch sein Telefon auf Lautsprecher umgestellt und sie hörte das Schluchzen ihrer Mutter. "Faith, Liebling, das kannst du uns doch nicht antun!"

"Was antun, Mutter?" Faith lief es kalt den Rücken herunter. Irgendetwas war im Busch und Adam schien genau ins Wespennest getroffen zu haben.

Wieder schluchzte ihre Mutter auf und ihr Vater fluchte unterdrückt und redete gedämpft auf sie ein, als würde er den Lautsprecher zu halten.

"Nein. Hör auf damit, Karl! Wir müssen jetzt alles erzählen, damit sie versteht, wie weitreichend die Konsequenzen sind."

"Ja, sagt es mir, sonst werde ich meine Meinung niemals ändern", forderte Faith.

Auf Adams besorgten Blick hin schüttelte sie nur den Kopf. Sie hatte nicht vor, einen Rückzieher zu machen, aber sie wollte wissen, was zum Teufel da vor sich ging.

"Du musst ihn einfach in Ruhe lassen, Faith. Paul und seine Eltern haben sehr weitreichenden Einfluss. Sie werden alles tun, um ihn zu schützen."

"Das reicht mir nicht, Mutter. Sag mir, was er gegen euch in der Hand hat."

"Müssen wir denn jetzt wirklich ins Detail gehen? Hör einfach auf das, was deine Mutter und ich dir sagen, Faith. Lass diesem Mann in Ruhe, zieh deine lächerlichen Anzeigen zurück."

"Sie sind alles andere als lächerlich!", sagte Adam nun deutlich verärgert.

"Warum müssen Sie sich da überhaupt einmischen? Das sind Familieninterna. Das geht Sie überhaupt nichts an." Auch ihr Vater klang jetzt wirklich wütend.

"Mutter, sag mir was los ist. Das reicht mir nicht!"

Sie seufzte schwer, begann dann aber zögerlich zu sprechen. "Dein Vater und ich … nun, wie soll ich es ausdrücken … wir haben steuerlich vielleicht nicht immer ganz korrekt gehandelt …"

"Und was bedeutet das konkret?", unterbrach Adam ihr Gestotter.

"Wir haben größere Mengen an Steuergeldern unterschlagen, Faith. Pauls Eltern wissen davon. Sie haben Beweise, die uns nicht nur unseren Ruf kosten würden, sondern auch gesetzlich weitreichende Folgen mit sich ziehen."

Faith verschlug es die Sprache. Ihre immer korrekten und aalglatten Eltern sollten gegen das Gesetz verstoßen haben? Das Ganze schien einfach nur undenkbar.

Adams hartes Lachen riss sie aus ihren Gedanken. "Ist das Ihr Ernst? Faith soll ihr Leben lang leiden und sich von einem arroganten Arschloch unterdrücken lassen, nur weil Sie einen Fehler begangen haben?"

"Verstehen Sie denn nicht, was das für uns bedeuten kann?", rief ihr Vater.

"Verstehen Sie denn nicht, was das für Faith das letzte Jahr über bedeutet hat? Dieser Typ ist ein Krimineller. Nicht nur das, sondern er hat auch die Beziehungen, alles was er möchte, unter den Teppich kehren zu lassen! Jemand muss ihm seine Grenzen zeigen! Was wollen Sie als nächstes decken? Einen Mord?"

Faith Mutter atmete scharf ein. "Karl …"

"Sei ruhig! Paul würde so etwas nicht tun."

"Ach nein? Er setzt Leute unter Drogen, vergewaltigt und schlägt Frauen, bedroht und erpresst jeden, der ihm in die Quere kommt. Er hat meinen verdammten Club in Brand gesetzt! Glauben sie wirklich, er würde vor einem Mord zurück schrecken, wenn er doch mit allem anderen durchkommt?"

Faith' Mutter weinte mittlerweile bitterlich. "Karl … sie haben Recht! Wir können nicht so weiter machen!"

"Vor allem sind Sie nicht die einzigen. Ich bin mir ziemlich sicher, dass er jeden in den oberen Kreisen erpressen kann. Sie könnten uns helfen, all das aufzudecken!"

Adam setzte sich nah neben Faith und zog sie in seine Arme, während sie dem Tuscheln ihrer Eltern folgten.

"Sie haben recht. Die Teralons haben ihre Finger fast überall mit drin. Sie können so ziemlich jeden der Oberschicht erpressen."

"Ich werde Ihre Hilfe brauchen, um das aufzudecken!" Einen Moment schwieg ihr Vater, schließlich stimmte er zögerlich zu, am nächsten Tag um elf Uhr in Slades Center zu kommen.

Adam verriet nicht, dass auch Aiden und Lucas dort sein würden, für den Fall, dass ihr Vater sie an Paul verraten würde.

**ADAM**

Adam traf sich mit Aiden und Lucas 15 Minuten, bevor Faith' Vater eintreffen sollte.

Nur mit Mühe hatte er Faith davon überzeugen können, zuhause zu bleiben. Er wollte sie nicht dabei haben, falls dieses Gespräch wirklich schmutzige Details aufwarf.

Deacon hatte sich dazu bereit erklärt, bei ihr zu bleiben. Faith gefiel das überhaupt nicht, aber Adam fühlte sich so einfach besser.

Schnell briefte er Aiden und Lucas, damit diese über die neuesten Vorkommnisse Bescheid wussten.

"Diese ganze Geschichte wird immer verzwickter. Die Frage ist, wen die Teralons noch alles im Griff haben. Sollten ihre Kontakte bis weit in die Justiz hineinreichen, könnten wir ernsthafte Probleme bekommen." Aiden sah besorgt aus.

"Kannst du das herausfinden, Lucas?"

"Ich denke ja. Ich habe den ein oder andern vertrauenswürdigen Kontakt."

"Sehr gut. Ich hoffe, das Gespräch mit Mr. Stark bringt uns weiter."

In diesem Moment öffnete sich die Tür. Mr. Stark betrat die Trainingshalle und sah sich dabei angewidert um.

Er wirkte fehl am Platz. Der graue Dreiteiler hatte nichts an einem Ort zu suchen, an dem Kampftraining betrieben wurde, aber es war nun mal der einzige Ort, an dem Adam, Lucas und Aiden sich wirklich sicher fühlten.

Die Begrüßung verlief unterkühlt. Nur zögerlich rückte Faith' Vater mit den relevanten Informationen heraus.

Lucas zeigte sich von seiner besten Seite. Nicht nur machte er deutlich Eindruck auf Karl Stark, er entlockte ihm auch brisante Details, mit denen Adam nicht einmal gerechnet hatte.

"Paul hat auch Stephan erpresst?", fragte Adam ungläubig.

Karl wand sich sichtlich. "Ja. Stephan kam zu uns und erzählte uns, was wirklich in dieser Nacht passiert war, wie Paul und Peter Faith unter Drogen gesetzt hatten und ihn schließlich dazu nötigten, mitzumachen."

"Sie wussten die ganze Zeit, was wirklich passiert war, und haben geschwiegen?" Adam war fassungslos. Wie ekelhaft konnte ein Mensch nur sein.

"Sie wissen warum, mir blieb keine andere Möglichkeit!"

"Es gibt immer einen Weg, wenn der Wille nur groß genug ist!", fauchte Adam, der absolut kein Verständnis für die Situation von Faith Eltern aufbringen konnte.

Auch Aiden wirkte sichtlich angewidert. "Wenn dieser Stephan noch immer ein schlechtes Gewissen hat, haben wir vielleicht eine Chance, ihn zur Zusammenarbeit zu bewegen, was unsere Chancen im Prozess deutlich erhöhen würde."

Karl gab ihnen die Kontaktdaten. Sie besprachen noch einige andere Fälle, in denen er sich sicher war, dass die Betroffenen ebenfalls erpresst wurden. Unter anderem einen bekannten Richter und den Anwalt, der Faith zuerst vertreten hatte.

Dann verabschiedete er sich. Seine Frau und er hatten eine lange Kreuzfahrt geplant, um während der schlimmsten Zeit nicht im Land sein zu müssen.

*Feige Schweine!*

Adam konnte sie einfach nicht verstehen. Sie sollten für ihre Tochter da sein und nicht einfach nur versuchen, ihren eigenen Arsch so schnell wie möglich in Sicherheit zu bringen.

Für den nächsten Tag verabredete er sich mit Lucas und Aiden wieder im Center. Lucas würde versuchen, Stephan ebenfalls mitzubringen. Zusammen wollten sie ihn umstimmen und zur Mitarbeit in diesem Fall bewegen.

## FAITH

Adam sah abgekämpft aus, als er zurückkam. Nachdem er ihr erzählt hatte, was am Vormittag bei Slade alles ans Licht gekommen war, konnte sie ihn gut verstehen. Auch sie fühlte sich schwach und erdrückt von all den Informationen.

Deacon verabschiedete sich, nachdem Adam seinen Bericht beendet hatte. Seine Miene war betont ausdruckslos, doch die kalte Wut in seinen Augen war nicht zu übersehen.

Einige Zeit später lag Adam ausgesteckt auf dem Bett und Faith schmiegte sich eng an ihn.

"Und ihr glaubt wirklich, ihr könnt Stephan dazu bringen?", fragte sie ungläubig.

"Wenn er wirklich so ein schlechtes Gewissen hat, wie dein Vater behauptet, wird er vielleicht froh sein, dass endlich alles ans Tageslicht kommt. Lucas möchte einen Deal für ihn heraushandeln, das wird ihn vielleicht zusätzlich motivieren." Adam klang angewidert, aber das tat er immer, wenn er über jemanden sprach, der auch nur ansatzweise etwas mit diesem Komplott zu tun hatte.

Er küsste sie auf den Scheitel und zog sie enger an sich.

"Mach dir keine Sorgen, Babe. Aiden hat alles im Griff."

"Ich versuche es, aber es ist nicht so einfach, anderen zu vertrauen."

"Nicht einmal mir?"

"Wenn ich jemandem vertraue, dann dir", sagte sie im Brustton ihrer Überzeugung.

"Dann vertrau mir, dass ich die richtigen Entscheidungen treffe."

"Das tue ich und ich bin dir unendlich dankbar. Ohne dich würde ich das niemals schaffen. Ich hätte schon vor Wochen die Flinte ins Korn geworfen, ach was rede ich da, ich hätte gar nicht erst angefangen, mich zu wehren und hätte einfach alles weiter ertragen!"

"Ich bin stolz auf dich, Babe, dass du das durchziehst ist wirklich wichtig."

"Du gibst mir die Kraft dazu."

Zärtlich küsste er sie auf die Lippen. Ja, mit Adam konnte sie durch die Hölle und zurück marschieren.

## ADAM

"Stephan Morell, das ist mein Bruder Adam Matters. Adam, Stephan Morell." Aidens Vorstellung klang kühl und nüchtern. Nur Adam bemerkte die unendliche Wut in Aidens Blick.

Auch er würde dieses Arschloch gern in Stücke zerreißen, dafür, was er Faith angetan hatte.

Adam nickte. Er öffnete und schloss seine Fäuste, um ein wenig von der Wut und Aggression abzubauen, die sich in seinem Körper zusammenbrauten.

Stephans Blick hing unsicher an ihm. "Adam, Stephan hat sich bereiterklärt, mit uns zusammenzuarbeiten, um Paul und auch Peter dran zu bekommen", sagte Lucas und schlug eine Mappe mit Unterlagen auf, die vor ihm lag.

Das wusste Adam bereits aus dem Telefonat, das er vor wenigen Stunden mit Aiden geführt hatte.

Sein Bruder hatte ihm versichert, dass Stephan wirklich ein schlechtes Gewissen hatte und sich nichts sehnlicher wünschte, als endlich reinen Tisch zu machen.

Leider half ihm dieses Wissen nicht dabei, seine Wut gegenüber diesem ekelhaften Arschloch zu zügeln.

"Zuerst einmal wird uns Stephan den Abend aus seiner Sicht schildern", sprach Lucas weiter.

Nichts wollte Adam weniger, als diesem Arschloch dabei zuzuhören, wie er von der Vergewaltigung seiner Freundin erzählte. Aber es half nichts. Sie mussten alle Details kennen, um den richtigen Weg wählen zu können.

In den Grundzügen glich sie Faith' Version. Stephan stellte sich selbst noch mehr als Opfer heraus, was Adam nur noch mehr anekelte.

Interessanter waren die Schilderungen, wie Paul und Peter ihr Verbrechen und die darauf folgende Vertuschung geplant hatten. Lucas zeichnete die gesamte Befragung auf und stellte Stephan immer wieder Fragen, deren Antworten Adam lieber nicht gehört hätte.

Zum Schluss bestätigte Stephan noch die Erpressung durch Paul und nannte einige weitere Namen, die ebenfalls unter den Teralons und ihren Drohungen litten.

Nachdem Aiden alle relevanten Informationen zusammengetragen hatte, verabschiedeten sie sich von Stephan und blieben dann zu dritt zurück.

"Was hältst du von ihm?", fragte Adam.

"Er ekelt mich an, aber er hat die Informationen, die uns gefehlt haben", antwortete Lucas.

"Ja, das war es, was ich wissen wollte. Können wir ihm vertrauen? Oder zieht er kurz vor dem Prozess den Schwanz ein?" Adam wollte den Prozess in trockenen Tüchern wissen. Faith sollte dem Ganzen nicht ausgesetzt sein, wenn ein Sieg nicht zu einhundert Prozent sicher war. Sie hatte einfach schon zu viel durchmachen müssen.

"Nein, ich denke wirklich, dass wir uns auf ihn verlassen können. Er möchte reinen Tisch machen und sieht uns als Möglichkeit, da herauszukommen, ohne dass Paul oder seine Familie ihn in den Ruin treiben können."

"Okay. Dann ziehen wir es also durch."

"Ja, das tun wir und wir werden gewinnen!" Aidens Überzeugung würde für alle drei reichen!

## 14 Wochen später

## FAITH

Der Tag der Verhandlung war gekommen. Seit Stunden kaute Faith abwechselnd auf ihrer Unterlippe und ließ die Knöchel an ihren Fingern knacken.

Die Anspannung der letzten Wochen hatte sich ins Unerträgliche gesteigert.

Seit Stunden wurden Zeugenaussagen aufgenommen. Paul hatte viele der Aussagen auf seiner Seite, aber Lucas konnte einen Großteil davon als gekauft oder erpresst entlarven.

Dennoch saß Paul so selbstsicher auf der Anklagebank, dass Faith weiter zweifelte. Ihr einziger Lichtblick war Peter, der von Aussage zu Aussage nervöser zu werden schien.

Vielleicht hatte Paul lediglich großes schauspielerisches Talent und es sah in Wirklichkeit alles andere als rosig für die beiden aus.

Adam streichelte ihr unentwegt mit einem Daumen über die Fingerknöchel. Seine Kraft und Stärke half ihr, die vielen Zeugenaussagen zu überstehen.

Aussage für Aussage, Wort für Wort, zog sich die Schlinge enger um Pauls Hals und sein Lügenkonstrukt begann zu bröckeln.

Peter, der immer nervöser wurde, verstrickte sich in seine Lügen, widersprach sich und machte immer mehr Fehler, bis er schließlich unter dem Druck der Fragen zusammenbrach und trotz der heftigen Proteste seines Anwalts und Pauls vollständig mit Lucas kooperierte.

Damit verlor Paul auch seine letzte Stütze und den Kampf gegen die erdrückende Beweislast. Am Ende des Tages wurden schließlich alle drei Täter schuldig gesprochen.

Stephan bekam die geringste Strafe, die Erpressung durch Paul wurde ihm zugutegehalten, genauso wie seine Kooperation.

Peter bekam als "der Mitläufer" drei Jahre Freiheitsstrafe.

Paul wurde nicht nur der Vergewaltigung, sondern auch der Brandstiftung und Erpressung in mehreren Fällen als schuldig befunden.

Die nächsten sechs Jahre würde er keinen Fuß mehr in die Freiheit setzen können.

Faith atmete erleichtert auf. Endlich hatte all der Schrecken ein Ende und sie konnte frei in ihr neues Leben mit Adam starten.

Als sie das Gerichtsgebäude verließen, hatte Adam einen Arm um ihre Schultern gelegt.

"Wir haben es geschafft, Babe."

"Ja, das haben wir … das hast du, Lucas und Aiden. Ich wäre nicht einmal bis zur Anzeige gekommen."

"Aber du warst stark genug, das durchzuziehen. Wir sind ein Team, Babe. Allein können wir nichts, aber zusammen sind wir unschlagbar!"

Faith schmiegte sich fest an ihn. Er war alles, auch wenn er es nicht sehen konnte.

Adams Freunde und Lilly warteten bereits vor dem Gebäude. Zusammen wollten sie den Sieg der Gerechtigkeit und den ersten Tag ihres neuen Lebens feiern.

"Faith?" Die Stimme ihrer Mutter ließ sie zusammenfahren.

"Ja?"

"Können wir … können wir uns in den nächsten Tagen noch einmal zusammensetzen?"

"Warum?", fragte Adam scharf. Ihre Eltern hatten sich für ihn zu einem roten Tuch entwickelt.

Faith konnte es verstehen. Sie selbst war in einem Maß enttäuscht und verletzt, dass sie nicht glaubte, dass sich das Verhältnis jemals wieder stabilisieren konnte.

"Ich melde mich", sagte sie. Der traurige Blick, den ihre Mutter ihr zuwarf, brach ihr beinahe das Herz.

Doch Faith brauchte einfach ein wenig Zeit, um all die Entdeckungen der letzten Wochen zu verarbeiten. Zu lange hatten ihre Eltern sie in dem Glauben gelassen, selbst an ihrem Schicksal schuld zu sein, nur um ihre eigene Haut zu retten. So einfach konnte sie das nicht verzeihen.

"Gut … wir verstehen das natürlich. Es ist mir nur wichtig, dass wir uns endlich wirklich aussprechen", sagte ihre Mutter leise.

Sie würde es tun, aber nicht jetzt. Auch nicht morgen oder gegen Ende der Woche.

Faith wollte erst Abstand zu allem gewinnen, um klar und einigermaßen objektiv an die Sache heranzugehen.

Adam würde ihr bei der Verarbeitung helfen und natürlich auch Lilly.

Am wichtigsten war aber, dass sie die Therapiestunden wieder aufgenommen hatte.

Zunächst wollte sie nicht, doch Adam hatte so lange gedrängt, bis sie schließlich nachgegeben hatte.

Sie wusste selbst, wie wichtig es war, die Vergangenheit zu verarbeiten, dennoch war es jedes Mal wieder ein schwerer Schritt, durch die massive Eichenholztür zu gehen und sich mit ihrer Therapeutin den Dämonen zu stellen.

"Los jetzt, in die Autos, ich hab im *Le Bernardin* reserviert. Da bekommt man nicht so leicht einen Platz!", rief Slade und winkte sie hektisch zu den Wagen.

Deacon, Slade und die anderen hatten sich in den vergangenen Monaten als wirkliche Freunde bewiesen. Sie hatten ihr, aber vor allem auch Adam viel Halt in dieser schweren Zeit gegeben.

Faith war ihnen dafür mehr als dankbar, auch wenn es ihr zunächst schwer gefallen war zu akzeptieren, dass Adam sie eingeweiht hatte.

Im Nachhinein sicherlich die beste Entscheidung, aber sie hatte diesen Teil ihrer Vergangenheit stets unter Verschluss gehalten. Zu wissen, dass so viele Menschen in ihre Geheimnisse eingeweiht waren, hatte sie beunruhigt.

Schlussendlich hatte sie diese schwere Zeit fest zusammengeschweißt und Faith war um jeden einzelnen der Männer, die nun zu ihrem Leben gehörten, dankbar. Lächelnd ließ sie sich zum Auto führen. Ab diesem Moment würde es nur noch bergauf gehen! Das versprach sie sich selbst.

# 21 Langsam besser

**ADAM**

Mit Faith in seinen Armen erwachte er. Die Strahlen der aufgehenden Morgensonne tauchten das Zimmer in sanftes Licht.

Faith schlief noch, schmiegte sich vertrauensvoll in seine Arme.

Sie sah erschöpft aus und doch ruhiger, als er sie jemals gesehen hatte.

Auch wenn sie es sich noch vor wenigen Monaten niemals zugestanden hatte. Die Vergangenheit hatte sie noch immer verfolgt.

Jetzt, wo ein Schlussstrich gezogen war, schien auch sie endlich loslassen zu können. Die Verurteilung ihrer Vergewaltiger gab ihr die notwendige Sicherheit, dass selbst Paul nicht mit allem durchkam.

Wahrscheinlich hatte sie es selbst nicht einmal bemerkt, aber als der Richter die Haftstrafe ausgesprochen hatte, war ihr ganzer Körper in sich zusammengesunken.

In diesem Moment wusste Adam, dass alles sich zum Guten wenden würde, dass sie endlich nach vorne schauen konnten.

"Warum schläfst du nicht mehr", murmelte sie, ohne ihre schönen Augen zu öffnen.

"Ich möchte die Gelegenheit nutzen, dir beim Schlafen zuzusehen", gab er lächelnd zurück und streichelte sanft über ihr seidenweiches Haar.

Es war länger geworden. Nur wenige Zentimeter und doch wirkte sie dadurch viel weicher.

"Wirst du es wachsen lassen?", fragte er und spielte weiter mit den kurzen Strähnen.

"Ich glaube nicht. Das ist mein neues Ich, verstehst du?"

"Ja. Es gefällt mir … nur rasiere sie dir nicht mehr ab. Das ist für mich das Alarmzeichen, das gerade etwas furchtbar schief läuft bei dir."

Bei der Erinnerung an die wenigen Male, an denen

sie sich so vollkommen in sich zurückgezogen hatte, lief es ihm kalt den Rücken hinunter.

"Mach ich nicht. Jetzt wird alles gut werden."

"Stimmt. Viel fehlt nicht mehr zum vollkommenen Glück", sagte er und zog sie noch fester an sich.

Sie richtete sich auf die Ellenbogen auf und sah ihm schläfrig ins Gesicht. "Was fehlt dir noch?"

"Naja ... ein Club wäre ganz gut, von irgendwas müssen wir ja schließlich leben."

Faith verzog gequält das Gesicht.

"Hör sofort auf damit. Es ist nicht deine Schuld!", sagte er energisch. "Alles, was ich sagen wollte, ist, dass das der nächste Punkt auf der Liste ist, okay?"

"Okay."

"Sprich mir nach: Es ist nicht meine Schuld!"

Faith lächelte und beugte sich zu ihm. "Es." Sie drückte ihm einen federleichten Kuss auf die Lippen. "Ist." Noch einen. "Nicht." Nummer drei. "Meine." Wieder ein Kuss. "Schuld."

Adam spitzte bereits die Lippen, um sich den letzten Kuss abzuholen, doch Faith biss ihm nur lachend ins Kinn.

"Noch einen?", fragte sie schelmisch.

"Einer reicht nicht!"

Als er ihn sich holen wollte, wich sie ihm lachend aus.

Adam knurrte, riss sie grob an sich und rollte sie auf den Rücken, sodass er zwischen ihren Schenkeln zum Liegen kam.

Sie waren beide noch nackt vom Sex in der Nacht zuvor.

Er spürte ihre Feuchtigkeit und wie sein Schwanz leicht zwischen ihren Schamlippen vor und zurück glitt. Sie stöhnte leise und reckte ihm ihr Becken entgegen.

Adam kippte sein Becken so, dass die Spitze an ihrer Öffnung lag. Langsam und gleichmäßig drang er in sie ein.

Ihre Hände streichelten sanft über seinen Rücken, während seine Lippen über ihren Hals wanderten.

"Noch einen Kuss?", bat er, ohne mit den trägen Stößen aufzuhören.

"Ausnahmsweise", murmelte sie und leckte sich danach über die Lippen.

Zärtlich küsste er sie, mehr als einmal, aber er konnte einfach nicht genug von ihr bekommen.

Faith schlang die Beine um seine Hüften, wölbte sich ihm entgegen und ließ ihn noch tiefer in sich gleiten.

"Ich liebe dich, Babe."

"Ich liebe dich auch." Sie leckte über seinen Hals und machte es ihm schwer, weiter so langsam und gleichmäßig in sie zu stoßen.

Aber er wollte noch nicht, dass es vorbei war, wollte seinen Höhepunkt weiter hinauszögern, am liebsten, für immer in ihr bleiben.

"Ich will, dass du glücklich bist."

"Ich bin glücklich, Adam, mehr als das." Ihr Griff wurde fester und ihr Atem rauer. Er spürte bereits die ersten Zuckungen in ihr. Es fiel ihm schwer, sich weiter zu konzentrieren.

"Wirst du mich zum glücklichsten Mann der Welt machen, Babe?", raunte er und küsste sich von ihrem Hals zu ihrer Wange vor.

"Mit allem, was in meiner Macht steht."

Er richtete sich ein klein wenig mehr auf, legte seine Hände um ihre Wangen und stieß härter in sie, während er ihr tief in die Augen sah.

"Dann heirate mich", flüsterte er heiser, verschloss aber ihre Lippen mit seinen, ehe sie eine Antwort geben konnte. Zu groß war die Angst, dass sie Nein sagen könnte.

Genau in diesem Moment kam sie, zuckte hart um seinen Schwanz.

Adam bewegte sich immer weiter. Sein Mund schluckte ihren Schrei und sein Körper dämpfte das leichte Zittern ihrer Glieder.

Dann riss sie den Kopf zur Seite und holte scharf Luft. Adam vergrub seinen Kopf an ihrem Hals, stieß jetzt schneller und härter zu.

Er wollte die Ablehnung nicht sehen, die vielleicht in ihren klaren Augen stehen könnte.

Faith zitternde Hände legten sich um seinen Hinterkopf, pressten ihn fest an sich, als würde auch sie es nicht ertragen, ihm jetzt in die Augen zu sehen.

Innerlich verfluchte er sich selbst, sie mit dieser Frage so überfallen zu haben, er hatte es anders geplant und …

"Ja, ich will", flüsterte sie und biss ihm zärtlich ins Ohrläppchen.

Ihre Stimme raste von seinem Ohr direkt in seinen Verstand und von da aus in seinen Schwanz. Er kam heftig zitternd, stöhnte ihren Namen und wurde übermannt von der Erleichterung, die ihn durchflutete.

Dann brach er erschöpft auf ihr zusammen, nicht fähig und nicht willens, Abstand von ihrem süßen Körper zu nehmen.

Faith träge streichelnde Hände auf seinem Rücken nahm er erst einige Zeit später wahr. Da drehte er sich mit ihr in den Armen herum, bis sie auf ihm lag.

"Sag es nochmal", bat er leise. Er spürte ihr Lächeln an seiner Brust.

"Ja, ich will dich heiraten, Adam. Nichts lieber als das."

"Mein Gott. Danke", flüsterte er und presste sie fest an sich.

"Hast du tatsächlich etwas anderes erwartet?"

"Es ist einfach zu schön, um wahr zu sein."

"Das ist unser eigenes Märchen, Adam. Wir bestimmen, wie es ausgeht."

"Wir werden es perfekt machen", sagte er und die Gewissheit, dass alles gut werden würde, stieg immer weiter in ihm an.

"Das werden wir", murmelte sie und klang sehr schläfrig.

Adam antwortete nicht mehr, streichelte nur in sanften Kreisen ihren Rücken, bis sie einschlief.

Alles war genau so, wie er es den Rest seines Lebens haben wollte. Solange Faith bei ihm blieb, würde nichts auf der Welt dieses Glück zerstören können.

## FAITH

Nach einem gemeinsamen Frühstück studierten sie die Immobilienanzeigen in der Tageszeitung.

Richtig fassen konnte sie es noch nicht, dass Adam sie gebeten hatte, seine Frau zu werden. Natürlich hatte sie immer davon geträumt, eine eigene kleine Familie zu haben, doch im letzten Jahr hatten sich all diese Träume durch die Vergewaltigung in Luft aufgelöst.

Dass sie all das auf einen Schlag wieder zurück haben konnte, schien immer noch nicht richtig real.

"Wie wäre es hiermit? Ich kenne das Gebäude, es liegt ungefähr auf der Hälfte der Strecke zwischen dem Club und Slades Studio."

Faith nickte abwesend. Sie kannte sich in diesem Teil von New York noch immer nicht wirklich aus.

"Hörst du mir zu?"

"Mhm?"

"Wirklich? Du scheinst abwesend." Als sie das Lächeln in seiner Stimme hörte, blickte sie auf.

"Ich träume", gestand sie.

"Von mir?"

"Von dir, von uns ..."

Er beugte sich zu ihr und küsste sie sanft auf die Lippen. "Sehr gut. Weitermachen. Ich kümmere mich um einen neuen Club."

Auch Faith lächelte. "Willst du wieder die Wohnung über dem Club haben?"

"Ja, das ist einfach ideal. Wir sind schnell zu Hause und wenn wir Kinder haben, brauchen wir keinen Babysitter, wenn sie ein wenig älter sind und du mir mal aushilfst."

"Kinder?"

"Jep!" Adam richtete sich auf, als würde er auf eine Diskussion warten, doch seine Augen funkelten belustigt.

"So? Wie viele denn?"

"Viele."

"Definiere viele", sagte sie lachend.

"Fünf. Damit jeder meiner Freunde und Aiden ein Patenkind haben kann."

"Warum brauchen sie alle ein Patenkind von dir?"

Adam seufzte gespielt genervt. "Weil sie alle große Kinder sind und jeder einzelne von ihnen beleidigt wäre, wenn ich ihn nicht auswählen würde. Theoretisch wären Fünflinge am Besten, dann könnten sie auch nicht über die Reihenfolge diskutieren."

Faith lachte laut auf. "Alles klar. Fünflinge also."

"Jep. Meinst du, wir bekommen das hin?", fragte er und grinste dabei herausfordernd.

"Ich glaube, dass erfordert viel Training."

"Mhm … du hast recht, lass uns lieber gleich damit anfangen."

Ehe sie sich versah, war er aufgestanden und hatte sie auf seine Arme genommen.

"Du nimmst *gleich anfangen* ziemlich ernst", sagte sie lachend und stöhnte gleich darauf, als er anfing, an ihrem Hals zu knabbern.

"Ich nehme alles ernst, Babe."

Das bewies er ihr … mehr als einmal.

# 22 Epilog

## Vier Monate später

## ADAM

"Keine Sorge, Mann, sie taucht schon noch auf!", flüsterte Slade ihm ins Ohr. Aber der hatte ja auch gut reden. Er stand nicht vor über einhundert Freunden und Verwandten und wartete darauf, ob seine Braut auch wirklich durch diese große weiße Flügeltür marschieren würde. Adams Hände waren schweißnass und er zupfte abwechselnd an seinen Manschetten und dem Saum seines Jacketts.

Wäre Faith am Vorabend nicht so völlig von der Rolle gewesen, hätte er sich wahrscheinlich keine Sorgen gemacht, aber so? Was, wenn sie doch weglief? Sie hatte ihm schließlich mehr als einmal gesagt, dass sie diese große Hochzeit nicht wollte. Er hätte auf sie hören sollen!

Nervös zerrte er am Kragen seines Hemdes.

"Du hast leicht reden! Ich möchte dich mal sehen, in meiner Situation."

Slade lachte leise auf. "Das wird niemals passieren, glaub mir!"

Darauf würde Adam zwar nicht wetten, aber für seine eigene beschissene Situation half ihm das wenig.

Dann setzte endlich die erlösende Musik ein. Als die Flügeltüren sich öffneten, atmete er erleichtert aus. Es war soweit.

Zuerst betrat Lilly den Raum. Adam hatte kaum die Geduld, auch nur einen Blick auf sie zu werfen, er wünschte sich nichts sehnlicher, als das Faith endlich herein kam.

Slade hingegen schien Lilly in dem bodenlangen, enganliegenden, lachsfarbenen Kleid sehr gut zu gefallen. Er räusperte sich einige Male und stieß dann verhalten ein "Heilige Scheiße" aus.

In diesem Moment setzte die Hochzeitsmelodie ein.

Es dauerte noch einige qualvolle Minuten, dann endlich sah er die ersten Zentimeter eines weißen Kleides.

Es war riesig, ausladend und schulterfrei. Sie sah atemberaubend aus, noch zierlicher in dem großen Kleid.

Ihre Hand hatte sich an Aidens Arm verkrallt, der die Rolle des Brautvaters übernommen hatte. Man sah ihr deutlich an, wie unwohl sie sich fühlte.

Ihr Blick war auf den Fußboden gerichtet, während sie sich Schritt für Schritt von Aiden vorwärts ziehen ließ. In diesem Moment bereute er es noch mehr, sie zu dieser Feier überredet zu haben und nicht einfach durchgebrannt zu sein.

Am Altar angekommen, hob sie den Blick und ein zaghaftes Lächeln huschte über ihre Züge. Der Pfarrer sagte etwas und Aiden überreichte Adam Faith' Hand.

"Du siehst unglaublich aus", flüsterte er und küsste ihre Fingerknöchel.

"Einmal Prinzessin, nicht wahr?", gab sie genauso leise zurück und strich dabei sanft über das Revers seines Jacketts.

"Für immer meine Prinzessin."

Der Pfarrer begann die Zeremonie. Faith entspannte sich von Minute zu Minute mehr, in der Adam leicht mit dem Daumen über ihren Handrücken strich.

Trotzdem konnte er es kaum erwarten, sie endlich aus dieser Situation zu erlösen. Sie wollte nicht im Rampenlicht stehen und er hätte es respektieren sollen.

"Wollen Sie, Adam Matters, die hier anwesende Faith Stark zu Ihrer rechtmäßig angetrauten Ehefrau nehmen, sie lieben und ehren, bis das der Tod euch scheidet?"

"Ja, ich will", sagte Adam laut und deutlich. Er konnte seine Ungeduld nur schwer überspielen.

Nach einem Moment wandte der Geistliche sich Faith zu. "Und wollen Sie, Faith Stark, den hier anwesenden Adam Matters zu Ihrem rechtmäßig angetrauten Ehemann nehmen, ihn lieben und ehren, bis das der Tod euch scheidet?"

"Ja", krächzte sie mit leiser, piepsiger Stimme.

Wieder hielt der Pfarrer einen Moment inne. Das Raunen und Murmeln der Gäste ließ ihn aufblicken.

Dann lächelte er Faith zu und sagte: "Ich befürchte, Ihre Gäste haben sie nicht verstanden, Faith."

Ihr Blick schnellte nach oben. Erst in die Augen des Pfarrers, dann in Adams.

Ihre Wangen wurden rot und sie rief laut und deutlich: "Ja, ich will!"

Ein Lachen ging durch die Menge, von dem sich sogar der Vertreter Gottes anstecken ließ.

"Dann erkläre ich Sie hiermit Kraft meines Amtes zu Mann und Frau. Sie dürfen die Braut jetzt küssen."

Er hatte noch nicht ganz zu Ende gesprochen, da lagen Adams Lippen bereits auf ihren. Weich, aber drängend, versuchte er, ihr all seine Liebe mit diesem einen Kuss zu erklären.

Nicht, dass das möglich gewesen wäre. Ein Kuss oder ein paar Worte reichten schlicht nicht aus, um ihr zu zeigen, wie viel sie ihm bedeutete. Er würde den Rest seines Lebens damit verbringen, ihr genau das zu beweisen. Ihre Augen glitzerten feucht, als sich ihre Lippen trennten. "Ich liebe dich", flüsterte sie.

"Mehr als ich in Worte fassen kann", gab er genauso leise zurück.

## FAITH

Endlich hatten sie die Zeremonie und das anschließende Essen hinter sich gebracht. Faith zog sich zusammen mit Lilly zurück auf ihr Zimmer, um sich für die Flitterwochen umzuziehen. Sie freute sich auf die vorerst letzte Gelegenheit mit Adam Ruhe zu finden.

Der neue Club, der schlussendlich tatsächlich in der ersten Immobilie eingerichtet worden war, die Adam in der Zeitung entdeckt hatte, war noch geschlossen.

Zwar war bereits alles eingerichtet und bereit für die Gäste, Adam und Faith hatten sich aber zusammen dazu entschieden, bis nach ihren Flitterwochen zu warten.

Sie wollten diese Auszeit genießen, ehe sie mit vollem Elan an die Eröffnung gingen.

Noch dringender als in die Flitterwochen zu kommen, freute sie sich über das Ende dieser Horrorshow namens Hochzeit.

"Mein Gott, bin ich froh, dass das hier endlich vorbei ist", stöhnte Faith und streifte sich dabei die Schuhe von den Füßen.

"Du hast keinen Grund zu Jammern", zischte Lilly.

"Oha, welche Laus ist dir denn über die Leber gelaufen?"

Unwirsch drehte Lilly sie an den Schultern um, um die Schnürung ihres Kleides zu öffnen. "Keine Laus, eine Kakerlake!"

Heftig riss sie bei jedem Wort an den zarten Bändern am Rücken.

"Hat die Kakerlake auch einen Namen?", fragte Faith vorsichtig, obwohl sie die Antwort schon kannte.

"Nein, hat sie nicht. Ich will dir deine Hochzeit nicht verderben."

"Das haben schon ganz andere geschafft. Ich musste mir heute gefühlte drei Millionen Mal den

Vorwurf anhören, dass ich meinem Vater versagt habe, seine eigene Tochter zum Altar zu führen."

"Pah! Er sollte lieber froh sein, dass du ihn überhaupt hast kommen lassen, nach den ganzen Dingen, die er sich geleistet hat!"

Endlich war Lilly fertig mit der Schnürung und das Kleid ging langsam zu Boden.

"Sehe ich genauso. Und Aiden war der perfekte Ersatz. Ich bin ihm unendlich dankbar für alles, was er für mich getan hat."

"Mhm … ein guter Mann", gab Lilly zurück und hängte das Hochzeitskleid auf einen Bügel, während Faith sich bequeme Kleidung für den Flug anzog.

"Anfangs dachte ich das nicht, aber das ist er. Das sind sie alle. Adam umgibt sich eindeutig nur mit den richtigen Menschen."

"Naja …"

"Die Kakerlake?"

"Genau. Ich glaube, hier hat Adam einen ziemlich großen Fehler begangen."

"Slade ist nicht perfekt, aber definitiv ein sehr guter Mensch."

"Wir wollten nicht über ihn reden."

"Du wolltest nicht", sagte Faith lächelnd. "Ärger dich nicht, ich glaube, er will dich nur provozieren."

Lilly verdrehte die Augen. "Ich habe keine Zeit für so einen Kindergarten. Und du auch nicht. Hopp,

hopp, rein in die Schuhe, damit ich dich endlich zum Auto bringen kann."

"Ja, Mama." Lachend zog sie die Turnschuhe über die Füße und folgte Lilly dann in den Gang zu den Aufzügen.

"Adam wartet bestimmt schon ungeduldig", sagte Lilly und sah auf die Uhr.

"Das tut er meistens. Er ist nicht gerade der geduldigste Mensch."

"Oh doch, wenn er es mit dir aushält!" Lilly drückte sie an sich, während der Aufzug im Erdgeschoss hielt und die Türen sich langsam öffneten.

"Ich liebe ihn wirklich, weißt du?", sagte Faith sanft.

"Das ist schön zu hören, mir wäre es dennoch lieber, wenn du mich im Arm hältst und mir deine Liebe gestehst", sagte Adam grinsend, der vor dem Aufzug wartete.

Sein Jackett hatte er abgelegt, die Ärmel seines Hemdes waren hoch gekrempelt und die Hände steckten lässig in seinen Hosentaschen.

Faith löste sich von Lilly und schmiegte sich an seine Brust. Seine Arme schlossen sich sofort um sie.

"Ich liebe dich", murmelte sie.

"Ich liebe dich und jetzt lass uns endlich hier abhauen!", gab er zurück.

Faith hörte das sanfte Lächeln in seiner Stimme.

"Nichts lieber als das!"

Wie sollte es auch anders sein? In den Armen ihrer großen Liebe in ein neues Leben zu starten. Für Faith gab es keine schönere Vorstellung.

--ENDE--

# LESEPROBE

# SWEET LIKE CANDY

## 1 NEW LIFE

### CANDY

"Hi, ich bin Candy Jones. Ich bin 22 Jahre alt und studiere im ersten Semester Wirtschaft", sprudelte sie mit klopfendem Herzen ihren Text heraus. Sie hasste diese Vorstellungsrunden! Vollkommen überflüssig. Weder der Professor noch die 35 Studenten in seinem Kurs konnten sich so viele Namen merken. Aufstehen und sich von allen begaffen zu lassen, setzte dem Ganzen noch die Krone auf.

Sie war wirklich alles andere als ein scheues Mäuschen, trotzdem beschleunigte sich in solchen Momenten ihr Herz auf maximale Leistung. Das Ganze würde sich wieder ein wenig legen, wenn sie ihre Kommilitonen ein bisschen kennengelernt hatte. Aber im Moment waren sie einfach alle fremd.

Nicht nur die anderen Studenten. Auch der Professor, die Universität, ihre neue WG, ihr Mitbewohner und schließlich sogar die Stadt. Sie war von New York nach Boston gezogen, weit weg von zuhause.

"Wow, Candy ist ein cooler Name. So würde ich auch gern heißen", sagte ein Mädchen mit kinnlangen braunen Haaren neben ihr. Sie selbst hätte auch gerne solch einen Bob, aber ihre blonden Locken standen in alle Richtungen, sobald sie sie kürzer als schulterlang trug.

"Äh, hi, sorry, ich hab deinen Namen nicht mitbekommen, war irgendwie in Gedanken", antwortete sie leicht verspätet.

"Kein Problem, war bestimmt was Wichtiges", antwortete ihre Banknachbarin gut gelaunt. Eigentlich war es überhaupt nichts Wichtiges, aber sie wollte der guten Seele neben sich nicht ihre rosaroten Illusionen über die Menschheit nehmen. Also lächelte sie einfach und Bobby schien es so hinzunehmen.

"Mein Name ist Sarah", plapperte Bobby weiter.

"Freut mich, Sarah. Und ja, wir können gern Namen tauschen. Glaub mir, es ist nicht so toll, so einen Namen zu haben."

"Warum?"

"Weil man deswegen ständig blöd angequatscht wird."

Candy erkannte erst, was genau sie da gerade gesagt hatte, als Sarah zusammenzuckte. *Scheiße*! Warum zum Teufel musste ihr Mund auch immer schneller sein als ihr Kopf?

"Hey, das war jetzt nicht auf dich bezogen oder so. Also, ähm, ich meinte damit eigentlich, von Typen doof angemacht zu werden."

*Ganz toll gemacht, Candy! Wieder eine rosa Welt mit deinen riesigen Fettnapftretern zerstört!*

Sarah versuchte zwar noch zu lächeln, aber Candy

wusste, dass Sarah sie jetzt für ziemlich schräg hielt. Ganz leicht war es für Candy nicht, neue Menschen kennenzulernen.

Die meisten Leute verstanden ihre Art Humor einfach nicht. Ihre Blicke sagten dann immerzu: "So süß sie auch aussieht, irgendwie ist dieses Mädchen seltsam."

Und dass sie süß aussah, war Candy nur allzu bewusst. Sie hatte lange blonde Locken und strahlend blaue Augen. Groß und ausdrucksstark, mit dichten schwarzen Wimpern. Eine kleine Stupsnase und volle, rosa Lippen. Mit 1,60 Metern Körpergröße war sie zwar bei Weitem kein Modeltyp, aber ihre Figur kam bei den Männern immer gut an. Außen Hui, innen Pfui, aber das brauchte ja niemand zu wissen.

Da sie neu in der Stadt war und dringend eine Freundin gebrauchen konnte, versuchte sie, Sarah doch noch für sich zu gewinnen.

"Hey, sag mal, Lust auf einen Kaffee, nach der Vorlesung?"

"Sorry, keine Zeit. Vielleicht ein andermal, okay?", antwortete Sarah, aber Candy war sich da nicht so sicher. Prinzipiell hätte sie das nicht ganz so schlimm gefunden, aber irgendwie fühlte sie sich im Moment doch einsam.

Ihr Mitbewohner, den sie zwar erst seit zwei Wochen kannte und dennoch bereits vermisste, war am Wochenende für sechs Wochen zu seinem Auslandspraktikum aufgebrochen.

Julien und sie hatten sich von Anfang an gut verstanden. Er besaß definitiv die gleiche Art Humor wie sie. Er hatte auch nicht einen doofen Spruch über ihren Namen gebracht. Schade, aber diese sechs Wochen würde sie einfach mit Lernen und Arbeiten überbrücken. Die Stadt unsicher machen konnte sie auch noch, wenn Julien wieder da war.

Sie brauchte überhaupt keine neue Freundin. *Was sind schon sechs Wochen!* Deutlich besser gelaunt ging sie aus dem Klassenraum. *Die dritte und letzte Vorlesungsrunde für den heutigen Tag also auch geschafft. Puh.*

Gut, dass der Montag immer so kurz sein würde, denn er zählte eindeutig nicht zu ihren Lieblingstagen in der Woche. Montag war gleichbedeutend mit *Dein Wochenende ist vorbei* oder *Es sind noch fünf ganze Tage, bis dein Leben wieder beginnt.*

Schule und Studium waren die Hölle für Candy. Warum sie sich das dann antat? Ganz einfach, sie würde alles tun, um nicht so zu enden wie ihre Mutter. Aber das ... Themawechsel! Das hier war Boston, nicht New York!

Also fand sie es nur passend, dass der schlimmste Tag der Woche auch der Kürzeste sein sollte. Als sie das Universitätsgebäude verließ, schüttete es in Strömen. *Schöne Scheiße! Okay, also Bücher unter die Jacke und los!*

Candy rannte so schnell sie konnte quer über den Campus. Sie war mehr als froh darüber, heute früh Chucks anstatt Highheels gewählt zu haben. In Highheels über einen Kopfsteinpflasterplatz zu rennen, hätte mindestens einen gebrochenen Knochen zur Folge gehabt!

Klatschnass und durchgefroren kam sie schließlich in ihrer neuen Bleibe an. Hier konnte nur noch eine heiße Dusche helfen. Schnell streifte sie sich sämtliche Klamotten ab und warf sie in den Wäschekorb neben der Dusche.

Candy mochte ihr neues Bad. Es war zwar klein und sie musste es mit Julien teilen, aber es war sauber und hatte alles, was man benötigte. Gegenüber dem Waschbecken in dem länglichen, weiß gefliesten Raum standen sowohl Badewanne als auch Dusche.

Das warme Wasser fühlte sich unglaublich gut auf ihrer Haut an. In ihren Augen leider nicht. Eine ihrer Kontaktlinsen suchte im Wasserstrom das Weite und verschwand auf Nimmerwiedersehen im Abfluss.

*Scheiße!*

Sie trocknete sich ab, entsorgte auch die zweite Linse und band sich dann die Haare zu einem unordentlichen Knoten. Das Gefühl von nassen Haaren, die in ihrem Nacken klebten, konnte sie absolut nicht ausstehen. Mit der großen, schwarzen Brille auf der kleinen Nase lief sie in ihr Schlafzimmer, das gleich nebenan lag.

Vom ersten Tag an, an dem sie die Wohnung betreten hatte, stand unwiderruflich fest, dass dieses Zimmer neu gestaltet werden musste!

Es war kalt, steril. Weiße Wände ohne ein einziges Bild, rechts von der Tür stand ein etwas breiteres Bett mit schlichtem Metallrahmen, ein kleiner Nachttisch direkt daneben.

Unter dem großen Fenster mit Blick auf den Campus stand ein weißer Schreibtisch, an dem sie ihre Studienarbeiten erledigen konnte. Die gesamte linke Seite des Raumes nahm ein fast vier Meter langer Kleiderschrank mit weißen Schiebetüren ein, der mehr als genug Platz für ihre Kleidung bot, obwohl sogar noch einiges von Julien darin hing.

Candy war einfach nur froh gewesen, eine günstige

möblierte Wohnung zu bekommen.

Diese hier war noch nicht einmal ausgeschrieben gewesen.

Sie hatte die Angebote am Schwarzen Brett der Uni studiert, als Julien sie ansprach.

Julien war in mehr als einer Hinsicht ein Glückstreffer. Sie verstanden sich hervorragend. Er machte sich nicht an sie heran.

Die Wohnung war der Hammer! Ihr neuer Mitbewohner war sogar sehr erpicht darauf, dass alles immer picobello war. Das waren dann klassische fünf Sterne für den besten Mitbewohner, den man sich wünschen konnte!

In ihrem rosa Nickischlafanzug gehüllt, machte sie es sich schließlich auf dem Sofa gemütlich.

## JUSTIN

Endlich zuhause!

Nach einem Auslandssemester in Spanien mit anschließendem Kurzpraktikum freute sich Justin darauf, endlich wieder in seine Wohnung zu kommen. Es war nicht das erste Mal, dass er für längere Zeit im Ausland war, aber es hatte ihn in diesem Jahr besonders stark zurückgezogen.

Er hatte seinen Aufenthalt nicht mal für einen kleinen Urlaub im Anschluss verlängert, wie er es sonst gern tat. Das war gut, so konnte er direkt mit dem nächsten Semester weitermachen, ohne allzu viel verpasst zu haben.

In dem kleinen Flur seiner Wohnung ließ er seine

Reisetasche auf den Boden fallen. Zog sich die Schuhe aus und stiefelte dann endlich ins Wohnzimmer ... in dem eine ihm unbekannte Frau saß.

Eine sehr schöne Frau, wenn auch äußerst seltsam gekleidet. Welche Frau trug schon am frühen Nachmittag einen Schlafanzug auf einem Sofa, das ihr nicht gehörte? Und das in einer Wohnung, in der sie nur vorübergehend verweilen konnte. So war nun mal die Regel: Keine Frau durfte sich länger als 24 Stunden am Stück in seinen vier Wänden aufhalten.

"Hey", sagte er also, was ihrerseits mit einem trommelfellzerstörenden Schrei quittiert wurde. Sie sprang hektisch auf und verteilte den Inhalt ihrer Tasse auf seinem Echtholzparkett.

*Schöne Scheiße! Weiber!*

Zu guter Letzt warf sie alle in ihrer Reichweite stehenden Gegenstände auf ihn, während sie immerfort hysterisch kreischte.

Das Buch, das seinen Kopf nur knapp verfehlte, gab ihm schließlich die Motivation zu handeln.

In zwei langen Sätzen war er bei ihr, packte die wild um sich schlagenden Arme und drehte sie auf ihren Rücken. Blondie taumelte und prallte gegen seine Brust.

Sie war klein. Ging ihm gerade mal bis zur Schulter. Ihr Puls raste, das spürte er an ihren Handgelenken nur allzu deutlich. Das Kreischen war zwar in dem Moment verstummt, als sie gegen ihn geprallt war, dafür zitterte sie heftig. Ihr kleiner, wohlgeformter Körper bebte in seinen Armen.

"Schsch", machte er und murmelte dann: "Wo zum Teufel bleibt eigentlich Julien, wenn man ihn mal braucht?"

"Dddduuu keennnnsssst ihhhnn?", stotterte sie leise und ihre Stimme klang sogar sehr angenehm, wenn sie nicht gerade einen Anschlag auf sein Hörvermögen verübte. Weich, harmonisch, einfach schön.

"Ja, wir teilen uns diese Wohnung", antwortete er, wenn auch etwas zeitverzögert. Zu sehr hatte er sich von ihrem Duft ablenken lassen. Sie roch sehr gut, irgendwie zitronig.

"Nein, Julien und *ich* teilen uns diese Wohnung", sagte sie und klang, als hätte sie sich langsam wieder erholt. Loslassen würde er sie aber noch nicht, sie fühlte sich in seinen Armen ziemlich gut an.

"Das glaube ich nicht. Das ist meine Wohnung", antwortete er ruhig. Langsam begann sie, sich in seinem Griff zu winden, wollte freikommen. Durch die Bewegung rieb sich ihr Körper an seinem und erzeugte ein ziemlich realistisches Kopfkino über eine sich windende Blondie in seinem Bett.

"Nein. Er hat mir das Zimmer angeboten und gesagt, dass es seine Wohnung sei. Könntest du ... kannst du mich bitte loslassen?"

"Nein, zu gefährlich. Und nein, das ist *meine* Wohnung. Ich kann dir gern die Eigentümerurkunde zeigen", antwortete er schlicht, nicht gewillt, dieses süße Ding schon gehen zu lassen. Vielleicht konnte er seine Ankunft gleich mit ihr feiern.

"Lass mich los! Ich rufe ihn an!", sagte sie und jetzt musste er sie ziehen lassen. Wenn er sie noch fester hielte, würde sie zum Schluss noch blaue Flecken bekommen.

"Lass mal, ich mach das selbst", antwortete er und ließ sich auf das Sofa fallen, damit dieses süße Ding nicht gleich spitz bekam, was für eine Wirkung sie auf ihn hatte.

*Mann oh Mann, verdammt heiß, die Kleine!*

Er zog sein iPhone aus seiner Jackentasche und wählte Juliens Nummer.

"Meister, was gibts?", meldete dieser sich fröhlich nach dreimaligem Läuten.

"Da steht ein echt süßes Mädchen in meinem Wohnzimmer", sagte er ohne Begrüßung. Besagtes Mädchen verzog irgendwie angewidert ihr hübsches Gesicht. Warum konnte Justin sich nicht erklären, er hatte schließlich wirklich freundlich von ihr gesprochen. Blondie sah aber eher drein, als hätte er ihr Schimpfworte an den Kopf geworfen.

Während er auf Juliens Antwort wartete, beobachtete er sie weiter.

"Was machst du daheim?", fragte dieser jetzt mit deutlich weniger lockerem Ton.

"Studieren?", fragte Justin zurück. Was war nur los mit diesem Spinner?

"Warum?", dabei klang er langsam panisch.

"Julien, was soll der Scheiß? Beantworte endlich meine Frage!", herrschte er ihn an. Langsam hatte er wirklich die Schnauze voll von diesem Gespräch und irgendwie roch er, dass hier gerade echt etwas schief lief.

"Normalerweise meldest du dich immer, bevor du zurückkommst!", sagte Julien vorwurfsvoll.

"Das ist meine Wohnung, Julien, ich muss mich nicht ankündigen, wenn ich nach Hause komme. Rück endlich mit der Sprache raus!"

"Hör mal, sieh sie dir doch an! Sie stand da so verloren vor dem Schwarzen Brett. Da dachte ich, ich nehm sie mit zu mir. Habe ein bisschen Spaß mit ihr und spätestens, wenn ein paar andere Weiber ein- und ausgehen, verschwindet sie dann sowieso von selbst", stammelte Julien.

Ja, süß war sie, da musste er seinem besten Freund recht geben. Und mit nach Hause hätte er sie auch genommen. Aber niemals, wirklich niemals, hätte er sie hier einziehen lassen!

"Sie ist noch da", informierte er ihn knapp.

"Ja, ich hatte sie auch noch nicht. Ist nicht ganz so leicht, wie es scheint."

"Und wie stellst du dir das jetzt vor?"

"Kannst du nicht einfach eine Zeit lang in meinem Zimmer schlafen? Ich überleg mir was!"

"Warte, willst du mir damit sagen, sie bewohnt mein Zimmer?", fragte er und als er aufsah, bemerkte er, dass die Kleine irgendwie beunruhigt wirkte.

Sie sah fast noch süßer aus, wie sie so ihre Finger knetete und ihr spärliches Gewicht von einem Fuß auf den anderen verlagerte.

"Ja, ich werde sie wieder los, versprochen! In sieben Wochen ist sie weg!"

"SIEBEN??"

"Ja, ich komme ja erst in sechs wieder und ich will sie unbedingt noch vögeln.", jammerte Julien.

"Versteh ich", brummte er und ließ seinen Blick über sie schweifen.

"Nein! Nein, nein! NEIN! Bitte Justin. Lass sie mir! Reiß dich ein verdammtes Mal zusammen, Mann! Bitte! Ich will sie! Und ich hab auch schon zwei Wochen investiert!"

"Hält dich doch keiner davon ab", murmelte Justin,

während sich ein träges Lächeln auf sein Gesicht schlich.

"Komm schon, Alter! Du weißt ganz genau, dass ich niemals etwas ficken würde, das du schon hattest!", antwortete Julien und klang ein wenig verzweifelt.

"Für mich bleiben also nur Nachteile."

"Ich leihe dir mein Bike. Vier Wochen!"

Vier Wochen Yamaha fahren? "Deal!", sagte er schnell, bevor Julien feststellte, dass er sein Baby gerade gegen ein bisschen Sex eingetauscht hatte.

"Danke Mann! Ich bring das alles wieder in Ordnung, okay?"

"Passt", antwortete Justin und legte auf. Dann wandte er sich an die Frau, mit der er jetzt sieben Wochen verbringen sollte. OHNE sie zu vögeln.

*Ich könnte es ja als Forschungsprojekt betrachten,* sinnierte er, während er sie betrachtete. Dafür war Julien ihm definitiv was schuldig!

*Du bist also Platz eins auf der Darf-Mann-Nicht-Ficken-Liste.*

*Verdammte Scheiße! Sieben lange Wochen!*

## Rechtliches, oder was keiner lesen will und trotzdem drin stehen muss ...

Es handelt sich bei dem Buch um ein fiktives Werk. Ähnlichkeiten mit lebenden oder verstorbenen Personen, Orten oder Ereignissen sind rein zufällig. Markennamen, die genannt werden, sind Eigentum ihrer rechtmäßigen Eigentümer. Impressum: Herausgeberin Allie Kinsley, allie.kinsley@web.de. Ladungsfähige Adresse für Deutschland: Allie Kinsley, c/o Marant Business, Studio Delta, Haus B, Angerstr. 40-42, 04177 Leipzig.

16711010R00234

Printed in Poland
by Amazon Fulfillment
Poland Sp. z o.o., Wrocław